旺宅好媳婦

5 完

花月薰 著

風文創 405

目錄

第七十四章

薛宸等人趕了十多天的路，終於在月底前抵達京城。

婁慶雲早已收到消息，在城門口等著，看見她們的車馬後，懸了大半個月的心總算是放下了。

一行人回到國公府，薛宸先去向長公主和太夫人覆命，順便稍微說了汝南王府的情況。

太夫人和長公主對汝南王太妃烏氏的糊塗感到憤恨，不過，出乎大家意料的是，薛宸居然對江五郎稱讚有加，直說他是世間難得的佳男兒，說得一旁的婁慶雲都要撲過來跟她翻臉了，太夫人才明白了薛宸的意思。

「喲，能讓慶哥兒媳婦覺得好的男子可不多啊，想必是個好的。改日我叫人去探探。」

薛宸引薦成功，這才放下心，又和長公主她們說些一路上的趣事，然後婁慶雲便以荀哥兒想見娘的理由，把她從松鶴院拐了出來。

薛宸自然也想兒子，可還沒走到滄瀾苑，就被婁慶雲扯到了一處假山後頭。

「怎麼？那個江五郎真有那麼好？」

薛宸急著去看兒子，沒打算理婁慶雲這醋氣衝天的酸話，白了他一眼，推開他就要走，卻被婁慶雲執拗地拉著，抵在假山後頭。

薛宸急了。「哎呀，你發什麼瘋？光天化日的，也不怕叫人看了笑話。」

婁慶雲就是個厚臉皮的，恬不知恥地說：「我才不怕。妳是我媳婦兒，我們倆怎麼親密都是應該的，誰能說我們不對？」

薛宸哭笑不得，婁慶雲繼續逼問。「說呀，妳還沒回答我的問題。江五郎真的那麼好？比我好？妳說不說？不說，我可要在這裡親妳了。」

「嘖，你還沒完了？我就誇誇他，覺得他人品很好，跟咱們家的柔姐兒甚是相配，瞧他的面相，將來定是能建功立業，你可別想歪了。快讓開，我想見荀哥兒。」

其實，婁慶雲哪裡不知道薛宸的心意，就是想找個由頭和她親近親近，待會兒她見了兒子，全副心神肯定都在兒子身上，要輪到他起碼也得晚上了，不如現在多纏會兒，稍微解解相思之苦。

「我不讓開。荀哥兒好著呢。索娜女官把他調教得好極了，現在應該在睡覺，妳去了也沒用，還不如陪我說說話呢。」

薛宸瞧著這張桃花臉，眼中全是對她的熱情思念，說不動心那是假的，可也不想這麼遂了婁慶雲的願，故意斂眸不去看他。

她這勾人的小模樣看得婁慶雲心花怒放，一手撐著假山壁、一手挑起她的下巴，用近乎紈袴的調戲語氣說道：「怎麼樣？想我沒有？」

薛宸橫他一眼，又推了推他，某人卻是紋絲不動，乾脆放棄了抵抗，靠在假山石上似笑非笑地盯著他。

婁慶雲哪受得了這樣的邀請，心一橫，就把人給擄進了山洞內。

過了好一會兒，兩人才人模人樣地走出來。

薛宸扶了扶有些鬆動的髮髻，瞪了某人一眼，才疾步往前走去。婁慶雲跟在後頭，這才想起問汝南的事情。

薛宸把淮南王太妃和王妃的計劃及結果全告訴了婁慶雲，婁慶雲氣得拳頭捏得喀喀作響，咬牙切齒地道：「淮南王真是活得不耐煩了，老子沒動他，他倒先動起老子來了。」

薛宸瞧了他一眼，邊走邊說道：「他只是個棋子而已，真正的幕後之人不是他。」

「妳知道幕後之人是誰？」

薛宸頷首。婁慶雲繼續問道：「告訴我，我去端了她。」

薛宸搖頭。「不必，你端不了她。」停頓了一會兒，才轉過頭看著婁慶雲。「但是我可以。」

不等婁慶雲說話，薛宸就跨步走入了滄瀾苑。

兩人來到荀哥兒的住所，瞧見索娜女官正坐在堂屋裡做針線。

瞧見薛宸回來，索娜女官迎出門，卻是沒敢大聲問安，指了指內間，小聲說道：「荀哥兒在睡呢。」

薛宸點點頭，迫不及待走進屋子，越過屏風，瞧見了朝思暮想的兒子，小臉睡得紅撲撲的，不知道夢見了什麼，嘴角帶著笑，口水滴了出來。

薛宸失笑，抽出帕子幫他擦了擦。荀哥兒似乎有些感覺，嘴巴動了動，居然大張手腳翻了個身，面朝裡床繼續睡了過去。

二十多天不見，薛宸覺得小傢伙好像又長高不少，也壯實了，怎麼看都看不夠，忍不住俯下身子在那張蘋果般的小臉上親了一口。

婁慶雲倚靠在屏風旁，看著母子倆纏綿繾綣的架勢，不禁暗自搖頭。看來之前那個決定是正確的，還好他暗自拖了三年才讓薛宸生了這麼個寶貝兒子，要是早早生了，他在府裡就更加沒地位了……

荀哥兒醒來了，看見薛宸，瞪著一雙大大的黑眼睛，像是沒反應過來似的，眨巴兩下，然後癟嘴大哭了。

薛宸趕緊把他抱起來，不住哄著，說著道歉的話。「荀哥兒不哭，是娘錯了，娘下次再也不丟下荀哥兒了好不好？哦哦哦，不哭不哭。」

聽到娘親的安慰聲，荀哥兒便不哭了，原本就是嚎一下，現在讓娘親又抱又哄，就不那麼想哭了，兩條小胳膊摟著薛宸的脖子，突然喊了一句。「納納。」

薛宸愣住了，索娜女官從外面走進來，對荀哥兒道：「不是納納，是娘。」轉過頭來對薛宸說：「最近在教小公子說話，有時能說出來，有時說的就是納納。」

薛宸抱著荀哥兒，向索娜女官道謝。「這些天勞煩女官了，荀哥兒沒少鬧妳吧。」

索娜女官已經換下宮裡的衣裳，穿上普通的常服。她是天竺人，眉眼深邃，穿了常服、綰起髮髻，看著像是誰家的夫人般。

只聽她笑著說道：「奴婢已經不是女官了，如今便在國公府當差。您離開京城那天，世子便把我從宮中帶了出來，是皇上特赦的，奴婢還要多謝世子和少夫人給奴婢一個安身之處。小公子才不鬧呢，不知道多乖。」

兩人說著話，婁慶雲過來把荀哥兒抱到外頭走廊上看花。等薛宸出來，夫妻倆才帶著荀哥兒回了房。

如今荀哥兒已經能吃些米粥和米飯，生了六顆牙，還能咬些比較容易咬的東西。其實，薛宸餵奶餵到六個多月時就明顯有些力不從心，這小子吃得太多了，她每天四、五頓的加餐都來不及造奶。

所以從那時候開始便漸漸給荀哥兒斷了薛宸的奶。荀哥兒不肯吃乳母的奶，就讓乳母每天擠出來、用勺子餵給他吃，再加些普通的飯食，如此混合著餵養。荀哥兒倒不是個講究的，只要能吃飽，其他的不嫌好壞。

讓荀哥兒在裡床爬著玩，夫妻倆在一旁說話，薛宸把在汝南發生的事情，事無鉅細地又跟婁慶雲說了一遍。

在她回來前江之道就派了快馬給婁慶雲送信，主動將發生的事全數告知，但如今聽薛宸講來，卻是另有一番驚險。再問薛宸猜到的幕後之人時，薛宸猶豫了一下，然後告訴婁慶雲一個名字。

「如果我猜得沒錯，應該是右相身邊的外室，名叫柳煙。我曾經派嚴洛東去查過她，但是她住的宅子周圍圍得跟鐵桶似的，嚴洛東不敢打草驚蛇直接進去，可見右相對她有多重視。」

婁慶雲雖然沒聽過柳煙的名字，卻早耳聞右相在外面養著外室，如今聽薛宸說了才知道竟然是個二十歲左右的小姑娘，還把不少事情交給她放手去做，真不知道右相是怎麼想的。

「這些年，右相捧著二皇子，處處與太子作對，他們是司馬昭之心路人皆知。右相歷經三朝，在朝中的勢力盤根錯節，即便皇上知道他的想法，也不能貿然與他動干戈。妳剛才說我沒辦法端了他們，這我承認，連皇上和太子都無法解決的事情，我確實沒這個本事。可是妳能？」

薛宸點點頭。「是，我沒和你開玩笑。我說能，就是能。」

婁慶雲翻了個身，一把將爬到床角、正揪帳子玩的荀哥兒給拎了過來，放在兩人中間，讓荀哥兒玩他身上的玉珮，才對薛宸揚眉問道：「願聞其詳。說出來讓我長長見識？」

薛宸失笑，把荀哥兒塞進嘴裡咬的玉珮拿出來，用帕子擦了擦上面的口水，又遞給荀哥兒，說道：「我之前作了個夢，很神奇，似乎可以預知未來。」

信。」

婁慶雲看了她一眼。「什麼夢這麼神奇？」

薛宸思慮片刻後，接著道：「在我夢裡發生過的事情多半都實現了，所以我才不得不

婁慶雲很好奇，看薛宸像要說很多話，乾脆用被褥當枕頭，讓一家三口靠在一起。

薛宸捋了捋思緒，緩緩開口說道：「我沒有經歷過朝堂，說的都是夢中所見。我知道朝中有兩黨，婁家和我爹屬於太子這一派，而朝中有不少官員是右相派的，像信國公、鎮國公、威遠侯、吏部尚書……我說得對嗎？」

婁慶雲看著薛宸，點點頭。「對。可這不是岳父跟妳說的嗎？」

薛宸搖頭。「我爹才沒那閒工夫和我說這些。而且，我知道他們後宅中不少發生過或還沒有發生的事情。因為是後宅之事，你們男人家不便插手，柳煙既然想藉此擒我，那……若我不回敬一番，對她也太客氣了些。」

婁慶雲聽了半天，終於聽明白薛宸想做的是什麼，蹙眉問道：「妳是說，妳想利用後宅之事去對付柳煙？」

「是。據我觀察，柳煙的任務主要就是管著這些官員的後宅之事，所以當初青陽公主在府裡暗算了我和母親之後，當天不管外孫女的洗三禮，也要前往柳煙的宅子稟報這件事。你不要小看後宅的戰場，若是後宅安寧，男人才能安心在外打拚；若是後宅不寧，縱然男人有天大抱負，也只有被拖累的下場。」

薛宸說的，婁慶雲覺得很有道理。後宅往往能牽動男人的心，控制了內宅，等於攥住家裡男人的心臟，心臟要是出了問題，便隨時能引發生死大事。

夫妻倆在房裡說了好一會兒話，大致擬定方向，第一個要下手的就是信國公夫人曾氏——正是曾經替長安侯夫人郁氏上薛家提親的那位……

拜上一世所賜，薛宸對京中富貴圈內所發生的事還算熟悉。她雖從商，但經營的內容以女人的衣裳飾品為主，時常接觸各家夫人。誰家沒有點齷齪事，有的只是沒有發現、有的是發現了被隱藏起來，但都是確實存在的，只要利用得宜，後宅也能給男人們製造出厲害的動盪。

信國公夫人曾氏也不例外。上一世她是薛宸的大客戶，信國公府是三天兩頭就要去的，只不過，是作為下品商女從旁門進去。薛宸知道雖然曾氏看起來端莊明理、賢淑溫良，實際上卻不是這樣。

她生性善妒，多殘害信國公身邊的妾侍，可表面上又喜歡維持賢慧主母的形象。一般來說，只要信國公私下與哪個女人有了首尾，她都會想方設法把那個女人除掉，然後為了表示自己大度，又另外送個自己的人給信國公。

這樣的事情周而復始地發生，信國公後院的姨娘與通房就沒有能安然度過五年的。但在薛宸的印象中，信國公府後來倒是有個相當厲害的女子成功躲避了曾氏的陷害，成為信國公身邊最受寵愛的姨娘。那個女人不是別人，正是曾氏身邊的大丫鬟閔柔，後來信國公府中唯一能和曾氏分庭抗禮的閔姨娘。

閔柔熟知曾氏的手段，因此才能次次化險為夷，最後與曾氏形成水火之勢。在薛宸的記憶中，再過一年閔柔就要被抬成姨娘了，而這個時候，她應該還是曾氏的心腹大丫鬟。

薛宸身邊有嚴洛東，腦子裡又有上一世的記憶，只要給嚴洛東提供一個可遵循的方向，便能將她想知道的人的祖宗八代全打聽出來。

閔柔是福建人，家鄉受了災後就隨著哥哥、嫂嫂逃難到京城，後來輾轉進了曾家當丫鬟，從八歲開始摸爬滾打，十五歲憑著自己的機靈，被曾家送去已出嫁的大小姐身邊做一等丫鬟。

曾氏的陪嫁丫鬟們都到了二十五歲，是該放出去的年紀，雖然已經換了兩撥丫鬟，饒是如此，她依舊只放心娘家的人，閔柔這才有機會於八年前去到曾氏身邊，今年已經二十有三了。

得知這些情況後，薛宸才明白，為什麼上一世閔柔會孤注一擲，冒險讓信國公抬她做姨娘，讓自己與曾氏對立。因為再過兩年她就滿二十五歲，到時曾氏一定會將她配人或放出府去。她早已不是完璧之身，出去或是配人都不會有好的下場，乾脆為了自己的將來賭一把。八年來，她幫著曾氏做了不少害人之事，可不是個一般的軟角色。

但是，不管多狠的角色都有弱點。閔柔的弱點就是她的哥哥、嫂嫂。兩年前，嫂嫂因病去世，哥哥沈淪度日，兩個姪子靠她一個人接濟養活。如今哥哥還沾上了賭，家裡被他輸得家徒四壁，成日借債，最終都會找到閔柔這裡來，讓她去還。

信國公府後院裡，曾氏怎麼也沒想到，最後捅她一刀的人竟會是自己的心腹。

只見閔柔跪在地上，在年過六十的信國公面前，一字一句地控訴曾氏。

「國公爺，奴婢實在是沒法忍受了，如今拚了這條命，也要向國公爺揭露夫人的惡行。

「這麼多年來，您的姨娘一個一個從府中消失，像七年前的馬姨娘，是在回鄉途中被夫人派人勒死，出去後就再也沒有回來過；還有五年前那個宴姬，公爺不過寵幸她一夜，便要將她納入府中做姨娘，可是第二天她就被發現吊死在廂房中。她哪裡是不願，根本是被夫人下令謀殺的；還有四年前的張娘子、三年前的羅夫人，她們都是苦命的女人，張娘子腹中還懷了國公爺的骨肉，夫人哪肯讓她把這骨肉生下來，連夜叫人給她灌了滑胎藥。張娘子反抗，她就命人將張娘子拋入河中，做出她自盡的假象……

「國公爺，我知道這些事後，害怕得幾夜睡不著，尤其這些天又開始作夢，夢見張娘子、馬姨娘還有宴姬的鬼魂來找我，每天都跟我說她們在下面過得好慘，冤死鬼是沒法投胎的，只能遊蕩人間，無人供奉啊！」

曾氏面如死灰，跪到了地上。

這些天真是邪門了。上個月，她剛毒死一個懷孕的外室，第二天那外室的娘家兄弟就鬧上了門，把棺木抬到國公府門前，且他們似乎會些拳腳功夫，府裡的侍衛趕都趕不走，一直鬧到信國公回來。

那些人羅列出不少證據，指證曾氏殺人。這些日子，信國公都在為那個外室傷神，哪裡能聽這些事情？當即下令徹查，還讓他們把棺木抬進府中，請了仵作來驗屍，驗出那屍體的確是中了毒，腹中有一個成了形的男胎。

這下，信國公震怒了！當場就要曾氏給個交代，曾氏否認這是她做的，連她娘家承恩伯府都派了人來給她撐腰。可誰料想得到，在這個關鍵時候閔柔會突然發難。

面對最親近的心腹的指責，曾氏震驚得無以復加，想否認，但閔柔將這些事情一樁一樁、一件一件說得一清二楚，時間、地點、人物全部吻合，雖然她說的這些是並沒讓她親自動手的，可光這幾個人也足夠讓曾氏吃不了兜著走。關鍵是，這些人裡還有一個懷了孕的張娘子，信國公震怒不已，當場甩了曾氏一巴掌，連休妻的話都說了出來。

閔柔在一旁哭得肝腸寸斷，二十三歲的她風華正茂，信國公見了，居然當著眾人的面把她扶了起來，擁在懷中一起落淚。

至此，曾氏才徹底看穿了閔柔的伎倆，知道這丫頭是想踩著她往上爬，而且在她不知道時很可能已經爬上了信國公的床。一想到自己身邊的人，還是個這麼年輕的小姑娘，居然不自愛到爬上一個可以做她祖父的男人的床。虧她平日裡還覺得她能幹、覺得她忠心……

曾氏恨得簡直想要咬閔柔的肉、啃她的骨頭，拚了命也要奮起反撲，奈何上門鬧事的人和信國公百般阻攔。信國公對閔柔深信不疑，而閔柔天生會演戲，一個勁兒向他請罪，說自己當初年少無知，又畏懼曾氏的勢力，害怕落得和那些人一樣的下場，故而才隱瞞至今。她義憤填膺地對信國公說要出家，青燈古佛了此殘生，或者乾脆讓信國公殺了她，只求賞她一份全屍的體面，說得聲淚俱下、肝腸寸斷，讓六十歲的國公亦是心痛不已，將所有仇恨全轉移到曾氏身上。

信國公親自從祠堂取了家法來，把曾氏綁在院中樹上狠狠打了好幾十下，打得曾氏喊破了喉嚨、打得她奄奄一息，猶不解恨，當場以七出之名寫了休書給她，架起她，拋出信國公府門外，又派人將曾氏的娘家人一併打了出去。

信國公給上個月被毒死的外室一家撫卹的銀子，打發了他們。沒過兩天，就把閔柔扶成了姨娘。

信國公府這一連串的事情，從薛宸開始預謀到如今看見成果，不過就是兩個月的工夫。

薛宸在院子裡陪莫哥兒和荀哥兒打鞦韆。嚴洛東來了之後，就讓夏珠她們陪著婁映煙、婁映柔和兩個孩子玩，自己和他去了旁邊的亭子。

聽著嚴洛東的稟報，薛宸點點頭，道：「閔柔那條線別斷了，咱們今後要做的事還得她幫忙呢。她兄弟的賭債怎麼樣了？」

薛宸站在欄杆旁，看著一株已經長出花骨朵的蘭花，覺得有些意外，便彎下身子仔細瞧了瞧。

嚴洛東在她身後說道：「賭債還不是少夫人一句話就免掉了嘛！反正是咱們自己的賭坊，要他輸多少，全都在少夫人口中。」

薛宸沒有說話，像是看花看得著迷了。

閔柔的兄弟好賭，賭是他的軟肋，而他又是閔柔的軟肋。想要控制一個人做事情，威逼利誘一樣都不能少。閔柔面前，有她兄弟的事拖著，還有信國公府姨娘的位置候著，這兩樣都是能牽動她的利。這一切的時機剛剛好，上個月曾氏正好害了一個外室。那找上信國公府鬧事的外室娘家人自然也是薛宸派的。數罪併發，再加上早已搭上國公的閔柔，還愁治不了一個曾氏？

「承恩伯府那裡怎麼說？」

承恩伯府是曾氏的娘家。平日裡，曾氏作為信國公夫人給了曾家不少幫襯，如今她落了難，承恩伯府怎麼著也得奮起反抗一下，不然面子上實在太過不去了。

嚴洛東見薛宸直起了身，目光往旁邊瞧了瞧，便立刻將手邊的一把小剪子遞給薛宸。

薛宸接過，又彎下腰，將蘭花根部生出來的一根小枝椏給剪掉了。

「曾氏是承恩伯的親姑母，她受了這麼大委屈，承恩伯已經在書房寫好了明日上奏的摺子，說什麼也要參信國公一本。這事就算是鬧上了朝堂，兩家至此交惡！」

聽到這裡，薛宸才滿意地直起身子，對著那株蘭花點點頭，笑了起來，不知是因為這株被她親手打理好的蘭花，還是因為嚴洛東所說的那個結果。不過，不管是什麼原因，誰都能看得出來，他們的少夫人現在心情非常好，眉眼帶著濃濃的笑，看著甚是喜人。

信國公府和承恩伯府鬧起來，不管承恩伯府有多弱，在短短時日之內信國公是無法除去他們的，既然無法除去，只要承恩伯府不放棄這件事，一直和信國公糾纏，那薛宸的目的就算是達到了。

薛宸走出涼亭回到園子裡時，荀哥兒和莫哥兒已經從鞦韆上下來了。

前幾天，荀哥兒學會了走路，一個人可以脫手走好幾步呢！現在又在地上走，索娜女官在旁教他，說不用管他是走還是爬，只要他在動，身旁也沒有什麼危險的東西，就隨他。

現在荀哥兒站在草地上，瞧著莫哥兒編草環，看得目不轉睛。等莫哥兒編好，還沒玩幾下，居然就被從身旁走過去的荀哥兒給搶到了手裡，三兩下就捏壞了。

捏壞也罷了，可這小混球還很囂張，拿著壞了的草環對莫哥兒嫌棄道：「不好，再來。」

這些天莫哥兒可是怕了這個小土匪，自從前兩天和荀哥兒搶東西被掀倒在地上後，便再不敢惹荀哥兒。看著自己辛辛苦苦編好的草環一下子就壞了，還被荀哥兒欺負嫌棄，一時間委屈湧上心頭，癟嘴哭了，哇的一聲，讓正坐在石桌旁說話的薛宸和婁映煙嚇了一跳，趕忙跑過來。

薛宸瞧荀哥兒跟個小肉墩子似的坐在草地上，看著一下子就被婁映煙抱入懷裡安慰的莫哥兒，絲毫不為所動，反而用小胖手指指自己的小臉，奶聲奶氣的說道：「哥哥羞，羞羞。」

婁映煙臉上現出了尷尬，薛宸也有些不好意思，將荀哥兒拎起來，也不抱他，就讓他站著，居高臨下地瞪著他。「那是哥哥的草環，你不可以弄壞的，快跟哥哥說對不起。」

荀哥兒雖然聰明，會說不少話了，但對於薛宸這一長串的話還是無法完全理解，睜著烏溜溜的大眼睛對薛宸道：「哥哥哭，哥哥說。少爺不哭，少爺不說。」

薛宸哭笑不得，「少爺」是身旁一些丫鬟婆子稱呼荀哥兒的，他倒好，現學現用，套到自己身上來了，小小的身子挺直站立，一副就他有理的樣子。

婁映煙不想叫孩子為難，可莫哥兒一直哭鬧不休，只好向薛宸告辭，把莫哥兒抱走了。

等他們離開之後，薛宸才回過頭，睨著這個小霸王，蹲下身子，和他平視。「你這性子也不知隨了誰，跟霸王似的。我看，是要讓你爹好好管管你了。」

荀哥兒瞧著全身香香的娘親近在眼前，嘴裡說了好些話，不過心思卻不在薛宸說了什麼，也不懂讓爹爹管教是什麼意思，伸手就去搶薛宸耳朵上的石榴耳墜子。

夏珠在旁瞧見了，生怕薛宸的耳朵被扯痛，趕忙制止荀哥兒，和聲說道：「荀哥兒乖，這可不能扯。」

荀哥兒不買帳，挺著小胸脯道：「我要！」

夏珠無奈，向薛宸求救，薛宸感覺兒子這霸王性子若是不好好管教管教，將來成了習慣，那可不是什麼好事，一把將他抱了起來，佯作生氣道：「要什麼要？這世上哪有什麼東西是你要了就得給你的？別動！再動，娘親可打你屁股了啊！」

薛宸難得做一回嚴母，卻讓荀哥兒覺得新鮮極了，以為薛宸是在換著花樣和他玩耍，越打屁股，他就笑得越厲害。

薛宸瞧著這張漂亮的小臉蛋，頓時有種無力的感覺，這小子完全是承襲了他爹的無賴嘛！

不過，她也就是手中做樣子打打，哪裡捨得真對寶貝兒子下手呀，想著婁慶雲今兒正好休沐在家，便抱著兒子找他去了。

婁慶雲正在保養兵器，薛宸在兵器庫找到他，一把將笑個不停的荀哥兒送到他手上，道：「你兒子，你教吧。如今可是了不得了，三天兩頭把莫哥兒欺負到哭，這性子再不管教管教，將來指不定要成什麼無賴霸王呢！」

婁慶雲一手拿著劍，瞧了不住想往薛宸懷裡奔的兒子一眼，突然笑了，讓薛宸放一百個心，他一定把兒子給教好。說完這些，就抱著兒子進去了。

薛宸心想，讓婁慶雲嚇嚇荀哥兒也好，免得這小子被寵壞了。

把兒子交給婁慶雲後，薛宸去了婁映煙的院子裡。

莫哥兒還在婁映煙的懷裡抽泣，薛宸帶了他最喜歡吃的糖，他才肯從娘親的懷裡爬下來。薛宸向他道了歉，莫哥兒才破涕為笑。

這時候薛宸倒是很慶幸莫哥兒的性子隨了他娘，軟和極了，但也不免替江之道擔心。女兒家生成婁映煙的脾氣倒還沒什麼，畢竟嫁人之後就是人家的媳婦，脾氣溫和些總是好的。可男孩子太軟了，將來鎮不住王府，卻是個問題啊！

當然現在一切還不好說，畢竟男孩子的性格比女孩子變化得快些，也許莫哥兒小時候軟和，將來大了，跟著江之道出入戰場幾回，就會堅毅許多了。

剛坐下和婁映煙說了幾句話，夏珠就跑了進來，神色尷尬地對薛宸說：「少夫人，您快回去瞧瞧吧，國公要打世子呢。」

薛宸手裡的茶還沒喝，聽夏珠這麼說，不禁放下茶杯，站了起來。

婁映煙也緊張萬分，問道：「出什麼事了？」

夏珠瞧了瞧在一旁安靜吃糖的莫哥兒，才苦笑道：「國公抓到世子要揍小少爺，怒了。」

「……」

薛宸簡直要罵死婁慶雲了，他要教訓兒子，也該避著國公、公主和太夫人呀！

荀哥兒是薛宸的寶貝，可她寶貝的程度猶不及家裡三個護孫的老人。沒想到國公今天也休沐在家……唉，這叫什麼事啊？

薛宸只好認命地回了滄瀾苑。

第七十五章

薛宸回來時，院子裡已經安靜了，伺候的人全都不見了。進去後，就瞧見婁慶雲委屈地跪在院子中央。

婁慶雲回頭，看了薛宸一眼，可憐兮兮地將手背送到她眼前，就見上面一道紅痕清晰可見。

薛宸蹲下去問道：「這是怎麼了？」她讓他教兒子，怎麼到最後卻變成他老子教兒子呀！

婁慶雲還沒開口，就聽廊下花蔭後頭傳來一道聲音——

「別心疼他！這個喪盡天良的混小子，虎毒還不食子呢，他居然揚手要打我的荀哥兒。讓他跪著！」

婁慶雲忍不住回嘴。「我哪裡要打他？就是嚇嚇他，您也太冤枉人了吧。」

「閉嘴！給我當場撞見了，你還敢狡辯！這是我正巧看見了，要是在我看不見的地方，誰知道你打不打？」

婁戰抱著正在吃糕餅的荀哥兒走出來，一邊體貼地替荀哥兒擦嘴上的碎屑，一邊竭力指責婁慶雲。

「再說了，荀哥兒才多大，你嚇他幹麼？要是把他嚇出個好歹，我看你也別在京裡待著了，去漠北守馬場去！辰光啊，妳給我看好他，不跪完兩個時辰別讓他起來！我先把荀哥兒抱回去，這事還不能讓你們的母親知道，知道了，說不定要打斷這混小子的腿！」

婁戰對薛宸撂下這番話之後，便頭也不回地抱著荀哥兒走出院子。荀哥兒趴在爺爺的肩膀上，小胖手居然還對爹娘招了招，就是跟他們「再見」的意思，看得婁慶雲又是一陣牙癢癢，目光對著荀哥兒離去的方向和薛宸之間來回轉了好幾次，然後才洩氣地放下手，從地上站了起來。

薛宸知道，今兒這事算是她惹出來的，趕緊殷勤地幫他撣身上的灰塵，討好地笑道：「別氣了、別氣了。」

家裡那三個護孫老人家可不是鬧著玩的，婁戰看見婁慶雲要打荀哥兒，只是讓婁慶雲跪著；長公主瞧見了，一定又哭得昏天黑地；而太夫人知道了，哼哼，對不起了，婁慶雲也許真的要被發配到漠北看馬場去了，就是這麼任性。

因為家裡三個老人寵兒子，讓薛宸意識到兒子不能太寵了。難得她下定決心，想讓婁慶雲盡一盡父親的職責，教教兒子做人的道理，可沒想到他這麼不中用，不但沒教訓到兒子還反被自己的老子教訓……

婁慶雲瞧見薛宸眼中滿是不信任，不禁氣急了，指著婁戰和荀哥兒離去的方向，色厲內荏道：「那臭小子就是欠教訓！妳、妳等我，我去把他給拎回來，今兒定要他認錯不可！」

不管怎麼說，他也是當老子的人了，雖然兒子如今還不到三歲，但教育什麼的總要從小開始比較好吧。心中瞬間又充滿了雄心壯志，準備追上去時，卻被薛宸給拉了回來。

「得了吧，我可不想去漠北瞧你。」

婁慶雲聽了，尷尬地摸了摸鼻頭，輕咳一聲，說道：「咳咳，今兒是偶然，以後我總能找到法子教育那小子的，放心吧。」

薛宸：「……」

曾家和信國公鬧得不可開交，兩家幾乎勢成水火了。

曾家覺得自家姑奶奶跟著信國公過了幾十年，信國公居然為了幾個妾侍就把姑奶奶給休了，用的理由雖然冠冕堂皇，但這些事情在民間來說，主母不過處置了幾個妾侍，根本不至於休妻。

只是不管怎麼說，信國公就是鐵了心要和曾家對壘，說什麼也不肯退步，每天晚上回家，自有閔柔這個心尖上的寶貝給他出主意。

閔柔是孤注一擲，說什麼也要把曾氏踩實了，讓她再不能回到信國公府。一旦曾氏回來，她的死期就到了。被休的女人沒有權力管她，可若主母歸來，處置個妾侍根本是微不足道的事情。所以，不管是為了自己的前程，還是為了自己的命，閔柔都卯足了勁給信國公灌迷湯，怎麼也要抓住這次機會，讓曾氏永不翻身。

兩家鬧得如火如荼，信國公腹背受敵，雖有後悔之意，但如今朝廷的人都知道他和曾家鬧得不可開交的事，若他退縮，別人就會以為他怕了曾家。原本事情還有轉機，可被曾家這麼一逼，他騎虎難下，每天被煩得心力交瘁，只能硬著頭皮，乾脆把心一橫，抓住曾氏善妒這點怎麼也不肯退縮。

就在這個時候，鎮國公家後院也失了火。鎮國公家的小兒子方進在自家後院裡被一支流箭射中膝蓋骨，箭鏃入骨穿透，一條腿就這麼毀了。

院子裡的丫鬟僕人全嚇壞了，引起一陣恐慌，方進的慘叫聲響徹雲霄。鎮國公夫人聞訊趕來，瞧見小兒子身下一片血紅，撲過去就哭了起來。

管家在方進的腿上發現了染血的字條，取下來交給鎮國公夫人。

「夫人，您看這是……」

鎮國公夫人一看，當即面色大變，手一鬆，紙條掉在地上，上頭清清楚楚寫著幾個字——三日後，再來取命！

鎮國公夫人立刻讓人把鎮國公從府衙請回來，夫妻倆商量一陣後，決定先把方進送到南郊別院，那裡有鎮國公府的大批護衛看守，必不會出事。

鎮國公夫人在別院陪著小兒子，就這樣安然度過了五、六天，沒見發生什麼事。第七日時，鎮國公夫人有事回了趟京城，別院中只剩下方進。

方進在後院待得有些無聊，他向來紈袴慣了，成天仗勢欺人、魚肉鄉里，半刻消停不下來，被他害得家破人亡的人家不在少數。他雖然害怕在府裡莫名其妙被射中一箭的事，也害怕那張在他膝蓋上的字條，可是躲到別院後，別說三天，六天都熬過來了，估計著已經沒什麼事。只要他在這別院裡繼續躲幾天，那幕後之人找不到他，大概就會放棄了。

心情一輕鬆，想的事情便多了，方進撐著楞杖，喊來侍衛長，讓他去京城找幾個姑娘來唱唱曲。侍衛長有些為難，可也知道這位小公子的脾氣，乾脆派人下了山。

方進左等右等，就是沒人來，正在院子裡無聊地拿小丫鬟解悶時，突然聽見隔壁傳來一陣大珠小珠落玉盤般的琵琶聲與歌聲。

方進湊著牆頭，聲音正是從隔壁的院子傳過來的，歌喉婉轉、曲調勾人，多日不近女色的方進哪裡忍得住，幻想著院牆那頭是個婀娜多嬌的小美人，說什麼也要翻牆過去看看才行。

他也知道，能在這地方的別院出現的姑娘，不是官家小姐就是富賈千金，要麼是大人物家的歌姬，當然，他心裡更加期盼是後者。如果是歌姬，只要派人告訴隔壁的主人一聲，不過要個歌姬來，想必人家會給他這個面子。

這麼一想，方進心裡更是心癢難耐，喊了侍衛，坐上他的肩膀，然後讓侍衛爬梯子，送他上牆頭，看見了那個彈琵琶的人。果真是人比花嬌的小美人，旁邊坐著個文士模樣的人，被簾子遮著看不見臉，從穿著來看，是個年輕的書生。

方進看那姑娘華衣美服，男子卻是窮酸打扮，猜想這定是小姐在私會情郎……眼珠子一轉，讓侍衛翻下牆頭，從那小姐家的院子裡接住他，然後拄著楞杖，一瘸一拐地從牆邊走出了小林子。

那小姐瞧見林子裡有人，臉色都變了，又驚又怒地喊道：「大膽！你是什麼人？我不是說過不許任何人過來嗎？」

這下方進心裡更加確定這小美人是在偷偷私會情郎，若是這種情況，他把人當場給欺負了，想必她也不敢聲張。越想越來勁，越想越覺得這是天上掉下來的好事，步步逼近，淫笑不斷，也不和那小姐分辯，直接朝人撲了過去。

那小姐大驚失色，躲到書生的背後，方進這才瞧見了他，的確是個白白淨淨的書生，身材頎長、面容清秀，滿臉都是書卷氣，但臉上露出些許尷尬和怯懦，這不是有身分的公子該有的表情。書生的處處退縮，讓方進更加肆無忌憚，而這別院中，因為那小姐的命令，後院裡並沒有下人守著，連個通風報信的丫鬟都被那小姐給攆出去了。

方進步步緊逼，書生抖著手，從桌上拿起一把削水果的刀子，對他道：「別……別過來，再過來，我……我殺了你！」

方進被書生結結巴巴的語氣逗笑了，啐了口唾沫，對他身後的姑娘道：「小姐，妳還是跟我吧，這麼沒用的書生跟了幹麼呢？哈哈哈，過來過來，讓哥哥好好疼妳。」

方進不是不怕刀，也不是膽子大，而是他身後跟著十來個助紂為虐的護衛。這裡只有書生和小姐，他們私會，根本不敢喊護院進來，看那書生拿刀的手正在發抖，方進多少學過一點點武功，真心懷疑他靠近時那把刀還能不能穩穩地拿在書生手裡……

這麼想著，方進便肆無忌憚地朝那被嚇得花容失色的姑娘撲去。但是，他突然發現那書生像被人推了一把似的，急急往他的方向衝過來。

方進只覺自己的心口涼了一下，難以置信地低頭看去，刀子沒入胸膛，只剩刀柄在外，刀身全刺進了他的心臟。

書生似乎沒想到事情會這樣發生，趕緊鬆開抓著刀柄的手。

方進瞪著雙眼，直挺挺地倒了下去。

見殺了人，那小姐終於忍不住大叫起來，這府的護院們循聲而至，瞧著院子裡發生的慘況，全都愣住了。

鎮國公夫人把府裡的事情安排好之後便匆匆趕回別院，還帶了府裡廚子做的一些吃食。可她讓人找了一圈，都沒找到小兒子的蹤影。

直到隔壁發生大亂，府裡護衛焦急地跑進來，對鎮國公夫人跪下道：「夫人，小公子死了！」

鎮國公夫人驚愕得說不出話來，跌坐到地上。當她回過神，得知自家小兒子是被隔壁小姐私會的情郎殺死時，整個人怒了，帶著無邊怒火衝過去。

而看到那小姐時，鎮國公夫人又愣住了。這小姐不是別人，正是威遠侯家的嫡小姐趙紫馨……

薛宸在湖邊亭子裡餵魚，嚴洛東把威遠侯和鎮國公府這些天鬧出來的事情，一五一十告訴了薛宸。

「鎮國公府說什麼也要把威遠侯嫡長女送去官府問罪，但威遠侯哪裡捨得？就把那小姐的相好書生給推了出去。趙小姐雖然捨不得書生，但為了自保，顧不得那麼多了，同意將書生送入府衙問罪。鎮國公府哪肯甘休，畢竟死的可是家裡最受寵的小公子。正兩相僵持，在朝廷上掀起了不小的風波。」

薛宸將手中的魚食拋下水，看著池子裡的錦鯉爭相來吃，才對嚴洛東問道：「孫家那邊怎麼樣了？」

嚴洛東點頭。「已經在半路上。孫大人在海上待久了，腿腳有些不靈便。」

薛宸嗯了聲。「讓他快點，做事情總要打鐵趁熱。不把事情鬧得大些，怎麼對得起他們當年鬧出來的事情？」

「是，我親自去接他。」

嚴洛東下去後，薛宸才把目光放到湖面上，幽幽地呼出一口氣。

兩年前，方進在宛平當街打死了人，死的是宛平府下永寧縣知縣的兒子。當時鎮國公利用職權把這件事壓了下去，永寧縣知縣也被革職，除去一身功名，舉家逃亡海上。可是鎮國公府猶不肯放過，鎮國公夫人暗地派人在半途截殺孫大人一家，孫大人受兩名忠心手下保護，倖免於難，可他家二十三口男女老少，盡喪命於那場暗殺之中。

上一世，孫大人後來集結了一幫江湖志士助他回京告狀，奈何還是沒能鬥得過鎮國公府。可這件事到底是發生過的，那陣子，民間都在替孫大人喊冤。鎮國公府為了再把這件事壓下去，便另偽造了一個通敵海賊的罪名，將孫大人押去午門斬首示眾，在當時算是一件滔天的冤屈大案，所以薛宸才會知道。

薛宸這麼做可不是為了替孫大人一家報仇，她還沒那麼好心。孫大人死了一家固然可憐，但她沒有必須幫他的理由，自然是為了她自己的目的才順便幫他。

如今信國公府後院大亂，和承恩伯府勢如水火，接著便是鎮國公府和威遠侯府。威遠侯嫡小姐有情郎一事薛宸自然也是知道的，只不過上一世沒她的阻撓，趙小姐和情郎最終還是私奔了，趙家連那情郎是誰都沒有弄清楚。

趙小姐命不好，情郎和她私奔後五年居然高中了狀元，之後卻沒有娶這個在他寒微之時守在身邊的女人，而是另外娶了右相左青柳得意門生的女兒。趙小姐無家可歸，只好回到趙家，之後自請削髮去了家廟，沒多久便鬱鬱而終了。

薛宸得知這件事時也為趙小姐嘆息了兩聲。不過，她明白這一切是趙小姐咎由自取。她因此得知了趙家和方家在南郊有一座相鄰的別院，這才派人暗地裡動了手腳，讓趙小姐和她的情郎在那一天同時出現在別院中。而方進在府裡受傷不過就是個引子，為的是讓方家把人藏到別院去，好讓三人見面生事，又讓人在那書生背後做了手腳，讓他親手殺死了方進。

晚上，薛宸跟在綏陽長公主後面安排了家宴。

下午婁戩派人傳話回來，說今兒心情好，讓府裡聚在一起吃晚飯。長公主自然是不反對的，薛宸也願意幫忙，韓氏帶著李夢瑩和包氏來了，一家婦人忙活大半天，四桌像樣的小家宴就忙成了。

韓氏對李夢瑩很照顧，樣樣都不讓她沾手，李夢瑩卻是一臉羞怯，薛宸和韓氏對了一眼，韓氏便掩唇笑了起來。這個動作意味著什麼薛宸看得出來，便走到長公主旁邊彎腰說了幾句話。

長公主的眼睛立刻亮了，驚喜地看著韓氏和李夢瑩，韓氏領著李夢瑩到長公主面前行了禮，道：「才兩個月，也是剛發現。」

薛宸和包氏對韓氏她們說了恭喜，要紅著臉的李夢瑩坐到一邊，這裡的事情不再讓她動手了。

薛宸對韓氏說道：「二嬸，我那兒的索姑姑會一套對孕婦極好的瑜伽，若是弟妹願意，我讓索姑姑去教教她。」

韓氏早知道薛宸那兒有這樣的好東西，之所以這麼早就告訴她們正是打著這個主意。聽薛宸絲毫不藏私，直接把她的心事說了出來，雖有些不好意思，卻也接受了，點頭說道：「如此，便多謝了。」

薛宸和韓氏是有生死交情的，當初兩人一起去了汝南王府，經歷過一些事，情誼自然是有的，薛宸願意和睦相處，自然處處不會藏私了。

說了一會兒話，婁戰和婁慶雲等人就回來了。一路上婁戰高聲朗笑，看起來心情果真不錯，薛宸和長公主對視一眼，領著女眷們迎了出去。

長公主接過婁戰手中的馬鞭交給身後的丫鬟。「什麼事這麼高興呀？說出來，叫我們也高興高興。」

早在婁戰他們進門前就有人去請太夫人了，聽見兒子高朗的笑聲，也不禁覺得好奇，跟著問道：「就是，多少年沒見你這麼高興了，快說出來。」

婁戰請大夥兒入座，自然而然從薛宸手裡接過了荀哥兒，把他抱在腿上，親自給他挾菜剝蝦。

婁勤率先站出來說道：「太夫人有所不知，最近真是大快人心啊！信國公府跟鎮國公府的事妳們知道嗎？還有威遠侯……哈哈哈，難怪大哥高興，最近右相黨那些人，可是忙得不可開交啊！」

婁慶雲拉著薛宸坐到小輩那桌，不和婁戰等人坐一桌，看到莫哥兒，就想把荀哥兒抱過來。可婁戰和長公主不肯，太夫人更是不肯了，恨不得把重孫抱到自己身上坐，又不好跟兒子搶。連她都抱不到，婁慶雲更是抱不來了。
婁慶雲接過薛宸手裡的酒，夫妻倆對視一眼，無奈地搖搖頭。聽婁勤說起那些事來，婁慶雲暗暗向薛宸眨了個眼，薛宸倒是神色如常，像是沒瞧見他的表情般，給他布菜倒酒。
李夢瑩和婁兆雲坐在一起，發現婁慶雲對薛宸擠眼睛，完全不似外人印象中那個鐵面無私、冷酷無情的大理寺卿婁大人。而薛宸雖然沒有回應，可臉上的溫柔和手底的順從卻是不言而喻的。
李夢瑩羨慕地看著兩人，打趣說道：「大哥跟大嫂的感情真好。」
婁慶雲和薛宸同時開口，一個說：「那當然。」可另一個說的是：「誰說的？」
一桌的小輩都笑了，薛宸埋怨地瞪了婁慶雲一眼，最後也忍不住笑了出來。
這邊氣氛融洽，主桌那邊就更融洽了。婁戰一邊給孫子餵吃的一邊說話，手法專業，不輸帶孩子的索娜。他的聲音有些大，另一桌的小輩們很快就被他的聲音和說的事情吸引過去。
太夫人對這些事也是有所耳聞的，畢竟她每天都會見些門閥老夫人等外客，此時聽婁勤說起這些，忍不住評論了幾句。「要我說啊，信國公那件事也不全是曾氏的錯，若信國公能恪守本分，曾氏又何必那樣嫉妒呢？雖說她害那麼多人命也是不該，但信國公也實在太過無情了些。」

婁海威接著道：「太夫人有所不知，信國公最近被這件事給煩得都快掀頂了。曾家揪著他不放，別看曾家有些沒落了，可手裡居然拿捏著多年前信國公做錯事的證據，如今跟他打官司呢。信國公騎虎難下，這會兒徹底惹怒了曾家，只怕他這個國公今年評級時就得降等嘍。」

婁戰冷哼一聲。「降等算是便宜他了。」

婁勤連連點頭。「是啊。不過這回鎮國公可就沒那麼好過了。縱子行凶、仗勢欺人，他是什麼東西？又不是吏部的官，憑什麼一句話就罷免了永寧縣知縣？他以為孫奈良一家死絕了，可誰想得到孫奈良居然還活著，在海上做了好幾年漁夫，最近被一些江湖志士救回了京城要告御狀呢！

「哎喲，你們說說，這鎮國公也是糊塗，說得混蛋些，什麼叫斬草不除根？孫奈良這活生生的人證就夠他喝上一壺了。吏部尚書也跟著遭了難，誰讓他從前助紂為虐來著？」

婁戰聽到這裡突然笑了起來，荀哥兒正吃著大蝦，聽見祖父笑了，仰頭看看，把手裡吃剩的半條蝦尾巴送到了婁戰嘴裡。婁戰非但沒有嫌棄，還很開心地吃了，一個勁兒誇荀哥兒懂事，比他老子好云云。

婁慶雲：「……」

薛宸從旁笑著安慰，婁慶雲才沒站起來和他老子理論去。

「不只這些，還有威遠侯家。哎喲，真是想什麼來什麼，你們說，這趙家嫡小姐腦子裡想什麼呢？居然跟一個沒有家世背景的書生好上了，如今為了名節，趙家不得不跟他撇清了關係。可紙包不住火，那書生也是倒楣，居然失手殺了方進。哎喲，這一環扣一環的，可比那些戲文要精采多了。」

婁海威的心情也很好，他一直跟著婁戰做事，很清楚自己的本分，知道自己是什麼位置的人，說話做事皆以婁家為重，處理事情前多會詢問婁戰的意思。今兒這事，無論是哪個婁家人都會感到很高興，儘管他說得開懷，也不用擔心婁戰聽不順耳。

事實上，婁戰聽得可開心了，信國公、鎮國公、威遠侯，還有吏部尚書，這四個人可是右相黨的主心骨，如今他們的後院居然同時失火，實在太叫人不敢相信了。可不管他相不相信，事情就是這樣發生了，讓他不得不信。想著這些天右相的鼻子幾乎要氣歪的樣子，簡直高興得要跳到演武場去狂打一套拳了。

自從右相公然表明自己支持二皇子後，對太子這邊便是多番打壓，不管政治上還是生活上，他的人彷彿毒煙般無形侵入、緩慢滲透，時不時就會給太子生事。

最近，這些事發生得太巧合了，右相一口咬定是太子給他使的絆子，又偏偏找不到任何線索，畢竟都是後宅之事，他們平日裡知道，卻從來沒有在意過，不覺得這些小事會給他們今後帶來麻煩。可現實卻給了他們一記響亮的耳光，就是這些他們看不上眼的小事，在關鍵時刻竟然刺了他們這麼明晃晃的一刀，殺得他們片甲不留、殺得他們潰不成軍！

信國公耽於女色、鎮國公教子無方、威遠侯名聲盡毀，這三個人從前肯定沒有想過，自己居然會敗得這樣徹底。

婁慶雲一邊吃著飯、一邊把手伸到桌子底下抓住自家媳婦的小手。薛宸掐了他一下，他也不收回，耳朵裡聽著婁戰跟婁勤的話，心裡別提多美了。他們說的這些，正是他的親親媳婦兒做的事情。果真如薛宸所說那樣，後宅之事雖遠離朝堂，但照樣可以讓那些在朝堂中威風赫赫的大官們焦頭爛額，拖得他們沒有精神去做其他事情。

古語有云：「娶妻娶賢。」不管怎麼樣，能替夫君分擔煩惱的妻子，都是賢妻！如果妻子的賢慧是財富，婁慶雲相信自己擁有了整座金山，而且這座金山只屬於他一個人！一想到這個，他就忍不住興高采烈起來。

第七十六章

這段日子，荀哥兒已經能自己走路，只要有人在後面跟著就成，會說的話也多了。

不過，荀哥兒越長越大，薛宸卻發現了很嚴重的問題，那就是這小子越來越霸道了，想要的東西不管怎麼樣都得拿到手，先是要，不給就搶，總要搶到了才成。

如今莫哥兒是見了荀哥兒就怕，根本不敢和他待在一個屋裡，來找他時總先把自己喜歡的東西藏起來，生怕帶到荀哥兒面前就被他搶走了。

婁映煙覺得姪子的性子就該是這樣，在薛宸對她說了自己的擔心後還反過來安慰她。「大嫂妳別擔心，我聽娘說哥哥小時候也是這個樣子，荀哥兒要是不這樣才不對勁呢。妳瞧，哥哥現在不是好好的嘛。」

薛宸：「……」

被這麼一安慰，她覺得更加不好意思了。若是再不管教管教荀哥兒，今後很可能會出亂子的。但家裡的長輩太寵了，根本輪不到她和婁慶雲這對正經父母來管教。

夫妻倆很是惆悵，商量了不少日夜後，才想出一個「對敵」之道。如果他倆再生一個，荀哥兒就不是大房獨一無二的孫子了，這樣也許能分散一點老人家的溺愛。

這個妙計深得婁慶雲的喜歡，而薛宸也早已身經百戰，不是昔日那吳下阿蒙，夫妻倆時常酣戰到天明。終於，在一段時間的努力後，薛宸如願有了反應，喊了太醫過來請脈，便確定了下來。

薛宸再度有孕的事果然讓家裡的老人們又興奮了一把，薛宸也沒有第一次那麼緊張了。太醫來看過，說孩子已經一個多月，這回薛宸除了嗜睡之外，倒是沒什麼特別的不適，也完全沒有懷荀哥兒那時想吐的感覺。

只是因為月分太小，太醫也不好判斷接下來是不是真的不會孕吐了，還是讓薛宸做好準備。

索娜已經被薛宸送去李夢瑩那裡教她瑜伽，李夢瑩從前學過跳舞，索娜的瑜伽對她來說適應得挺快的。而薛宸因為月份太早，現在還不能練，得把前三個月的胎坐穩了，才能開始慢慢練起來。

這幾天婁慶雲都在宮裡當值。像他們這樣的勛貴子弟，只要能堪大用，基本上都會被排入宮當差，婁慶雲也不例外，每回都被派到勤政殿。

昨日，皇上和內閣商量國事，徹夜未曾休息，婁慶雲等人只能相陪在側，出殿門時，天色已經露出魚肚白。

和一些同僚打過招呼，婁慶雲正要補覺去，卻被太子喊住了。

太子拉著婁慶雲去了東宮，婁慶雲也不和他客氣，進去後，有什麼吃什麼，歪在書房裡的軟榻上，毫無形象可言。他和太子是從小累積的感情，太子登基之前，婁慶雲都不會逼自己改掉這個隨意的毛病。

太子也不喜歡和他生分，端著茶杯坐到婁慶雲的腳邊，說道：「哎，最近那些事你聽說了嗎？」

婁慶雲正在吃桂花糕。從昨天下午開始他就沒吃過東西了，皇上和內閣大臣們在內間議事，他和另外幾個守衛站在外間，一個班沒有站完是不能吃東西的。原本應該到晚上就散了，可沒想到皇上會和閣老們繼續談下去，他就只能餓著，現在是真不行了。

婁慶雲口齒不清地說：「什麼事啊？」有點噎，看著太子手裡那杯茶。

太子也不吝嗇，乾脆遞給他，自己又去旁邊拿了一杯。

「就是右相黨那些事啊。信國公、鎮國公、威遠侯，還有吏部尚書……最近可是風頭正勁啊，連父皇都察覺到了。別跟我說你不知道啊，我才不信呢！」

婁慶雲吃了點心，肚子裡才稍微好受些，把點心盤子放下，醞釀了一會兒才道：「哦，太子是說……那些事啊。」

太子見他神色不對，憑著從小一起長大的默契，趕緊湊過去，勾住婁慶雲的肩問道：「我就知道和你脫不開干係。怎麼樣？你幹的，還是姑父幹的？」

婁慶雲雙手抱胸，沈默一會兒然後才搖了搖頭。「都不是。」

太子納悶。「都不是？不可能吧。我想來想去，會在這個時候幫我一把的，除了你們，沒人有這本事啊！。」

婁慶雲沒說話，又拿起一塊桂花糕，正要吃，卻被太子攔住了，揚眉對他說道：「別吃了，跟你說話呢。」

婁慶雲推開太子的手，將桂花糕送入嘴裡咬了一口，口齒不清地說：「反正不是我和我爹……」

「那是誰？」

婁慶雲垂眸想了想，才轉頭看向太子，嚥下嘴裡的東西，一字一句地道：「你想想，這些事的源頭可都是後宅的事啊。」

「後宅？」太子瞇著眼，重複這兩個字，突然目光一亮，從軟榻上站起來，把茶杯放到一邊，摸著下巴想了又想，道：「你是說……這些事都是女人幹的？但孫奈良那事怎麼會是後宅的事？他都回京告狀了。鎮國公府的案子可不是深宅婦人能……」

說到這裡，太子突然不說話了。

他想到了一件事，之前有探子回來稟報汝南王府和淮南王府的事情，說是淮南王府暗地派兵潛入汝南城欲行不軌之事，由太妃左氏和王妃金氏掩護，最終卻落得王妃慘死、淮南王府受挫的下場。究其背後的原因，是淮南王府想綁架衛國公世子夫人薛宸，被薛宸發現，將計就計，早一步派人把淮南王妃擄到自己房裡，讓淮南王府的人抓錯人，錯殺了自己的王妃……

當時他還在想，這件事一定是婁慶雲暗地裡做的，因為婁慶雲戀妻成狂，上回薛宸不過是去大興一趟，他就不管不顧地向皇上告了好幾天假，連夜趕去接應她，而這回薛宸獨自前往汝南，他又怎麼可能放心？太子心裡認定了婁慶雲是這事的幕後之人，並未懷疑過這有可能是薛宸做的。

如果真是薛宸，那麼最近京裡發生的這些事……婁慶雲一直強調是後宅之事，是不是就算默認了？

「是……她幹的？」

太子覺得，現在自己的心很亂，有點不知道怎麼稱呼薛宸了。

一直以來他只把薛宸當作是婁慶雲喜歡的女人看待，對她並不了解。更直接點的說法是，太子心裡其實是不怎麼待見薛宸的，薛宸嫁給婁慶雲之前不過是個三品官家的喪母嫡女，身分遠遠配不上婁慶雲這個衛國公世子、他從小到大的好兄弟，但想著婁慶雲孤身這麼多年，難得看上一個女人，就沒多說什麼，想著婁慶雲高興就好。如今知道這些事，他又怎麼能夠輕鬆地接受這個殘酷的事實呢？

婁慶雲沒有說話，只是坐在那裡喝茶。

太子搗嘴想了想，然後才坐到婁慶雲身邊，低頭道：「那個，我再問一句啊。汝南王府和淮南王府那件事……是不是你幹的？」

婁慶雲張著一雙桃花眼，無辜地看著太子，然後爽快地搖了搖頭。「我沒想到事情會發生得那麼快，根本沒來得及去。」

「……」

聽了婁慶雲這個回答，太子心裡就有數了。果然是她！真的是她！

那個女人太可怕了，淮南王妃說殺就殺，不怕惹禍上身嗎？還有如今京城裡發生的這些事情……樁樁件件都展現出那個女人的狠辣手段。斜眼看了看一臉自在和與有榮焉的婁慶雲，一時間竟不知道該說什麼才好。

也許，他該好好掂量掂量薛宸這個女人了……

婁慶雲見太子臉上露出異樣的表情，知道這個真相給了他很大的打擊。如果不是有事相求，他也不想暴露妻子的能耐，但這樣有些事沒辦法繼續說下去，只好暗示太子了。

他湊過去對太子說道：「她做的這些事，太子能給她記功嗎？」

太子愣住，不懂婁慶雲說的是什麼意思。「嗯？當、當然了！你想現在給她請功嗎？先算了吧，時機不對。而且，她不已經是一品誥命了，我還能封她什麼呀？不過，她替我做的這些事，我記在心裡，今後絕少不了你們夫妻倆的好處。放心吧。」

雖然太子心裡震驚，但畢竟是太子，經歷過大風大浪，發愣一下便回神了，對婁慶雲這般說道。

誰知道婁慶雲卻搖了搖頭。「我不要什麼好處，只求太子一件事。」

太子疑惑地看著婁慶雲。「說。」

只見婁慶雲走到他身邊，彎下腰，在他耳旁低聲說道：「你給她配一隊暗衛，我來調教，我來養。如今她雖然還沒有暴露，可我擔心有一日被人知道了會傷及她。我手裡有大理寺和錦衣衛，但總不能日夜抽調人去，還是從你這兒派人保險，將來也不會被人詬病，說我公私不分。」

太子瞧著婁慶雲，突然笑了。「既明，我真沒見過你這樣的男人。至於嗎？」

婁慶雲認真地點點頭。「至於。她的命比我的命重要！你准不准，給我句痛快話。你要不准，我就給她配私兵了，到時候給人抓著參一本，我可不管啊！」

太子失笑，站起身。「瞧你說的，這才多大的事啊，不就是一隊暗衛嘛。這回，她算是替我解決了不少麻煩，這個禮該送她的。你回去給我帶句話，就說讓她可勁兒折騰，出了事我兜著。」

有了太子這句話，婁慶雲笑了起來。「嘿嘿，可不就是你兜著嘛。」

兄弟倆又湊在一起說了一會兒話，等太子換好衣裳後便一同出宮去了。太子成年前住在東宮，成年後就在宮外建了太子府，離皇城極近。

路上，太子和婁慶雲說，兩個月後他的長子過六歲生辰，讓婁慶雲帶他兒子和媳婦兒去太子府熱鬧熱鬧。

太子的長子不是太子妃所出，是側妃之子，算不上是嫡長子，因此生日不能在宮裡辦。但到底是太子的第一個兒子，不想太虧待他，便在府裡大肆操辦，請朝中同僚、親朋好友齊聚，也算是熱鬧一場。
妻慶雲想著，兩個月後薛宸的身孕正好滿三個月，算是穩定了，到處走走也沒什麼，總不能一直窩在家裡，就答應了。
柳煙站在拱形西窗前看雨，外頭雷聲隆隆，夾雜著閃電。
范娘子拿了件金絲絨披風披在柳煙身上，略擔憂地說：「姑娘，進去吧，小心著涼。」又給柳煙遞上一杯她剛剛沏好的玫瑰香茶。柳煙喜歡玫瑰，不管是做菜還是喝茶，就喜歡這鮮紅的一口。
柳煙轉過身，接了茶杯，神色有些陰鬱，低頭掀開蓋子，露出杯中泛紅的茶湯，看著上面的漣漪，心裡氣不打一處來，將杯子猛地摔在地上。頓時，鮮紅的茶湯潑灑一地，杯子瞬間四分五裂，嚇了范娘子一跳，連忙跪下來。
柳煙看著滿地的碎片，咬牙切齒地說：「廢物！全都是廢物！」
也許是情緒太過激動，或是想到了什麼，柳煙摀著胸口，眉頭緊蹙。
范娘子見狀，趕緊站起身扶著她。「姑娘，您別激動，身子要緊。這不是多大的事，根本和姑娘沒有任何關係，全是那些人惹出來的。相爺不也派人來安慰姑娘了嗎？他……」
柳煙冷哼一聲。「安慰？要真想安慰我，他為什麼不親自過來？不就是埋怨我沒把事情辦好。我多想給他立功、多想讓他誇我呀?!可那幫不成器的……成事不足、敗事有餘！」

范娘子心疼柳煙，但也不敢反駁她，又不能真的順著她的話說，柳煙對相爺的感情是真，所以才將成敗看得那樣重。想安慰她，卻不知道怎麼安慰，只好跪著求她不要動怒。可柳煙像是發了狂似的，在屋子裡亂砸亂踢，絲毫不顧手腳會不會受傷。

「姑娘，奴婢求您了，別這樣傷害自己好不好？」范娘子是真心疼柳煙，撲上去抱住她，不讓她再繼續傷害自己。

柳煙被范娘子拉著跪坐在地，手心被碎瓷片割傷了，正流著血。范娘子抽出手裡的帕子幫她包紮，勸道：「姑娘，您這是何苦呢？若真覺得心裡憋悶便報復回去，這樣傷害自己有什麼意義？」

柳煙閉上雙眼，嘆息道：「妳以為我不想報復回去嗎？可我終究是小瞧了薛宸這個女人！」

范娘子將帕子打個結，才把柳煙攙扶起來。

柳煙的情緒似乎好了些，坐在貴妃榻上目光有些失神，卻一點都不空洞，反而漸漸燃起某種鬥志。

這段時間京城裡發生的事情，騙得過別人卻騙不過柳煙。她當然知道這些是薛宸對她的回敬，因為汝南王府的事，已經徹底惹怒了薛宸。

當初柳煙是想試探試探薛宸的本領，便容了淮南王太妃去做那件事。可她只吩咐淮南王太妃綁架薛宸，教訓她一下，讓衛國公府急一急，這樣既能讓妻家忌憚，又能給薛宸一個窺探她後宅的教訓。但淮南王太妃這個蠢東西，居然做得那樣絕，綁架薛宸還不夠，還想直接要了她的命，才把薛宸徹底惹怒了。

信國公府、鎮國公府、威遠侯府這些人家的後院同時失火，信國公府也罷了，不過是些妻妾爭寵的小事，只要不涉及朝堂，最多就是讓信國公頭疼一段時日，不至於影響其他的。可鎮國公府就不同了，鎮國公算是右相的左膀右臂，若是他受損，便不是可以輕易揭過去的了。

而且薛宸不知從哪裡得到消息，竟然神通廣大地將早已消失在海上的孫奈良找了出來。鎮國公府和孫家當年的恩怨柳煙知道一二，鎮國公府的小公子當街打死了人，鎮國公府不僅沒有讓小公子伏法，反而做出一連串的蠢事。做蠢事就算了，還蠢得留了活口。當年，孫奈良是宛平府下的縣令，是官身，鎮國公卻敢下令褫奪他的官位，暗地刺殺，還留下了證據。這樣一來，只要孫奈良交出證據，由三法司上報朝廷後，鎮國公的位置只怕是保不住了。

如此大的事情在短短幾個月之內突然爆發，當時柳煙還不敢相信這件事居然是出自薛宸之手，也懷疑她的人能查到這些，或許是薛宸故意讓她知道的，為的是警告她，讓她明白自己得罪了誰。

柳煙十三歲時就家破人亡，當街流浪，被右相救了回去，之後她就跟在右相身邊。右相救了她的命，對她亦師亦友，柳煙總想著替他分擔那些事，而她也確實做得很好，這麼多年來替右相管住了不少人，一直都很順利。當她手裡掌握的事情越來越多，在京城貴圈中的地位也越來越高，右相對她相當寵愛，只要是知道她的，誰家的夫人不給她柳煙面子？

可自從招惹上薛宸，一切就全變了。

如果可以反悔，柳煙真想收回當時那道命令，恨不得自己從未招惹過這個女人。從淮南王太妃對薛宸動了殺意開始，她和薛宸之間的關係就變得勢如水火，仇恨再難消弭。而薛宸定也不會天真地以為只要教訓了她她就會學乖，今後不會再對她有所作為。

別說薛宸不相信，就是柳煙自己也不相信在受到這麼多挫折之後，她還會放過薛宸。就算不知道薛宸的底限和靠山在哪裡，但柳煙卻已經把她當作一個強勁的對手了。

此時，外面傳來了敲門聲。「姑娘，相爺在翠玉軒等您用膳，請您快些過去。」

柳煙抬眼看了看門外，深吸一口氣，轉頭望向范娘子，兩人的目光交流片刻，才收拾了心情，朗聲回道：「知道了。」

范娘子將柳煙扶起來，入內替她梳妝，在鏡子前小聲問道：「姑娘，相爺讓您出去，會不會是要問您最近發生的事情啊？」

柳煙沈默一會兒，然後大大呼出一口氣來。「是福不是禍，是禍躲不過。快些吧。」

范娘子聽了，無聲地嘆息，手裡動作加快，不一會兒工夫就把柳煙打扮好了。

她撐著傘，開門將柳煙送出府，坐上相爺派來、早等候在府外的馬車，往翠玉軒去。直到馬車消失在小巷盡頭，才嘆著氣回了府內。

第七十七章

薛宸正在吹風看雨，可只站了一會兒就被夏珠拉到後面。蘇苑趕緊上前，把窗戶關了起來。

衾鳳捧著一盤子剝好的石榴走進來，豔紅的籽兒吸引了薛宸，雖然這次懷孕似乎是不吐了，但嗜睡、愛吃酸倒是沒變。如今的石榴正好吃，酸酸甜甜，她簡直想每天都吃上那麼幾個。

可惜索姑姑不讓她多吃，說石榴性寒，吃多了不好，每天僅能吃兩小把解解饞。別看衾鳳端了那麼一大盤過來，真正分到薛宸面前的只有兩把，吃完之後，夏珠就給薛宸端來清水讓她漱口。剩下的石榴籽兒全到了突然跑進來、說是要找薛宸玩的荀哥兒肚子裡。

如今，荀哥兒只比桌子矮那麼一點點，長得圓潤可愛，成天在外頭瞎逛，卻一點都曬不黑，白皙皮膚讓女孩們都嫉妒，再配上那雙和他爹如出一轍的大鳳眼，瞧著就像個養尊處優的嬌嬌小公子般。

只有府裡的人才知道這個小東西有多霸道。而且他還很聰明，會在陌生人面前偽裝起他的霸道，讓別人以為他是個謙恭有禮、又乖又聽話的好寶寶……想到此，連薛宸這個做娘的都不禁在心裡抹了一把冷汗。

吃完石榴，荀哥兒用夏珠遞來的帕子抹抹嘴，從凳子上滑下來，那可愛的模樣讓薛宸不禁將他拉到身邊好好看了看，關心道：「這些天你在祖父、祖母那裡住著，可還習慣嗎？」

荀哥兒蹙了蹙眉頭，回道：「嗯，之前習慣的，今天不習慣。」

薛宸揚眉。「怎麼今天就不習慣了？」

荀哥兒正是喜歡往外跑的年紀，總不想待在房裡，薛宸管著他，可松鶴院跟擎蒼院的幾個老人家卻不管他，不過近三歲的年紀居然就懂得挑選，在薛宸想強行帶荀哥兒回滄瀾苑時，竟給他的祖父和祖母遞去了一抹捨不得的小眼神，可把他們心疼壞了，直說讓荀哥兒在擎蒼院住幾日。

這一住就是一個多月，每回薛宸要看兒子只能自己去找他，大多數時候荀哥兒都在外面玩，直到傍晚才回來，樂不思蜀的。

婁慶雲向婁戰提過幾回，說是孩子雖然小，可也該啟蒙了。婁戰和綏陽長公主心疼，想讓荀哥兒再多玩一、兩年，等到五歲再啟蒙不遲。婁慶雲和薛宸拗不過他們，只好作罷。

像今日這般荀哥兒自己跑回來，還真是稀奇，難怪薛宸覺得奇怪了。

薛宸的話剛說完，荀哥兒的眼珠子便轉了轉，還沒開口，就聽見蘇苑來稟報，說是蟬瑩求見。

薛宸讓蟬瑩進來，只見蟬瑩臉上帶著尷尬，望了荀哥兒一眼，然後才對薛宸行禮。

薛宸看著她，笑問道：「這是怎麼了？嘴巴嘟得這樣高，都能掛油瓶了。」

蟬瑩嘆了口氣，回答：「少夫人，奴婢們一時不慎，讓小少爺把國公最喜歡的玉筆筒打碎了，還有一座玉石屏風，也被砸了。是奴婢們不好，差點傷了小少爺，奴婢是跟小少爺過來的……」

薛宸看著正要偷跑的荀哥兒，哭笑不得，怪不得這小子今兒會想到回滄瀾苑，原來是在擎蒼院惹了禍，讓人攆出來了。

東西打碎了薛宸倒是不擔心，就算這個小祖宗把家裡的東西全砸了，國公也捨不得罵他一句，只是再不管教這小子，今後可真要出大事了。

薛宸使個眼神，讓夏珠將荀哥兒堵在門口，一把抱起他。

荀哥兒在夏珠手上不住掙扎。「放我下來！放我下來！我是你們爺，妳放我下來！」

聽他奶聲奶氣地說這些話，令薛宸和屋內一眾僕婢哭笑不得。薛宸簡直想扶額嘆息，兒子這才三歲啊！就知道說自己是爺，這要長大了還得了？

她走過去正要好好地教訓他，沒想到外頭又有丫鬟來報，說門房求見。

薛宸讓門房進來院子裡回話，只聽他說道：「少夫人，府外有人求見，說是來找大姑奶奶的，可大姑奶奶今兒去了白馬寺，那人便說要見您，說是大姑奶奶夫家的姨娘和五公子。」

薛宸將門房的話放在腦子裡捋了捋，好一會兒才弄明白……是江家的龔姨娘嗎？而五公子……指的是江之嗚？今日婁映煙確實帶著莫哥兒去了白馬寺，不在府中，並不知道龔姨娘會來，所以龔姨娘只好找薛宸了。

薛宸點點頭，道：「請龔姨娘進來吧，先帶來我這裡，等大姑奶奶回來就告訴她，讓她也過來。」

門房下去後，薛宸便從夏珠手裡接過了荀哥兒。

荀哥兒在夏珠手上還敢亂動，但他知道娘親肚子裡有了小弟弟，在薛宸手上是不敢亂動的。況且，他也不想動，娘親懷裡多舒服呀！雙手摟過薛宸的脖子，在薛宸臉上親了一口，奶聲奶氣地叫。「娘。」

聽見這一聲，饒是薛宸想教訓他都下不了手了，只在他鼻子上點了一下，意思意思地拍拍他的小屁股，才轉過身對蟬瑩道：「那兩樣東西讓庫房記在滄瀾苑的帳裡，下午我去補上。既然小少爺來了，就在我這裡待會兒，看他晚上願意睡哪兒吧。妳和長公主說一聲，就說小公子闖了禍，不敢去見她。」

蟬瑩過來，正是想讓薛宸擔待一下荀哥兒打碎的東西。那些東西都是價值連城，她們這些丫鬟可賠不起，又不能和主子們明要，若現在不理清楚，到了盤帳時就麻煩了，所以蟬瑩才會追著荀哥兒過來，讓少夫人扛下這事。現在少夫人擔了，她自然鬆了口氣，便退了出去。

薛宸腹中有孩子，不能抱荀哥兒太久，一會兒後荀哥兒就被蘇苑用糖糕騙去了內間。

龔姨娘和江之鳴被丫鬟帶進滄瀾苑，薛宸站在門內相迎，這對龔姨娘而言已經是最高的禮遇了。

龔姨娘見了薛宸趕忙迎上去，正要行禮，卻被薛宸拉著。「龔姨娘不必多禮，請坐，五公子也請坐。」

江之鳴落落大方地上前對薛宸行禮。「參見少夫人。」

一番寒暄，各自坐下後，薛宸問道：「龔姨娘與五郎怎會來京城？」

過段時間婁映煙總要回汝南去的，這對母子不會是想來投奔她的，肯定有什麼事情才對。薛宸腦中靈光一閃，可是念頭轉得太快，她暫時沒有深想。

龔姨娘嘆了口氣，道：「唉，說出來不怕少夫人笑話，我們娘倆啊是在汝南待不下去了。五郎的哥哥、姊姊都成了家，全是老王爺在時訂下的親事，可五郎年紀小些，沒等到老王爺給他作主，老王爺就去了。

「如今，府裡是太妃當家，太妃恨我入骨，偏偏她是嫡母，若沒她開口，五郎在汝南城中尋不到一個好姑娘。可少夫人也知道，上回我去求了太妃，太妃對我們做了些什麼吧，我不敢再去求她了。

「五郎的年紀已經這麼大，過完年都十八了，再也拖不得。百般無奈下，我才想著乾脆來京城麻煩王妃，看王妃能不能給她這弟弟作個主，尋一戶講理的好人家。」

聽了龔姨娘的來意，薛宸立即心知肚明，龔姨娘哪裡是來麻煩婁映煙，根本是來麻煩她的。婁映煙只有做姑娘時是待在京城的，但大門不出、二門不邁，哪裡知道什麼人家。他們找上門，最後婁映煙還是會來麻煩她這個長嫂，龔姨娘就是算準了這一點，才會直接找上她。

龔姨娘一邊喝茶一邊觀察薛宸的反應，把杯子捏得緊緊的。不過，她到底隨老王爺在軍中生活了十多年，有點膽色，還不至於在薛宸沈默時嚇破了膽。

直覺告訴她，若想給兒子尋個好人家，非得要這位少夫人幫忙。當初薛宸在汝南使出那麼一手偷龍轉鳳，將淮南王妃斬殺於汝南境內，有這般膽識與智謀，肯定是個心思與度量超凡的女人。她跟老王爺在軍中待久了，自認看人有一套，薛宸正是那種有勇有謀、不會對上門求助之人不聞不問的人。

薛宸自然不知道龔姨娘在想什麼，也不知她心中如何評論自己，垂眸喝茶，思量著江之鳴將來會建功立業，如今只是時機還沒到，等明年上了戰場，這份能耐就能表現出來。

如今他們娘倆找上門求助，薛宸自然不會推辭，不管是為了人情還是為了不得罪這位將來的權貴，這一次，她都不會拒絕幫他們的忙。

但關鍵是，怎麼幫？

放下茶杯，薛宸掃了還帶著少年稚氣、斯文俊秀到有些內向的江之鳴一眼，還有他那隻搭在劍柄上、有些發抖的手，知道他此刻的不安。這種不安不是對自己能力的懷疑，而是羞怯，他一定覺得母親的行為太過大膽，覺得薛宸會當面拒絕她的要求，給他們難堪。饒是如此，他還是選擇和龔姨娘一同來了京城，走入妻家。

薛宸微微一笑，對龔姨娘說：「這個……倒不是一件難事。不知五郎喜歡什麼樣的女子？」

龔姨娘大喜過望，江之鳴則一臉驚訝地瞧著薛宸。

龔姨娘忙站起身對薛宸行禮。「多謝少夫人！五郎不挑門第，只想找個溫柔體貼、知書達禮的姑娘就可以了。」

薛宸點點頭。「就這兩個要求嗎？」

龔姨娘連連稱是。「對對對，就這兩個要求，請少夫人替我們作主。我家五郎自小跟隨他大哥學文學武，不敢說文武雙全，卻也並非莽夫，只可惜投胎到我這個寄人籬下的姨娘肚子裡，身分差了別人幾等。不過，他絕對是個好的，我這個做娘的可以用項上人頭替他擔保。」

薛宸聽了，笑著扶龔姨娘坐下。「行了，龔姨娘不必說了，五郎是什麼樣的孩子我能看得出來，將來哪家姑娘嫁給他，他必定不會虧待人家，說不定還能給她掙一份體面回來。龔姨娘也不必自貶身價，我相信有妳這樣的母親，五郎才能生成這大丈夫般的品貌。這件事包在我身上，只是打聽姑娘這種事不是一天、兩天就能成的。這些日子，還請龔姨娘和五郎在客苑住下，等到……」

不等薛宸說完，龔姨娘就打斷了她。「不不不，覥著臉上門已是不該，怎敢再叨擾府上？其實我們來京城有二十多天了，在城西租下一處小宅，雖是粗鄙之地，卻也足夠容納我們母子。

「另外，五郎在京中也有事做，老王爺的幾個部下早年便來了京城，如今頗有些身分，得知五郎乃老王爺么子，都願意給他機會，讓他先找些閒散差事做著。少夫人實在不必與我們這般客氣，有什麼事，直接派人來喊我們便是。」

薛宸笑了笑，更清楚龔姨娘這回上門可不是心血來潮這麼簡單了。她有計劃，並非得寸進尺，有自己的思量和腦子，是個聰明人，正是這樣的女人才能養育出江之鳴這種兒子，的確值得受封誥命的。

在薛宸眼中並沒有太多的門第之見，她喜歡和聰明人說話，這些人知道自己要什麼，也知道別人要什麼，不會討人嫌，卻能讓人甘心替自己做事。更別說這樣的聰明人還有著一分難得的執著，為了達到目的可以拋下自己的面子，哪怕會被人嘲笑，也不願放棄機會，拚力一搏。

既然龔姨娘母子在京城有了住所，薛宸便不再強留，願意給他們這份自由和尊重，目光再次落在江之鳴身上，若有所思。如果她想把婁映柔說給江之鳴，不知婁家人會是什麼反應。

剛才在她腦中一閃而過的念頭，如今是非常清晰了。龔姨娘帶著江之鳴入京，又去找老王爺的舊部，不過短短二十幾天，他們在京城就有了住所、有了差事，可見這個女人的手腕。憑她的本事，要找個合心意的人家不難，但她偏偏來找婁映煙，背後的想法其實可以揣測出來——她對婁映柔，興許真是動了心思的。

薛宸心中對龔姨娘又佩服了幾分，覺得這個女人真的很敢想、很敢做，明知自己是什麼身分，若江之鳴建功立業後也罷了，如今她不過是個姨娘，而江之鳴更是庶房庶子，是什麼樣的勇氣支撐著她來惦記婁家的嫡姑娘？換作薛宸，她必定沒有這份勇氣，做不出這事。

把龔姨娘和江五郎送走後婁映煙才回府，拿著求來的平安符直接去了擎蒼院。薛宸便收拾收拾，領著荀哥兒去找她了。雖然荀哥兒在擎蒼院犯了錯，但除了他自己，誰也不會為難他，長公主還一個勁兒擔心會不會嚇壞了他，直到荀哥兒好好地和她說話，才放下心。

薛宸把龔姨娘來的事情說了，長公主有些意外，婁映煙則不大高興，表情有點惱火。

「這個龔姨娘到底想幹什麼呀？汝南那麼大，太妃的手再長也不可能控制所有人，更何況按照她說的，又不是想找個門第多高的媳婦，哪裡就找不到了？非要來勞煩咱們。」

薛宸笑了笑，婁映煙會這麼想也是應該的，畢竟在她的眼中龔姨娘到底只是她公爹的姨娘，而江之鳴是庶弟，她看不見他的出路，所以才會這樣說，偏偏薛宸又不能直接跟她明說江之鳴未來的成就。既然龔姨娘找上門來，就必須把她的心思向長公主還有婁映煙說清楚，免得到時她們覺得受到了欺騙。

「龔姨娘是個有膽色的，若非如此，也不會隨著老王爺在軍營裡待了十年之久。我覺得她這回來京城，目的其實很簡單，上回汝南王太妃提出的想法也許她是真放入了腦子裡，今日帶著五郎前來，想必是動了那個心思。」

長公主正在餵荀哥兒吃糕點，聽薛宸這麼說，才轉過頭來問道：「那她是怎麼想的？」

婁映煙卻是懂了，眉頭蹙得更緊，道：「她這是動了三妹的心思？可、可這也太……她不過是個姨娘，五郎也只是個庶子，她怎麼敢……」

長公主一聽這話，明白過來，把糕點送到荀哥兒手上，抱著他說：「她是想要咱們家柔姐兒不成？這身分上確實有些不對。」

薛宸從旁安慰道：「身分確實有差異，除卻這一點，那江五郎無論是人品還是相貌都是拔尖的。我瞧著那孩子印堂發亮，今後必成大器。」

長公主噗哧一聲笑了出來。「妳呀，什麼時候還學會看相了？不過能讓妳誇獎的孩子，必定是個好的。其實我不是多在乎門第，關鍵還是得看人品和柔姐兒的意思。當初寒姐兒嫁人，我就想讓她嫁個如意的，她喜歡詩書，那便嫁個文士。

「如今到了柔姐兒，我還是同樣的想法，無關門第，只要人品正、柔姐兒看得上就好。她是我的小女兒，哥哥、姊姊都已經替家裡尋了好親事，到她身上實在沒有什麼要求了。只要她喜歡，哪怕找個人回來入贅我也是沒意見的。」

薛宸當然知道長公主不是嫌貧愛富之人，只想讓女兒幸福罷了。

婁映煙卻是頗有些意見的。「母親，我也知道無須介懷門第，但這龔姨娘我總覺得不大好相與。在汝南時，太妃處處打壓她，可她依舊能過得風生水起，根本不把太妃放在眼裡。這樣一個厲害的女人……」

婁映煙沒有接著說下去，不過她的意思大家都聽懂了，長公主又開始猶豫起來。

薛宸見狀，緊接著說道：「龔姨娘確實厲害，若不是這樣，煙姐兒，妳覺得她能在太妃手中活到今天、能把她的兩兒兩女養大嗎？汝南王太妃可不是個講理的女人，這一點，想必妳比任何人都清楚吧。

「我倒覺得龔姨娘的人品還不錯，如果她真是那種諂媚之人，憑著自己十多年伺候老王爺的情分，怎麼說也得封個側妃，太妃也不能隨意懲罰她，而她在府中又有了權，且分了太妃的名分。

「可是她並沒有這麼做，只要求出府單住，可見她並非貪慕虛榮、一心想往上爬的女人。人只要有底限、有原則，就不會是個不講理的人。有時做一件讓大家都不看好、甚至會被人嘲笑的事，也是種難得的勇氣。」

對於現在的龔姨娘來說，她惦記婁家嫡女的心思被人知道後，必定會以「癩蛤蟆想吃天鵝肉」的話去說她，而且只要是有腦子的人都知道，婁家絕對絕對不會同意這門親事。但她沒有介意、沒有退縮，依舊來了京城，雖然有點厚臉皮，勇氣卻是可嘉的。

因此，薛宸願意給她一個機會。這年頭能這樣豁出去的聰明人已經不多了。

婁映煙聽了薛宸的話，露出思考的神情。

薛宸又接著說道：「好了好了，我不過是分析龔姨娘來京城的目的給妳們聽，就把妳們嚇到了。其實，這都是我的猜測，也許龔姨娘並沒有這個意思，只是單純想讓我們給五郎尋個人家。咱們走一步看一步吧，她若真有那想法，可不是與我們說了就能成的。」

長公主聽這姑嫂倆說話，不禁笑了起來。「宸姐兒說得對，要娶咱們家姑娘，不是她一句話就成的，真不知道咱們在這裡擔心什麼。」

婁映煙想想也是，又低下了頭。

薛宸也微微一笑，點點頭，的確是這個道理。就算她知道江之鳴今後的成就，但他到底適不適合婁映柔、今後會不會對婁映柔好，都是未知數，她不敢保證。

不管怎麼樣，一切還得看兩人的緣分，如同長公主說的，這不是誰說一、兩句話便能決定的事呀。

今年年初，薛雲濤終於升為中書令，所以想在府中操辦生辰，一來算是慶祝，二來藉此聯絡朝中同僚感情。

這幾年，薛家在朝中的地位水漲船高，一門三官，現在薛雲濤又是二品大員，正式跨入了權貴之流。若此家風能傳承百年，薛家便也可算得上世家名門，只是如今年分尚淺。

蕭氏早早就來請薛宸，薛宸是出嫁嫡女，父親的生日自然要到場恭賀。原本薛宸想等壽宴前兩天再回去，因婁慶雲從宮裡回來，想帶她去承德。可今年遇上薛雲濤的壽辰，婁慶雲便乾脆帶著薛宸回了薛家，住進青雀居，把滄瀾苑的僕婢一併帶去，伺候薛宸。

離壽宴還有五天，薛宸在花廳裡和蕭氏看菜單，作最後的決定。魏芷靜和薛繡也回來幫忙了，魏芷靜的身孕已有七個多月，正是走路都要人扶的時候。

魏芷靜剛懷孕時薛宸去看過她，想教她瑜伽，可魏芷靜才練兩天就堅持不下去了。好在她吃得不算多，不像薛宸懷荀哥兒時總是好吃，生怕孩子太大生不下來才學瑜伽的。後來索娜出了宮，薛宸特地帶她去瞧過魏芷靜，說魏芷靜的胎位很正，只要孩子別太大，生產時應該沒什麼問題。

「哎呀，好了好了，終於把要準備的東西點完了。妳們兩個真是好命，都懷上了，全要小心護著，就我一個人跑前跑後，也沒個人心疼我。」

薛繡從外頭走進來，圓潤的身形讓她看起來喜慶多了，臉色紅潤得很，頗有種豐腴的美貌。

關於這一點，薛宸和魏芷靜曾經問過她，薛繡神色古怪，最後被逼急了才和她們說了真相。原來，元卿就喜歡稍稍胖些的身材，說抱著不硌手，硬是不許薛繡瘦下來，薛宸和魏芷靜才不再勸說繼續豐滿下去的薛繡。誰會想到看上去斯文俊美的元大公子居然喜歡豐滿的女人，怪不得一開始時對薛繡不大感興趣，敢情是薛繡太瘦了啊！

薛宸橫她一眼，魏芷靜正準備喝茶，見薛繡進來便起身去迎，拉著她坐下，親自將茶水送到她手上，道：「誰說沒人心疼妳呀！我心疼妳，這是紅棗茶，可好喝了，我還沒喝，給妳喝吧。」

薛繡得意地端起紅棗茶，看了薛宸一眼，顯擺說道：「還是靜姐兒心疼我，不像有些人，就知道讓我跑腿。」

魏芷靜有些不好意思地笑了笑，被扶著坐到椅子上。

薛宸瞥她一眼，不動聲色地拿起面前的菜單雲淡風輕地說：「唉，那是妳以為呢，靜姐兒是喝不下了。唐飛一天照八頓餵她，那麼多東西，就是豬也吃不了，倒了還不如便宜妳了。」

自從薛繡和元卿的感情好了，心裡寬和不少，和薛宸她們說話越來越放得開，什麼玩笑話都敢說了。

「我才不信呢。靜姐兒就是比某些人體貼，像我親妹妹似的，嬸娘您說是吧？就宸姐兒慣會挑撥離間。」

「……」

屋外蟬鳴豔日，屋內清涼宜人，再加上一屋子歡聲笑語，彷彿回到了姑娘們出嫁前的舊時光。

第七十八章

壽宴那天，房門外早早就有了聲音。薛宸想起來，誰知腰間卻被一條長臂環住，不讓她起身。

若是從前，婁慶雲早就覆上來了，可現在他不敢壓著薛宸，只好把她拉入自己懷中，讓她背靠著自己，在她耳旁廝磨一會兒後，才沙啞著聲音道：「再陪我睡會兒。」

薛宸摩挲著他的手臂。「今兒好多事呢。等忙完了，明兒陪你睡晚些。」

婁慶雲的手不規矩起來，薛宸生怕他誤了事，拍拍他的手背，將已經伸入她衣裳裡的賊手抓出來，然後一個翻身，婁慶雲就不敢動她了。

薛宸看著婁慶雲睡眼惺忪的樣子，可愛得叫人想一口吞下去，俯下身在他唇瓣上親了一口，不等他反應過來就下床了。

婁慶雲難得動作沒有薛宸快，伸手沒撈住她，翻過身，用手撐著腦袋靠在軟枕上，隔著帳幔瞧薛宸換衣服的窈窕背影，只覺得生活太美好了，而這一切，全是這個女人給他的。所謂的契合，形容的就是他們，不管她另外嫁誰、他另外娶誰，都不會有他們結合要來得匹配。因為，他們倆是同一種人，有相同的處事手段、有相同的想法，竭盡全力也要把日子過好。

「媳婦兒，有妳真好。」

薛宸正在繫內衫的衣帶，突然聽婁慶雲說了這麼一句，感覺莫名其妙，回頭就見某人正似笑非笑地看著自己，單手撐著腦袋，烏黑髮絲自他指尖流瀉，怎麼看怎麼妖孽。

薛宸看看外面的天色，待會兒蕭氏就要派人來喊了，便對婁慶雲招了招手。婁慶雲深吸一口氣，從床上跳了起來，飛快走到薛宸面前摟著她親了一會兒，才放開她去了淨房。

薛宸心裡別提多甜蜜了，稍加整理一番，打開房門，喊了早已候在外面的衾鳳和枕鴛進來伺候她換衣服。

夫妻倆換好衣服後，去了主院的飯廳。薛繡和元卿、魏芷靜和唐飛，還有幾個西府的女眷已經在飯廳裡等著了。

薛繡和魏芷靜正指揮丫鬟們擺放早餐，看見薛宸和婁慶雲進來，兩個成了親的女人對視一眼，魏芷靜紅著臉低下頭，薛繡卻是潑辣的，打趣道：「終於起來啦？我們等你們老半天了，也不知道在房裡磨蹭什麼。」

薛宸橫了她一眼，從桌上拿起一只花卷塞到她手裡。「妳要餓了就先吃嘛，誰讓妳等我們了？」

薛繡在薛宸耳邊說了幾句話，聽得薛宸都有些無奈了，婁慶雲倒是還好，老臉皮厚，無所謂地聳聳肩，正要和薛繡辯一辯，卻被元卿攔住了。如今元卿可寵著薛繡了，寵得無法無天，拉著婁慶雲就往內間走去，唐飛也在旁邊喊了聲大姊夫，三個連襟去了內間，說是要下棋。

女人們在外面擺放早飯、男人們在裡間下棋等候，終於，今兒的壽星公來了，薛雲濤年近四十卻保養得很不錯，看著不過三十出頭的樣子，嘴角帶笑，瞧著一屋子的年輕人，心情極好。蕭氏上前，向薛繡等人還有來幫忙的西府女眷道了謝，然後招呼在內間下棋的諸位姑爺出來吃早飯，吃過飯後，就要開始忙碌的一天了。

婁慶雲和薛宸坐在薛雲濤的右手邊，薛雲濤問薛宸。「今天荀哥兒什麼時候來？」

婁慶雲給薛宸拿了個肉包，回道：「待會兒就該和我娘他們一起來了，到了之後，讓他給岳父賀壽。」

提起外孫，薛雲濤也是眉開眼笑，又關心了薛宸幾句，知道一切康健，才停了言語，大家默然用膳。吃過早飯，蕭氏便不和這些小輩們客氣了，魏芷靜和薛宸有了身孕，不宜走動，被安排在青雀居裡休息，其他人則全領了事做。

婁慶雲和元卿去前院招呼同僚，唐飛負責隨薛柯、薛雲濤在外迎客。婁慶雲跟元卿的身分高，只要往那裡一坐，等於是薛家的兩塊金字招牌。尤其是婁慶雲，衛國公府簡在帝心、寵信日盛，婁慶雲年紀輕輕即穩坐大理寺卿的位置，替皇上明裡暗裡辦了不少事情，天子寵臣說的就是他這樣的人。誰要是能和他套上近乎，探聽到一絲半點聖意，將來上了朝堂，必定是有所裨益的。

因此婁慶雲和元卿的身邊圍繞著一堆人，婁慶雲也聰明，事事都牽到薛雲濤那裡去，給足這個壽星岳父面子，讓薛雲濤和薛柯對這個女婿、孫女婿十分滿意，讚不絕口。而元卿也擺脫了新婚時的冷淡，學婁慶雲在丈人面前賣乖討好，也讓薛雲清和薛林面子十足，前院的氣氛頓時融洽不已。

中午宴客時薛雲濤是主人，婁慶雲是他的嫡親女婿，理當跟隨他身旁與眾賓客敬酒。一番熱鬧後，壽宴總算順利地結束了。

晚上，婁慶雲帶著酒氣回到青雀居，怕熏著薛宸，洗漱完才進了房。薛宸正歪在貴妃榻上看書，瞧見他進來就笑了，放下書本，張開雙臂，居然是撒嬌討抱的姿勢。

婁慶雲衝上前，一把將薛宸抱了起來，小心翼翼地放到床鋪上。

薛宸知道他今兒忙得很，薛雲濤恨不得讓全天下人都知道婁慶雲是他的女婿，走到哪兒帶到哪兒，辛苦死了。

「今兒沒少喝吧？我聽夏珠說你幫爹擋了好幾回酒。其實沒必要，爹又不是七老八十，自個兒能喝呢。」

婁慶雲醉眼迷離地看著薛宸，撫摸她光滑的側臉，低喃道：「我這都是為了誰呀？還不是為了妳……別動，我親親。」

薛宸哪裡會動，自然是任君施為的，雙手環過他的頸項，親了一會兒，還是某人主動撤離，從薛宸身上翻過去，躺在枕頭上平復喘息，然後才轉頭，可憐兮兮地看著薛宸。

薛宸被這小狗似的表情給逗笑了，在婁慶雲耳旁說了幾句話。

婁慶雲的眼睛立刻亮了，卻仍有些擔心。「妳行不行？其實……我也不是很急。」

薛宸聽了，一撂手，無情道：「哦，不急就算了，我也是不急的。」

「……」

婁慶雲恨不得把自己的舌頭給咬掉，不過小小矯情一下，就差點把到嘴的甜頭給說飛了，摟著薛宸不放手，連聲討好道：「別別別，我急，我急，我急還不行嘛。妳慢著點，別那麼使勁兒，咱們……慢慢來。」

最後一句「慢慢來」，終於讓薛宸的臉紅了，似嗔似怨地瞪他一眼，才轉身放下了帳幔。

一陣火熱纏綿後，婁慶雲滿意地平躺著喘氣，不等薛宸起身清理自己就跳起來了，殷勤的服侍後，才把薛宸摟入懷中說起了夫妻夜話……

這天，薛宸在西窗前看了一會兒花，然後端著一盤子玫瑰花糕去了擎蒼院。前幾日，荀哥兒說要吃來著。

到了擎蒼院才知道，荀哥兒被太夫人接到松鶴院去了。薛宸不想再奔走，免得到了松鶴院荀哥兒又去了別的地方，乾脆在擎蒼院等著。

長公主正在抄佛經，薛宸便坐到她的對面，在蟬瑩捧來的淨手盆中洗了手，擦乾淨後，接過長公主手裡的筆替她抄寫起來。長公主有了幫手便歇著了，歪到一邊喝茶去，兩人有一搭、沒一搭地說著話。

「唉，妳三嬸最近的日子不好過啊。」長公主說道。

薛宸抬眼看她，裝傻道：「三嬸怎麼了？我昨兒還見她出去呢，看著沒什麼事啊。」

長公主嘆了口氣。「嘖，妳知道我說的是誰，淨跟我裝傻。」

薛宸寫了兩個工整的字後，才道：「我可不是裝傻。咱們府裡不就一個三嬸嗎？外人都出去了，我怎麼好再覥著臉喊她嬸娘啊？」

「妳呀，還說不是裝傻。」

長公主看著這個比兒子還精怪的兒媳，心中有些無奈。其實，她也不想管那些外頭的事，但總是心軟，見不得別人哭訴，這個毛病真不知道要怎麼樣才能改掉。

薛宸不置可否地揚揚眉。「她來找您了？沒聽門房說起呀，是在外頭遇見您了？」

長公主見兒媳還願意和她說這事，便不隱瞞，直接道：「在外頭遇見的，咱們府裡有妳守著，她哪進得來呀。上回，我和定遠侯夫人路過妳那海市街，就進去瞧瞧布料，誰知道卻遇見了她。

「唉，她比從前瘦多了，臉色蠟黃蠟黃，眼角的皺紋都多了，一笑起來跟哭似的……她見到我，就對我跪下了，也不管周圍有沒有人，直跟我認錯，弄得我有些下不來臺。唉，妳說，她跟我認錯有什麼用啊，也不是我讓他們分家的。」

薛宸一邊寫字、一邊回答。「嗯，然後呢？她過得怎麼苦了？」

「妳聽我說呀。」長公主坐直了身子，蟬瑩和兩個小丫鬟趕忙上前替她穿鞋、整理裙襬。

「妳三叔……呃，不對，是婁海正，他不是分家出去了嗎？住的是余氏娘家的宅子，可依舊偏心得厲害。余氏想讓盛姨娘出去，婁海正非但不肯，還為了盛姨娘打她，從此不再理會她。她跟婁海正鬧也鬧過、哭也哭過，卻沒什麼用。

「還有，玉哥兒娶了三公主，雖然沒請你們，但我去了。哎喲，那也是個不省心的，我從前就跟余氏說過三公主的脾性，她偏不信，如今好了，不僅惹火自己的夫君，還和三公主這個兒媳處不來。別的人家是兒媳每天向婆母請安，她倒好，每天得去給三公主請安。玉哥兒不敢為了她得罪三公主，只一味讓她忍讓，真是可憐啊。」

薛宸聽了個大概，揀出重要的話想了想，道：「再怎麼可憐，這條路也是她自己選的。當初婁海正要分家，她可是極力贊成。母親不用太擔心她，就算她過得苦，也是咎由自取。您想，她爹現在炙手可熱，婁海正總不會不顧及這些去跟她瞎鬧，既然對她動了手，那便說明是余氏做得太過分，讓寄人籬下的婁海正都忍不住要出手了。

「再說三公主，玉哥兒並非娶她進門，她有自己的公主府，自然是能當家作主的，若余氏連這一點都想不明白，還期望三公主和您一樣好說話，每天去給婆母請安，就是她異想天開了。您說是不是？」

長公主想了想，跟著點點頭。「聽妳這麼說，好像是這個理。我是國公明媒正娶的正妻，自然要孝敬公婆的；三公主是招駙馬，余氏的確不該用媳婦的標準去要求她。這麼一想，她好像不是那麼可憐了，正如妳說的那樣，她是咎由自取來著？」

見長公主想通，薛宸笑了。「可不就是嘛。您千萬要分清楚好壞，別隨意插手人家的家事。今後，余氏要再攔著您哭訴，您讓她直接來找我，若她真有困難，我也不是那種見死不救的人。」

薛宸這句話讓長公主不禁笑了起來。「找妳？她敢？她也只敢欺負欺負我罷了。」

見長公主有自知之明，薛宸又笑了，抄完一頁經文，交給蟬瑩收起來，正要抄第二張時，突然不動聲色地對長公主說了句。「對了，今後若是可以，母親儘量和定遠侯夫人遠著些。」

長公主喝了口茶，問道：「嗯？怎麼了？」

薛宸落筆寫下一字，輕描淡寫地說：「您的行蹤，咱們府裡的人是絕對不會洩漏的，余氏怎麼會知道您去了海市街？還那麼湊巧地撞到您面前？」

長公主愣了愣，然後放下杯子，震驚地看著薛宸。「妳是說，是定遠侯夫人……」

「也不確定，不過是覺得這世上沒那麼巧的事情罷了。若是她洩漏的，您和她遠些正好；若不是她，您和她疏遠也沒什麼。聽說定遠侯府的二小姐最近被二皇子納為側妃了。您知道咱們家的情況，像這樣的人家，能遠著些還是遠著比較好。」

薛宸並非擔心長公主和二皇子的人交往會給妻家惹來麻煩，皇上和太子都知道長公主的脾性，哪會在意這些？只是擔心長公主被人利用罷了，所以才將事情的利害直接說出來，沒有任何迂迴。如果迂迴了，她就不敢保證長公主能不能聽懂了，對於老實人，就要用最老實的方法——直接說。

長公主果真沒想到這層，只覺得定遠侯夫人相邀，不好駁人家的面子，想著不過是一同出去逛逛，又有妻家護衛跟著，應該沒什麼。如今聽了薛宸的提醒，才明白裡面還有這些個原因，立刻受教地連連點頭。「對對對，還是遠著些比較好。最近太子和二皇子又鬧了不少不愉快，咱們還是少和那頭的人摻和才是正理。」

薛宸見她想通了，微微一笑，復又埋頭寫字，狀若隨意地問道：「最近鬧什麼不愉快了？二皇子已經敢跟太子當面鬧不愉快了嗎？」

長公主想了想，道：「唉，他們倆的不愉快那是長年都有的，只不過最近激烈了些。妳知道忠義公家的嫡長子李達嗎？他最近回了京城，他和二皇子是表兄弟，這次和太子的衝突，就是他挑起來的。」

薛宸寫字的手頓了頓，抬起頭重複了這個名字。「李達？」

李達這個名字，給她的印象太深刻了。忠義公家的嫡長子，母親是右相的嫡次女、宮中瑾妃娘娘的親妹妹。然而讓薛宸記得李達的原因，並不是他的身分，而是他後來做的事情。

上一世二皇子之所以會起兵造反，完全是因為李達煽風點火造成的。除了李達之外，二皇子身邊似乎還有個謀士——何元渠。這個何元渠可比李達狠毒變態多了，他是揚州人，聽說從前就是個混蛋，家道中落後來京城考科舉，最後沒考到功名，卻讓他遇上李達這個貴人，大概是在那些風月場所認識的，兩人替二皇子肅清了不少太子這邊的人。

婁慶雲死了之後，李達做了大理寺卿，而何元渠在背後誣陷良臣，手段已經可以用殘忍來形容，曾經利用冤案把滁州刺史一家三十六口全送上刑場斬首。至此，何元渠酷吏之名傳遍京城，在二皇子身邊助紂為虐，許多人對他恨之入骨，卻又無可奈何。

此刻長公主提起了李達，才讓薛宸想起何元渠。今生此人有沒有混到李達身邊她不得而知，但又那樣關鍵。

見薛宸表情不對，長公主問道：「是李達。怎麼了？」

薛宸揚了揚眉，道：「我記得他的妻子是文華閣大學士的嫡長女吧？」只好從這個方面說了。

好在長公主並不是個敏感的人，沒看出薛宸剛才的失神，點頭道：「沒錯，就是她。」

「哦，難怪我有點耳熟。我記得她不是跟李達去了關外嗎？李達怎麼突然就回來了？」

忠義公嫡子被送去關外一事當年在京裡鬧得沸沸揚揚，大概是婁慶雲去涿州時發生的。那個時候，薛宸一心想著婁慶雲，對這些事只是聽說，並沒有去探聽內情。現在被長公主一說，才想起來。

長公主回答。「哦，他原本是在關外駐守的，但近來忠義公身子不好，年初時纏綿病榻，李達到底是長子嫡孫，總要在身邊侍疾，忠義公便替他請了旨，叫他回來了。」

「原來如此。」薛宸了解了。

長公主繼續說道：「從前，李達那孩子成天在京裡搗亂，在關外待了幾年後倒是穩重不少，聽說在關外還立了功呢。右相看重他，回來後就給他在刑部安了職位。」

薛宸對李達並不是很了解，不過還是頗有印象。上一世他做了大理寺卿後，那陣子京城中人心惶惶，他和何元渠一手造出的各種冤獄可是叫朝臣們嚇破了膽……

第七十九章

薛宸跟長公主說著話，荀哥兒被金嬤嬤抱了回來，得意洋洋地吃著香糕，看見薛宸，就對她張開了手。

金嬤嬤不敢將荀哥兒送到薛宸手上，趕緊蹲了把荀哥兒放下來。

荀哥兒衝到薛宸懷裡，薛宸坐著，把他抱在腿上，抽帕子給他擦了擦嘴邊的碎屑。「有沒有淘氣？有沒有惹太祖母生氣呀？」

荀哥兒看了金嬤嬤一眼，人小鬼大地搖頭。「沒有！太祖母喜歡荀哥兒。」奶聲奶氣的聲音，逗得在場眾人全笑了出來。

荀哥兒從薛宸的腿上滑下去，瞪著眼睛，目光在薛宸的小腹上打轉，良久後才問道：「娘親，您的肚子裡有小弟弟嗎？」

薛宸失笑，撫著他肉嘟嘟的面頰，說道：「你怎麼知道是小弟弟，說不定是小妹妹呢。」

荀哥兒又盯著看了一會兒，然後果斷搖頭。「不要小妹妹，要小弟弟，要好多小弟弟。」

長公主見狀，把荀哥兒喊過去摟著他問道：「荀哥兒要幾個小弟弟呀？」

荀哥兒眨著眼睛，想了一會兒，才開口道：「嗯，反正要好多好多。」

這句話逗得長公主笑得前仰後合，連連點頭。「哎喲，好好好，就聽荀哥兒的，讓你爹娘給你生好多好多小弟弟出來，好不好？」

「好。」荀哥兒認真地點頭，大大的眼睛，滿臉神采奕奕。

薛宸哭笑不得。「母親，您也跟著打趣我。」

長公主笑著對她問道：「對了，上回太醫來時怎麼說來著，是不是說半個月後再來把脈？算算日子，這兩天該來了吧？」

金嬤嬤剛剛才幫著太夫人算日子，湊上來道：「應該是明日來。太夫人說最近總夢見石榴，這可是個好兆頭，命我記著日子呢。」

幾個人圍繞著這些女人家的話題說了好一會兒，薛宸又陪荀哥兒在院子裡盪了鞦韆，才回了滄瀾苑。

安頓好荀哥兒，薛宸便把嚴洛東喊來，讓他去調查李達身邊的人，看有沒有一個叫何元渠的。若是能從這人身上下手，即等同於斬斷二皇子和李達的左膀右臂，對婁慶雲和太子極有裨益。

「你加派些人手去查，這件事情非常重要，名字相近的人也要查清楚。」

嚴洛東納悶地看了薛宸一眼，才盡職回道：「夫人，之前我和顧超在李達身邊查到一個叫何洲的人，他的字似乎就是元渠。」

薛宸一聽，立刻追問。「查出什麼了？全告訴我，務必事無鉅細。」

嚴洛東不知薛宸為什麼會突然對這個人感興趣，幸虧他做事認真，才會連這種消息都掌握到。

「何洲字元渠，是揚州人，半年前來京城，掛在東陵書院夫子名下，卻未交過束脩，也沒有上過課，成日混跡青樓。大概一個月前，他結交了些紈袴子弟，其中一個把何洲引薦給——」

聽到這裡，薛宸忍不住打斷嚴洛東。「引薦給李達，是不是？」

嚴洛東訝然地看向薛宸，點點頭。「是，那人把何洲引薦給忠義公世子李達。李達對何洲的見識頗為賞識，這些天，何洲都以門客的身分住在忠義公府，與李達同進同出，不過只做些跑腿的事情，與小廝無異。」

薛宸斂目想了想，看來何洲雖然混到李達身邊，卻尚未嶄露頭角，所以李達還沒有重用他。

「還有其他的嗎？李達最近去了哪些地方？」

「屬下這就去調查，很快便能有結果。」

嚴洛東幫薛宸做了這麼多年事情，早建立了自己的人脈，分布在京城的大街小巷，而薛宸每個月都會撥一筆不小的錢專供他拓展經營。他們用的方法其實和錦衣衛如出一轍，只不過沒有那樣危險，所打探的更多是些家長裡短。因此，只要是薛宸想知道的事，嚴洛東都能很快查出來，倒也不是說空話的。

不過兩個時辰，太陽還沒下山，嚴洛東便回來覆命了。

「李達近來常去一處私宅，那處私宅像是之前夫人叫我去調查柳煙住的一般，周圍有暗衛看守，住在裡面的人必為高官，但身分可能比高官還要更尊貴一些。」

薛宸問道：「比高官還要更尊貴一些，那會是誰？」儘管心中已經有了猜測，但還是希望從嚴洛東嘴裡說出來。

「皇家子弟。我在暗中瞧見一個暗衛腰間繫的明黃繐子，那種穗子只有宮裡侍衛才會使用，既然這些人出了宮，便說明宅中之人必定大有來頭。我們的人若正面對上他們必然要吃大虧，因此我沒有貿然下令去刺探。」

「既然猜到裡面之人的身分，那就不可輕舉妄動。」

嚴洛東這個推斷很在理，薛宸沒讓他繼續說下去，憑著這些形容，她幾乎可以斷定宅中之人就是二皇子。

如今李達已經和二皇子搭上，並且在宮外有了接頭的據點。他們在私宅裡談論了什麼薛宸不得而知，但不想讓嚴洛東他們繼續涉險。繼上回刺探柳煙差點讓嚴洛東等人暴露之後，薛宸就對他們下了命令，再遇見這種情況，能不深入就別深入，一切以能全身而退為重。

嚴洛東下去後，薛宸繼續在書房裡思量著。二皇子、李達、何洲這三個人正是後來挑動內亂的主要禍首，現在李達剛剛回京，還沒來得及做什麼，二皇子對他也尚未那樣信任，而何洲就更別提了，連李達的信任都還沒有得到，遑論是待在二皇子身邊。這是唯一值得慶幸的地方，可也是讓薛宸擔心的。

如果李達與何洲想取得二皇子的信任，勢必得在短短時日內做出點事來才行，他們到底要做什麼，才能讓二皇子對他們深信不疑並且寵信有加呢？

婁慶雲從外頭回來時，就看見薛宸眉頭緊鎖、伏趴在桌上寫字，走過去一看，不是字，好像是一幅山水畫。

他自背後圈住薛宸，道：「在畫山水啊？妳不是喜歡畫花鳥蟲魚嗎？今兒倒是有興致。」

薛宸從婁慶雲懷中掙脫出來，突然對他正色問道：「再過幾天，你是不是要隨太子和皇上去西山行宮？」

西山上駐紮軍營，直屬皇帝，足有三萬人之多，皇上對這些兵力很是看重，每隔兩個月就會親自去西山視察，一般來說，都是要婁慶雲陪同的。而這正是薛宸想了一個下午想出的線索，因此一看見婁慶雲便迫不及待向他求證。

婁慶雲瞪著眼睛看她，納悶道：「妳怎麼知道？」

薛宸心中一冷。果然！

她拉著婁慶雲走到桌前，指了指上面攤開的圖。

婁慶雲細看了，不解道：「妳畫的是什麼呀？不是山水？」

薛宸搖頭。「不是山水，是地形圖，我照著《西山縣誌》畫的。你能看出這是什麼山嗎？」

婁慶雲看了半天才恍然道：「看得出來。這是象鼻山，去西山行宮的必經之路。怎麼突然畫這個？」

薛宸深吸一口氣，探頭看看外面，確定無人後才湊到婁慶雲耳朵旁——

「如果我告訴你，這座山幾天之後會崩塌，你信不信？」

「……」

婁慶雲轉頭看著薛宸。「呃，這個……」他一向很健談，此時卻不知道說什麼才好了。

薛宸見他這樣，知道他不信，斂目想了想，讓婁慶雲在書案後的交椅上坐下，然後正色說道：「我是說真的。你還記得我之前跟你說過的那個很長的夢嗎？在夢裡，象鼻山差不多在這時崩塌，而……」猶豫一下，才繼續道：「太子會在這場災難中受重傷。」

因為太子受了重傷，使朝綱不穩，二皇子正是利用這段時間拉抬聲勢，方有了後來和太子分庭抗禮的實力。上一世，薛宸並沒有想到這一點，畢竟不管是太子還是二皇子都和她沒有太大的關係，她只是個操心全府生計的冢婦，朝堂之事瞬息萬變，根本輪不到她去管。

而這一世，朝堂上的事情婁慶雲全經歷著，但他不會在家裡提起這些事情，所以薛宸一直沒有細想。如今二皇子身邊的關鍵人物出現了，她把事情從頭到尾捋了一遍，才想通癥結所在。

現下二皇子想和太子爭，實力仍是有段差距的，朝中支持太子的人還是多數，二皇子最大的靠山是右相和瑾妃。只是右相雖然有眾多門生，但未必所有人都願意跟隨他去扶助二皇子，大多數還是觀望著局勢，以求保身。

若二皇子想與太子並駕齊驅，要麼做出高於太子的功績，要麼就是乘虛而入。太子是出名的賢王，各方面皆堪當大任，二皇子想在功績上超過太子明顯有困難，只能另闢蹊徑，走「乘虛而入」的路子。

想到這裡，上一世太子身上確實發生了一件大事，也就是象鼻山坍塌。因為要走的商路會經過象鼻山，薛宸記得很清楚，那陣子她有批乾貨要運往西北，卻因象鼻山坍塌不得已走了水路。又因朝局不穩，水路嚴查，那批乾貨遲到好幾個月，偏已經上了船，來不得去不得，只能乾等，以至於讓她賠了近千兩銀子呢！故此她印象很深刻，只是一直沒往太子受傷那方面想過。

如今回憶起來，只要想想那批乾貨運送的日子，即能大概推斷象鼻山坍塌的時間。這並不是她胡謅出來的，而是經過一個下午的反覆回憶與思考得出的大膽結論。

「你相信我，如果這件事不安排好，讓太子在這個時候受傷，等於給了二皇子養精蓄銳的機會啊！這件事牽連甚廣，你可以不信我，但提前布防一下總可以吧。」

薛宸竭力說服婁慶雲相信自己，也知道這件事有多麼難以相信，但她只能和婁慶雲說，若和其他人說，別人肯定會把她當作瘋子看待。

婁慶雲沈吟片刻，把薛宸畫的那張地形圖拿起來上下看了看，才蹙眉對薛宸問道：「妳是說，這回的感覺就好像上回夢見我在涿州出事時那樣嗎？」

婁慶雲的沈默都讓薛宸快絕望了，突然聽他說了這麼一句。薛宸抬起頭看著他，那雙黑亮的眼眸中滿是認真，便回以同樣認真的目光，點頭道：「是。」

得到薛宸的回答，婁慶雲又低下頭去，瞧著地形圖發呆。

其實時至今日，婁慶雲雖聽薛宸提過預知夢的事，但仍對薛宸出現在涿州感到疑惑。他曾經派人去打探薛宸在那段時日的動靜，結果讓他瞠目結舌。探子告訴他，薛家大小姐早在他去涿州之前就已經未雨綢繆，從薛家調了幾十個護衛去涿州的酒莊，還派人在當地招募侍衛。整整一年的工夫，每個月她都會給涿州的鋪子一大筆錢，為的是好好訓練那些護衛。若是她在涿州有很大的生意，或者真如她所說那般要在那邊做大生意就算了，偏偏她不讓那些人出去，只是每天在酒莊中訓練，和軍營似的，不打仗時就在營裡訓練……

因為她的未雨綢繆，在婁慶雲身受重傷、以為必死無疑時，她出現了，隨他一同跳下山崖。那次，婁慶雲以為兩人都活不了了，可因為薛宸在涿州養了那麼多人，才能在第二天便造好工具，集結起來到崖下尋人。若不是有她的人，他掉下懸崖後，等京城裡來人尋找，屍身早已腐爛、化作白骨了吧。

雖然不想這麼說，但婁慶雲必須承認，薛宸似乎真有點預知的功夫，上回她成功救了自己，這回能不能救下太子呢？如果要救，又該用什麼方法？她雖然知道大概的時間，卻無法說出完全正確的日子，他不能無緣無故攔著太子和皇上回京的路吧。

薛宸見婁慶雲看得入神，眉頭緊鎖，知道他在苦惱著，不禁又提出一些想法。「其實我覺得很奇怪，象鼻山矗立百年，似乎並沒有發生過滑坡之事，且那一帶也不是容易崩塌的地方，如果真的發生崩塌，會不會是人為的？」

婁慶雲聽見，眼睛一亮，抬頭看著薛宸，問道：「妳是說……這或許不是天災，而是人禍？」

薛宸深吸一口氣，回答。「我只是覺得，若這是天意，不會有這麼多巧合。你想想，如果太子真的受傷，得益最多的又會是誰呢？」

聞言，婁慶雲的眉頭再也舒展不開，把薛宸畫的地形圖捲起來收好便要出門。「今晚我不回來了，有事要做。」

薛宸哪裡會在這個時候和他糾纏？自然希望他去勘察，越早防範越好。

儘管她不是很確定象鼻山的崩塌是不是二皇子和李達等人所為，但直覺告訴她這不是天災。只要不是天災，便是可以防止的，既然能防止這場災難，就不能在家裡坐以待斃。

這件事對不少人而言是個轉捩點。李達要在二皇子面前立功，以求今後大用，若她是何洲，必定也會在這件事上做文章，取得李達的信任，最終攀附上二皇子這棵大樹，成為令人聞風喪膽的酷吏。但如果沒有這件事的撮合，二皇子便無法乘機坐大，李達不能藉此成為二皇子的心腹，何洲也跟著沒了今後當上酷吏的機會。

嚴洛東從外頭回來，求見薛宸，薛宸讓他去了小書房。

嚴洛東直接對薛宸稟報。「夫人讓我盯著何洲，今晚他在城內尋芳閣裡，他見了——」

薛宸脫口而出。「二殿下？」

嚴洛東點頭，並不覺得奇怪，因為忠義公嫡長子李達就是二皇子身邊的人，既然何洲和李達走得近，不難想到李達會推薦何洲給二皇子。

「是。我也確定了之前李達出入的那所宅邸便是二殿下的。今晚他們將尋芳閣包了下來，周圍布滿暗衛，看著像是要商量極為重要的事情。因為沒辦法靠近，故並不知道他們商議的內容。而最近又有大批炮竹進了京城……」

薛宸震驚——炮竹？

她點點頭，讓嚴洛東退下，理解他不能打探更多的事情。他的對手畢竟是二殿下，周圍高手如雲，只要稍微靠近便會露出馬腳，到時若引人注意，就更加不利今後的刺探了。

第八十章

婁慶雲匆匆回來後，穿的還是昨晚離去時的衣服，臉上帶著些許疲憊。

薛宸早給他準備好熱騰騰的早飯，讓他回來洗了臉就有東西吃。現在是關鍵時候，薛宸雖然心疼他，但也知道該做的事情必須趕緊完成才行。

她把最近讓嚴洛東調查的結果全和婁慶雲說了，果然，婁慶雲跟她想到了同一個點上，咬著花捲，問道：「妳是說，他們想做火藥？」

薛宸看著他，嚴肅地回答。「你想想，象鼻山不是那種容易滑坡的泥石山脈，怎麼可能毫無徵兆就崩塌呢？」

婁慶雲喝了一口粥，才若有所思地點頭。「其實我也想過這個可能。昨天晚上我便派人去盯著李達了，李達是二皇子的表弟，剛從關外回來，總要做些事情出來的。可是我的人除了查到他和二皇子接觸外，並沒有其他可疑的，沒想到他根本就不是自己動手。」

薛宸接過他喝光的粥碗，又給他盛了半碗粥，讓他配著花卷吃，今天大概都得在外頭奔波了，多吃點饅頭，肚子裡飽些。婁慶雲吃著早飯，夫妻倆湊在一起說了好些話，飯廳裡只有他們，其他人都在外頭，門窗開著，只要聲音低些，倒是不擔心聲音會傳出去。

婁慶雲吃完早飯，馬不停蹄地又出門去了。

薛宸在家裡也不安心，昨夜沒怎麼睡，現在覺得有些頭疼，便去床上躺了一會兒，起來後吃了飯。蟬瑩來傳話，說是宮裡太醫來給薛宸請脈，讓長公主直接請到擎蒼院了，讓薛宸現在過去。

薛宸這才想起，之前太醫幫她把脈後，說半個月後會再來，於是梳洗一番，去了擎蒼院。

擎蒼院中，太醫正和長公主說話，長公主的臉上似乎帶著喜色。薛宸到時，她竟然親自迎到門邊，將薛宸扶進門。

荀哥兒正在玩珠子，看見薛宸，從羅漢床上跑下來就要往薛宸懷裡撲，卻被長公主攔住了，小聲說道：「荀哥兒乖乖，你娘肚子裡有寶寶，你可不能衝撞了她，知道嗎？」

荀哥兒似懂非懂地被長公主抱了起來，有點委屈地看著薛宸。

薛宸揉了揉他的小臉蛋，好笑地說：「荀哥兒乖，待會兒娘跟你去盪鞦韆。」

荀哥兒聽了，心情這才好了些。

太醫給薛宸請安後，薛宸便坐下來，手腕上蓋了一層天絲，讓太醫診脈。

太醫年過半百、留著鬍鬚，彎腰恭敬地把脈，用了大概一炷香的工夫，才將天絲收回，對薛宸作揖道：「恭喜世子夫人，您這胎依舊相當穩健，不過……」

薛宸一聽「不過」兩個字，心中一驚，忍不住打斷他。「不過什麼？有什麼不對勁嗎？」

太醫見她擔心，連忙搖手說道：「不不不，少夫人不必擔心，老夫只是想說，您這胎似乎與上回有些不同。半個月前我來請脈，只覺得有些傾向，不敢多言，但今日把脈之後，我多了些把握，雖不敢說是十拿九穩，但還是想先恭喜少夫人，您懷的很可能是雙生子。」

薛宸聽見，愣住了。

剛才太醫應該已經將這個喜訊告訴長公主了，所以長公主並沒有特別激動，而是很冷靜地問太醫。「這可是從沒有過的大好事，你可瞧準了嗎？」

長公主問的這個問題正好是薛宸想問的，手掌不由撫上了自己的肚子，久久無法回神。

只聽太醫撚鬚說道：「這個嘛，依照老夫的經驗來看，應該就是了，但把脈這事，說是一定，卻也有不一定的地方。若是旁人家，老夫可能不會說得這樣早，為的是給府上提個醒，這胎需更加保重才是。」

長公主連連點頭。「說得不錯，肯定是要多保重的。你瞧我這兒媳，都高興得犯了傻……」

薛宸回過神，聽見長公主說她傻，不禁紅了臉頰，低下頭，依舊覺得這事不像是真的。雙生子……這可是作夢都求不來的好事啊！別人生一個，她一下子生兩個，這得要多大的福氣才能有這種好事降臨呀！

她的眼睛濕潤起來，感覺就好像懷荀哥兒時，第一次把脈確定時那樣，怎麼都控制不住。原本以為能平安生下第二個孩子就好，沒想到居然還有這麼個大驚喜等著她。

金嬤嬤攙扶著太夫人從外頭走進來，剛才太醫和長公主說了那番話後，長公主即派人去松鶴院告訴太夫人。太夫人一高興，也等不及薛宸親自過去給她報喜，自個兒來了，見薛宸這反應，便知道那消息已經是確定的了。

太夫人到底是經過事的，伸手在薛宸背上撫了撫，拿出帕子幫她擦眼淚，道：「傻孩子，這有什麼好哭的，該笑才是啊。」

薛宸這才破涕為笑，太夫人親自扶著她坐到太師椅上。「哎呀，妳懷荀哥兒時我就恨不得能代替妳身邊的丫鬟就近看著妳。原想著懷第二個，我不用那麼操心了，誰知道你們太給我爭氣了！好，好啊！」

薛宸被太夫人逗笑，回道：「太夫人怎麼能不替我們操心呢？我生一個、生兩個，總是要妳們多替我操心操心的。」

長公主和太夫人對視一下，然後不約而同地笑睨薛宸一眼，命人去封了一個大大的紅包給太醫，是按照兩個孩子的分例給的。太醫也不推辭，這是報喜的規矩，謝過後，又給薛宸開了幾帖溫和的安胎方子，才道著喜離去。

太醫一走，薛宸立刻回到了當初懷上荀哥兒時的狀態，要不是她竭力推辭，太夫人都想親自送她回滄瀾苑了。

她回來沒多久，長公主和太夫人即派了蟬瑩和金嬤嬤親自送來這樣那樣的補品，然後在金嬤嬤的指導下，滄瀾苑眾僕知道了薛宸腹中的不尋常，伺候起來更加小心翼翼。

薛宸洗漱後便上了床，為自己昨夜沒睡而懺悔。雖說還不大想睡，但為了肚中孩子著想，還是乖乖去睡，哪怕沒睡著，閉目養神總是好的。

一整天，婁慶雲都沒回府，嚴洛東倒是在傍晚時回來了，向薛宸稟報事情的發展。

薛宸起身，在院子裡見他。

「世子的人已經和咱們的人接了頭，查到那批炮竹藏在哪裡。世子讓我回來和夫人說一聲，單憑那些炮竹，就算把裡面的火藥全剔出來，也不足以撼動一座山，背後定然還有一處藏匿大批火藥的地方。這幾天他會在外盤查，就不回來了。」

薛宸點點頭，這件事情太過緊急，她雖然知道一些消息，但在告訴婁慶雲之後，該做的事情全要靠婁慶雲去做。

「這些天，你就跟在世子身後做事吧。最近可能會發生大事，世子正在試圖阻止，若阻止成功，大家皆大歡喜；若是不成，估計咱們得損兵折將，所以馬虎不得。你把府裡那些能用得上的人全派去協助世子，就說我說的，養兵千日，用兵一時，這回是替世子辦事，一個個給我卯足了勁，讓世子好好瞧瞧他們的本事。如果世子覺得他們好，總會被他挑去的，這是他們的機會，我也樂見其成。」

薛宸說完這些話，嚴洛東有些訝異地看著她，良久之後才問道：「夫人說的是真的嗎？

您真的願意……」

薛宸笑著說道：「這有什麼好說假話的。你就別想了，我說的是顧超那些年輕小夥子，他們不能總一輩子做我的護院，有機會往上爬自然是要努力些。只不過，這個機會一半是我給的，一半卻是他們自己掙的。」

嚴洛東沈吟片刻，對薛宸作了揖。「如此，我便替那幫猴崽子謝謝少夫人提拔。我這便去安排。」

薛宸讓他退下後，過了大概一個多時辰，嚴洛東又回來了，向薛宸說明婁慶雲的指示。

「世子說，他把人收下了，如今正是用人之際，他那兒可用的人手自然越多越好，讓我替他謝謝少夫人。至於我，世子把我遣回來了，說是少夫人身邊不能沒有人保護著，說什麼也不要我留下。我想想，還是回來了。」

薛宸被嚴洛東說得笑了起來，腦中想像著婁慶雲在吩咐這番話時的表情，突然覺得心口暖暖的。不管什麼時候，這個男人都能給她難以言喻的感動，發自內心，沒有任何一刻會忘記她，總是替她多考慮一些。

這些天薛宸在府中靜養，婁慶雲沒有回來，只派人來拿了衣裳，便直接跟皇上和太子出發了。

薛宸知道婁慶雲不可能阻止皇上和太子去西山別宮，所有布防只能在暗地裡進行。

離事發的日子越來越近，嚴洛東如今只能探得一些表面上的消息，因為他無法去刺探西山別宮，只能依據李達他們這些日子的行為來推斷事情進行到哪一步。

西山別宮裡，視察回來的皇帝興致很高，穿著一身金色軟甲，看著威武不凡。太子與二皇子隨他入內，太子俊美端正，行走間自有一股君子之風，容貌更肖似皇上；二皇子容貌陰柔，承襲瑾妃的豔麗，談吐不俗、文質彬彬、恭謙有禮。

皇帝對這兩個兒子都很喜歡，太子剛正不阿，乃為君之才；二皇子聰慧謙和，乃輔臣之最。明眼人都看得出來，皇帝是想將太子和二皇子各培養成一代賢君及一代良臣，只不過，皇帝是這樣想，下面的人就不一定是這個心思了。

「父皇剛才那一箭射得極好，兒臣在旁邊瞧著，受益良多，若是能得父皇指教一二，想必兒臣的箭術也能突飛猛進。」二皇子親自上前接過了皇帝的馬鞭，奉承說道。

皇帝笑了笑，解開軟甲，自有隨行宮女上前替他除下，朗聲說道：「你呀，少哄騙朕了。剛才你和太子都射得不錯，看來平日也下了不少苦功。」

太子在一旁微笑，沒有說話。

二皇子來到太子身邊。「太子哥哥的箭術，我也是敬佩的。」

「二皇弟過謙。」

一派兄友弟恭，和樂融融，皇帝看著滿意極了。

父子三人說了一會兒話，二皇子便告辭，回了自己的住處。

二皇子屏退所有人後，有個人從屏風後頭鑽了出來。

他瞧了瞧門口，對李達揮揮手，讓他去裡間說話。

「準備得怎麼樣了？」

李達信手捏起一顆梨子，隨意啃了一口，道：「殿下放心，我的人已經準備得差不多。只等殿下一聲令下，保管將象鼻山夷為平地。」

二皇子似乎還有些猶豫，卻聽李達說道：「殿下不必擔心，此次絕對是最佳時機，也是老天有眼，助我們一臂之力，讓我在這時收了個得力心腹。這回的妙計是何元渠想出來的，只要殿下能把太子引出大營，讓他趕回京城，我們就能做得神不知、鬼不覺。」

「欽天監夜觀天象，說兩日後有傾盆暴雨，暫且將日子定在兩日後好了。到時，在暴雨聲中引爆火藥，嫌疑總會再少些。務必將此事做得滴水不漏，讓父皇相信那是天災。」

李達聽了二皇子的話，臉色認真許多，點頭道：「殿下放心。此事事關重大，我必不辱使命。」

李達心裡知道，這次不僅僅是二皇子的機會，還是李家的機會。他雖與二皇子是一起長大的表兄弟，但身分畢竟有別，他又離開京城這麼久，想盡快得到二皇子的信任，怎能不做出點大事來？這回算計太子就是個很好的敲門磚，只要做好這件事，將來在二皇子身邊他便是第一謀臣，李家的地位自然也會水漲船高。

當天晚上，李達又去山上檢查一番，火藥已經埋入土，只要點燃，象鼻山必定會受到最強烈的衝擊。而且雨天行動，雨水會沖刷一切，再好不過。

這一回炸山，想要了太子的命大概不可能，太子身邊高手如雲，就算遇見天災也有能人保他性命。他們要做的是讓太子受傷，只要太子受了傷，右相就有本事將二皇子的地位推上去。等到太子養好傷，二皇子早就站在與他比肩之地，再不能輕易除去了。

而何洲已經在象鼻山中躲了好幾天，李達與他碰面後，兩人再次確定了信號，李達才悄悄潛了回去。

何洲又在山中守了兩、三天。

這日傍晚，暴雨傾盆而下，雷鳴不絕於耳，他差遣眾人去附近等候，不敢立於樹下。身旁的人湊過來問道：「何先生，約定的不就是今兒嗎？雨也下了，怎麼還不讓炸呀！」

何洲迎著暴雨往天上看了看，雨已經下了快一個時辰，兄弟們身上早已濕透，卻沒等到信號。他和李達約定了，只要太子一出大營經過象鼻山就發出煙火，讓他們引爆埋山的火藥，讓整座山崩塌。很多兄弟不知道他們接下來做的事情是什麼，只曉得要炸山，如今都有些等不及了。

就在何洲兩邊為難時，大營的方向亮起三道煙花，夾雜著雨水，不是很明顯，但對於久盼之人來說，這樣的表示就足夠了。

何洲一聲令下，做了一個手勢，幾個兄弟即往前走去。火藥早已埋進山裡，只要點燃幾個火點就能順利完成這次的任務了。

爆炸聲在雷電交加的夜晚並不是很突兀，一隊騎兵正好到達山腳，只覺一陣劇烈的顫動，山上有亂石滾下，起初只是一些小石子，後來卻是一塊一塊半人大小的石頭。山下的馬隊亂作一團，傳出「保護殿下、保護殿下」的聲音。

何洲潛伏在遠處根本看不清情況，不過聽得很清楚，勾唇笑了笑，便爬起身，趁著雷聲跑入雨中，撤退下山。

這一回事成，他就再也不是那個人人喊打的過街老鼠了，有了二皇子這個靠山，今後還不是前途光明，早晚有一天能衣錦還鄉。

何洲滿心歡喜，奔走在暴雨傾盆的山路上，一點都不想去管身後崩塌的山以及那些正在掙扎的人們。

第八十一章

太子正在主院內幫皇帝算著江南的地稅。

早些時候宮裡傳來皇后不舒服的消息，太子原想今晚提前回宮，孰料下午送來了一批關於江南地稅的摺子，其中有好幾處明顯的破綻。皇帝遂派心腹回宮探視，留著太子和他一同看摺子，說是等今晚的暴雨過後，明日一早再與太子回宮。

因為太子身兼戶部之職，這些摺子交給太子來看最適合不過，太子雖然惦念皇后的身子，不過在得知皇后只是風寒，並無大礙後，便決定留下來把這些摺子看完，明早再回宮去。

皇帝坐在主位上批奏摺，太子坐在下面算地稅，營帳外雷聲大作、雨勢滂沱，一聲聲打在窗上，倒是叫人心裡變得平靜起來，似乎整個世界只剩下雨聲，其他紛亂繁雜都消失了。

婁慶雲身穿鋼甲蓑衣在門外求見。外頭所有侍衛全是這副打扮，他自然也不例外。

他進來後便站在門口，大聲對皇上和太子稟報。「啟稟皇上、啟稟殿下，二殿下在象鼻山遭難，生死未卜，還請皇上派兵援救。」

這聲稟報讓皇帝猛地從龍案後站了起來，拍桌怒道：「你說什麼?!」

婁慶雲處變不驚，喊了逃出來報信的人，只見那人狼狽不堪，跪在地上就給皇帝磕頭，極快地說：「啟稟皇上，傍晚時，二皇子府的管家前來稟報事情，二皇子聽了當即就要趕回京城，屬下等人攔不住，皇上和太子又在商量大事，不許任何人進出，只好跟二皇子一同回京。誰知途經象鼻山一帶，暴雨傾盆而下，引發山崩，我等全力護著二殿下，死傷過半，二殿下的腿被壓在一塊大山石下，無法推開，還請皇上趕緊派兵前往搭救。」

皇帝聽了，猛地跌坐到龍椅上，拚命捋清思緒，但太子竟比他還先做出反應，對婁慶雲吩咐道：「你拿著我的兵符趕去大營，調前鋒營救援。別愣著了，還不快去！」

婁慶雲接過太子手中的兵符，領著報信之人走出了營帳。

太子來到面如死灰的皇帝面前，小聲道：「父皇，您別擔心，二皇弟吉人自有天相，一定能化險為夷的。我已經派既明去大營調人了。」

皇上嘆了口氣，站起身。「唉，是福是禍還不知道呢。朕還是去瞧瞧吧。」

「外頭暴雨傾盆，就算父皇不去兒臣也會去的。兒臣這就去替父皇打點車駕，父皇稍待。」

太子說完這話，便轉身鑽入了雨中。

一刻鐘後，太子親自撐傘在門前迎接皇帝，將傘舉至皇帝頭頂，完全顧不上自己半身全在雨中。把皇帝送上鑾駕後即翻身上馬，隨意套了蓑衣，跟在鑾駕後頭奔走起來，完全就是一副擔心弟弟的仁善兄長模樣。

皇帝雖擔心二兒子，但瞧見太子這般在意兄弟，心中還是頗為滿意的。有時，從細節處看人才是最準確的，而突發的意外更能看出一個人的人品和能力。太子真是很不錯啊！

暴雨一直在下，雷聲未歇，皇帝鑾駕的到來鼓舞了將士。婁慶雲冒著雨，渾身濕透地過來向皇帝行禮，順便稟報現在的情況。

「皇上，石塊太多，二殿下被困在裡面，現在將士們正努力開路，已經快打通了。不過二殿下的腿被壓在一塊大石頭下，暫時還不知道情況如何。」

皇帝眉頭緊蹙，對婁慶雲揮揮手。「知道了，快去吧，讓將士們小心些。」

婁慶雲下去了。旁邊已經搭起了臨時的躲雨帳篷，太子一直在皇帝身後替他撐傘，全身都濕了，狼狽不堪，皇帝於心不忍，原本還想在雨中多等一會兒，見太子這樣，只好進了帳篷等消息。

太子把皇帝送入帳篷後，也不多說其他，收了傘就對皇帝說：「父皇，您在此稍加等候，兒臣也去幫忙。」

皇帝點點頭。「去吧，多加小心。若是人手不夠，及時過來通傳，朕再調大營來。」

太子回道：「人手估計是夠了，人再多只怕也容納不下。兒臣先去看看，請父皇放心，兒臣和既明說什麼也會將二皇弟救出來的。」

太子言語懇切，眉宇間透著濃濃的擔憂，讓皇帝很是欣慰。

太子冒雨出去，連傘也不要身邊的人打，走到親身上陣的婁慶雲身旁，與他一同用鐵鍬挖起了石塊。

在眾多將士的努力下，終於打通了一條可供人爬行的路，婁慶雲先讓一名個子小些的士兵爬進去，觀察一下裡面的情形，然後出來稟報。根據他所說的情況，大家繼續努力清理山石。

大概過了兩、三個時辰，暴雨停歇，天空露出魚肚白，陽光穿透雲層照下，空氣中瀰漫著輕微的硫磺味。昨天夜裡他們使用了少量的火藥，因為有些石塊太過龐大，根本搬不動，只好用炸的。

二皇子被救出來時，早已經疼得汗流浹背、奄奄一息了。他的右小腿上滿是鮮血，骨頭碎裂，任誰都知道，這條腿是廢掉了。皇帝於心不忍，連忙讓他上了鑾駕回別宮，讓隨行太醫先治著，等象鼻山的路通了再趕回宮中。

皇帝跟著二皇子上了車，太子在前面開路隨行，與婁慶雲對視一眼，然後兩人便很有默契地收回目光。婁慶雲恭敬地送太子和皇帝離開，皇帝叮囑他多加小心後，帶著二皇子回去了。

婁慶雲轉過身，副將上前請示。「世子，石塊太多了，有些根本搬不動啊。」

婁慶雲抬眼看看一片狼藉的象鼻山，冷冷說了一句。「炸吧。二皇子的傷可拖不得，一定要盡快開路。」

副將領命下去，便叫人從大營中運火藥來，布好後，將所有將士撤離到五里之外，才下令引燃。

轟隆一聲，象鼻山再次發生震動，原本堆積在山路上的石塊全被炸下山腳，只剩幾塊大石。將士們徒手搬動，很快清理出一條可供馬車行走的道路。

婁慶雲伸手在鼻前揮了揮，揮去了刺鼻的火藥味，上下縱觀一番，確定沒啥問題後，才叫人駐守在這裡，自己翻身上馬回了別宮。

半個時辰後，王駕急急駛出，經過一片狼藉的象鼻山，火急火燎地趕回京城。

一早起來，薛宸就在書房裡見了嚴洛東。

嚴洛東似乎一夜未睡，身上的衣裳還是濕的，不過情緒高漲，從他說話的語氣就能聽出來。

「象鼻山炸了，二皇子的一條腿被壓在大石塊下，估計是廢了。世子說，這招偷梁換柱是跟夫人學的。他在二皇子下令取消計劃後截住報信的人，按照原計劃進行，然後利用二皇子妃傳信，說是府中出事，太子絆住皇上，二皇子沒辦法稟報，只能擅自上路，等他快到象鼻山時，世子又派人對山上埋伏的人放出煙火讓他們炸山。這一手偷梁換柱實在漂亮，如今二皇子已經被皇上帶回宮裡醫治了。」

薛宸聽到二皇子受傷，即明白婁慶雲和太子耍的是什麼花樣了。二皇子策劃炸山埋太子，沒想到卻被太子識破，然後將計就計做出一個局。不得不說，太子也是個人才，只是不知他用什麼方法絆住了皇帝。其實只要二皇子和皇帝說一句，皇帝不會讓他連夜冒雨離開，正是因為皇帝不知情，而二皇子府裡的事只要夠著急，他勢必會趕回去。婁慶雲他們真是青出於藍而勝於藍，把這盤死棋給救活了。

薛宸有些不放心，又問道：「那火藥呢？他們若是想這麼做，就得把山上的火藥全處理掉，不然皇上只要派人調查，就知道這並不是天災而是人禍，即便最後查到二皇子身上，也難保太子不受牽連。」

就算最後皇帝查到是二皇子自作自受，想布局炸傷太子，但太子將計就計，也與二皇子一樣不顧手足安危，那做這件事就沒什麼意義了，反而會失了太子在皇上面前敦厚的形象。

嚴洛東立刻回答。「這一點世子早就想到了。二皇子被亂石壓在下面，不得不用火藥將碎石炸開。二皇子被救出來後，世子藉著開路之名重新布火藥，把山又炸了一遍。就算有人發現山上有火藥，也只會想到是後來放的。」

薛宸聽到這裡不禁笑了，婁慶雲真是隻狐狸，這種法子也想得出來，就不怕欲蓋彌彰嗎？不過薛宸不得不承認這的確是個好方法，替二皇子坐實了天災的說法，讓他有苦說不出，既不能聲張又不能調查，只能啞巴吃黃連，嚥下這口苦楚。

「那李達跟何洲他們呢？」

嚴洛東道：「當晚李達隨二皇子一同回京，也被埋在亂石堆中，他比二皇子好運，沒有被石頭壓到，只受了一點輕傷。不過，還不如受重傷呢。」

薛宸立即明白嚴洛東這句話的意思。今日這件事，在二皇子眼中就是李達謀劃的，如今出了事自然要在李達身上找原因。若李達受了重傷，在二皇子面前還能推託一句不知情，可如今二皇子受了重傷，李達卻平安無事，這叫二皇子怎麼嚥得下這口氣？肯定會懷疑這是李達給他下的圈套。李達失去了二皇子的信任，今後再難翻出什麼大浪來。

薛宸笑著點頭。「你說得不錯，還不如受重傷呢！」

這下，李達的前程算是到頭了，在還沒跟二皇子建立起真正的信任之前，就已經徹底瓦解了他們的默契。

薛宸又問道：「那何洲呢？」若是沒有李達，何洲也上不了位了。

嚴洛東回道：「何洲埋伏在象鼻山好幾天，世子不讓人動他，只暗中監視，昨晚他看見煙火即點燃火藥，然後帶著和他一起的兄弟們離開了。世子不下令追捕他們，有心放他們回去，不過依舊叫人監視著。」

薛宸要給婁慶雲豎起拇指了，到這個時候，她才相信一句話——不是一家人，不進一家門。她和婁慶雲真的太像了，無論想法還是心性，全是那種壞透了的。

她當然知道婁慶雲不為難何洲的原因，和李達的情況一樣，說到底，這回只有二皇子一個人受了重傷，那些替他謀劃之人都好好的，李達是他身旁的人，自然吃不到好果子；而何洲是李達的人，李達吃不到好果子，何洲更加吃不到。婁慶雲根本不必動手收拾何洲，李達就會派人收拾他了。

李達跪在二皇子榻前，從未像此時般害怕與不甘。

二皇子的臉色鐵青，靠在軟枕上閉目養神，右腿高高抬在架子上。太醫醫治完，說二皇子的右腿算是廢了。李達從沒有一刻比現在更希望廢了腿的是他，最起碼不會被二皇子懷疑他的忠誠。

如今傷的是二皇子，就算他有一百張嘴也證明不了自己的清白，而二皇子必須找個人為他那條腿負責，這個人很顯然就是他。他們都知道這次的計劃完全是太子的反擊，卻不敢查、不能查，因為所有布置全是他們的人做的、所有計劃全是按照他們的意思實行的，他們怎麼去調查？查到最後，案子必定會交到婁慶雲手上，而婁慶雲會查出什麼來，不用想也知道啊！

李達現在只覺腹背受敵，整個人似被架在火上烤般，前有豺狼、後有虎豹，進退兩難，僅能用苦肉計求得二皇子諒解，別無他法了。二皇子受傷後他便跟著來到二皇子府，在二皇子沒醒來前已去刑房領了三十下鞭子，後背血淋淋一片，卻還不能上藥，一直跪在二皇子榻前直到他清醒。

二皇子靠在軟墊上，不想說話。這回偷雞不著蝕把米，他當然知道是太子的陰謀，卻沒辦法指證，這才是最叫他難以忍受，陰柔的臉上閃過一絲陰鷙，目光落在那條被高高架起的腿上。太醫說了，就算養得再好他依舊難逃瘸子的命運，而這一切原本是他想加在太子身上的，就算不瘸，也該讓太子受重傷。

他試問在太子面前沒有露出任何破綻，雖說這次沒有成功，但二皇子不覺得李達有膽子背叛他，更何況，他找來做那些事的人都不是身邊之人，而是些看起來和他們毫無關係的，連火藥也藏得隱密，小心又小心，沒有一次提取太多，而是分別從各地運來一些，拼湊著用。

按理說他們計劃得這麼周密，消息根本不可能洩漏。但就在他要行動那天，王妃突然派人來報，說是家裡收到密信，藏著的火藥被查抄了。不管事情真假，這都是件很嚴重的事，二皇子寧願暫緩計劃也不要危險行事，遂讓李達派人知會象鼻山的人取消行動，而他立刻趕回京城。

他哪裡想得到事情居然在那個環節出了錯，原以為取消的計劃竟然沒有取消，他成了被謀害的主角。象鼻山爆炸，巨石滾落，那是怎樣恐怖的畫面，二皇子不想再回憶，心痛得無以復加，這個代價未免太大了些。

外頭有人來傳話。「二殿下，太子殿下來瞧您了。」

李達和二皇子對視一眼，李達趕忙爬到一邊，伏趴在地。

第八十二章

太子從外頭走入，俊美端正的臉上滿是擔憂，看了看跪地不起的李達，還有他背後殷紅一片的血跡，才掉轉目光，坐到欲起身行禮的二皇子床前。

「二皇弟別多禮了，還是好好養傷吧。父皇擔心你的傷勢，卻因國事纏身不能親自來看你，便讓我來瞧瞧。他還給你送了宮裡最好的傷藥，叫你別多想，不過是條腿而已，不幸中的萬幸，沒有傷及你的性命。唉，若你有個三長兩短，別說父皇受不了，就是我也不知該如何是好。」

二皇子早想通了其中內情，此刻更是對太子恨得牙癢癢，卻又不能發作，緊咬著牙關露出一抹僵硬的笑，說道：「多謝哥哥惦念，還請哥哥回宮後替弟弟向父皇請罪。」

太子點點頭，在二皇子的傷腿上輕輕拍了拍。「二皇弟放心好了，我一定會替你轉達的。」

頓了頓，太子繼續說道：「其實我今天來，除了看望，還有另一件事要問問你。象鼻山形成山形已過百年，照理說不會因為一場大雨就崩塌。父皇命我徹查此事，那我便要好好地查、仔細地查，總要把真相查個水落石出才好，才能給二皇弟一個交代不是？」

二皇子臉色一變，看著太子善良又和氣的神態，良久後才顫抖著唇道：「天、天災之事，如何調查？是我自己不當心，欽天監都說了這些天有暴雨，我還挑在那個時候經過象鼻山，這……這又怪得了誰呢？」

太子看著二皇子這副樣子，不動聲色地點點頭，似乎對他的話頗為認同。「這件事大家都知道是天災，不過父皇讓查，咱們就得查不是？據錦衣衛說，當天在象鼻山附近確實有幾個可疑人影出沒，但一下子就逃入了深山，不見蹤跡。若真要查，看來還得從那些人身上查起，看看能不能查出蛛絲馬跡來。」

二皇子猛地一動，扯到腿上的傷口，眉頭蹙了起來，扶著太子的胳膊，忍著疼說道：「不……不用了。深山之中，哪有什麼可疑人影？還是不要浪費人力。有那工夫，還不如加派人手去把各處山脈查一查，若還有容易坍塌的山，盡快讓百姓遷離才是正經，免得再出現我這樣的情況。」

太子將二皇子扶著坐好，一本正經地說：「二皇弟果然仁慈大度，我知道你的意思了，你就放心吧。我該回去向父皇覆命了，你好好在府中休養，千萬不要胡思亂想，一切自有父皇與我替你作主。」

太子起身，拂了拂根本不亂的前襟，對二皇子道：「我先走了，需要什麼藥材儘管派人來取。從前你管一半府庫，我管另一半，如今你受了傷，父皇讓我全權管著，總能照應自家兄弟用藥便是了。」

二皇子做出一副感激涕零的模樣，心中為太子這挑釁之言憤怒，幾乎是強忍著怒火才不至於當面和太子吵起來，咬牙切齒地說了一句。「多謝哥哥。」

太子離去前，目光瞥向一直伏趴在地的李達，上前兩步指著他說道：「這不是忠義公家的達哥兒嗎？背後怎麼傷成這樣？莫不是昨兒和二皇弟一同受的傷吧？怎麼不去給太醫瞧瞧？」

李達不敢說話，只悶聲說了句。「勞太子惦念，待會兒就去瞧太醫。」說明是昨天受的傷，並非後來被二皇子施加的刑罰。

二皇子聽了，臉色稍霽，對李達揮手道：「我剛醒來，沒瞧見你背後的傷。快去醫治吧。」

李達轉了個方向，對二皇子磕頭。「是。」

太子瞧著他，又對二皇子點點頭，便頭也不回地離開了二皇子府。

二皇子發現，太子離開時瞧著李達的神情似乎有什麼話要說，怪異得很，心中不免驚疑。

李達站起身正要出去，卻被二皇子喊回來。「做這件事的人一個不留，盡數剷除。尤其是那個獻策的何元渠，給我活捉回來，詳加審訊後再行絞殺。」

李達早已想到那些人的下場，覺得何洲多少是個人才，便替他辯駁了幾句。「殿下，何元渠十分聰慧，若是問明情況，大可留下，今後當……」

「有大用」這三個字還沒說出來，即被二皇子冷冷地否決了。「留下？我都這副模樣了，你還敢讓他留下？反正你和他我只留一個，你要留他，就是你死，你自己看著辦。滾吧。」

李達強忍下屈辱，低頭走出了二皇子府。

李達帶傷回到家中，嚇得忠義公夫人當場哭了起來。李達安撫母親幾句，隨便在後背上了藥，便帶著幾個武藝高強的護院前去實行二皇子的命令。

他雖惜才，但很明顯何洲已經難當大用。這條路是他自己選擇的，在還沒建立功績之前就犯了彌天大罪，不怪二皇子心狠手辣，若他是二皇子，也會這麼做，寧可錯殺一百，絕不放過一個。更何況太子如今要徹查此事，留著何洲他們，就是個隨時隨地會陷他們於死地的禍害。

想通這一點，李達便覺得沒那麼愧疚了，誰讓何洲他們辦錯了事、跟錯了人呢？就算如今的結果不是他們造成的，但……總要有人為這件事負責不是？二皇子想在他們身上探出當日的情況，只要何洲配合，李達不介意在他說出來之後給他個痛快。不過，一切都要等二皇子親自審訊後才行。

他翻身上馬，往城中他們約好的地方趕去。

在他們策馬離開忠義公府門前的巷子後，另一隊人自暗巷中露出頭，看準了李達離去的方向，領頭的人比個手勢，悄悄帶人跟隨在後面。

李達找到了何洲等人的藏身之地，是一座破舊的土地廟。

何洲原本是文人，若不是有點狠勁，腦子又活，根本搭不上李達。兩人是在風月場所認識的，何元渠讀書不行，但道理卻是一套一套的，說得李達很是心服，當即決定給這個書生機會。這個書生也沒有令他失望，很快便想到讓他一舉成為二皇子心腹的辦法，若這個辦法成功，可以讓李達與何洲都往上爬。可惜，這個方法沒有成功，不僅讓李達失去二皇子的信任，還讓何洲因此丟了性命。

雖然李達覺得有點對不起何洲，但他更看重自己的命。他知道，如果他不是世家子弟、不是二皇子的表弟，這次等待他的結局肯定是跟何洲一樣的。

胡思亂想間，李達帶著人靠近了土地廟，卻是一片靜悄悄的，心中覺得有些奇怪，難不成何洲得知消息，跑了不成？

他正要推門而入，卻被身後的護衛攔住。護衛對李達搖了搖手，多年刀口舔血的生活讓他感覺到情況有點不對勁。李達身上有傷，便往後縮了幾步，讓護衛先推門而入。

院子裡竟七零八落地躺著幾具屍體，瀰漫著血腥味，應該剛死沒多久。

李達推開護衛跨進門檻，在幾具屍體前走了幾步，不意外地看見躺倒在一口水缸旁、早已死去的何洲。李達蹲下身子，手放在何洲的鼻下探了探，毫無氣息，已經死透了。

護衛查探一番後，向李達稟報。「世子，死了六個人，無一活口。」

李達咬牙站起來，環顧一圈，心裡雖納悶是誰殺的，卻不想再多停留，揮手叫人撤退。

「既然都死了，那便回去覆命吧。」

殺人的會是誰？是不是二皇子？他是徹底不相信他了，所以才另外派人殺人滅口？不對，不是二皇子，二皇子還想審問何洲，不會這樣輕易殺了他。那會是誰？答案呼之欲出——太子。

太子滅了口，是不是說明何洲也許不是受害者，其實是太子那邊的人？李達只覺腦子裡亂作一團，根本不知道接下來應該怎麼做。

他呼出一口氣，翻身上馬，再次趕往二皇子府。不管怎麼樣，都要先回去把這個消息告訴二皇子才行。

婁慶雲終於回到府裡，進了房，連衣裳都沒換，直接倒頭就睡，已經累得連一根手指頭都不想抬起來了。

薛宸替他脫掉鞋襪、除去外衣，又親自端了熱水進房，替他擦了臉和手腳，然後才守在他身旁看著他沈沈睡去。

她不急著知道外面發生的事，因為嚴洛東早已告訴過她了。這次的結果比她想像中要好了數十倍，她原本只是不想讓太子受傷，傷及太子一派，沒想到婁慶雲他們居然做得那樣好，不僅沒傷著太子，成功遏制二皇子的陰謀，還倒打一耙，讓二皇子吃了個啞巴虧。

薛宸知道，這結果必是婁慶雲連日奔走才達成的，不知多少天沒有好好睡一覺了，便不打算吵他，取來繡花繃子，坐在一旁的羅漢床上，墊著軟枕，悠閒地繡著花。

婁慶雲只睡了半個時辰就醒過來，鼻尖嗅著薛宸特有的馨香，還沒睜眼，嘴角便揚了起來，喉嚨裡咕噥一聲，薛宸的臉隨即出現在床邊，坐在床沿，摸了摸他的額頭，低聲溫柔道：「喝水嗎？」

婁慶雲點點頭，薛宸便去倒水，遞到婁慶雲面前。誰知道這傢伙存心要無賴，根本懶得自己動手。薛宸被那副無賴樣子逗笑了，把水送到他嘴邊餵他喝，道：「你都這麼大了，還跟孩子似的，荀哥兒如今都不要我餵了。」

婁慶雲滿足地喝了兩口水，然後繼續躺下，撒嬌般看著薛宸。「他那是沒媳婦兒，有了媳婦兒，肯定也會讓媳婦兒餵的。不管我多大，我都喜歡媳婦兒餵的東西。」

薛宸橫了他一眼，正要起身去放杯子，卻被婁慶雲摟入懷中，一番耳鬢廝磨。薛宸無奈地躲到裡床，有些懊惱地整理衣裳，喘息不定地瞪著婁慶雲，頰邊兩抹紅霞讓婁慶雲差點把持不住，可想到她如今的狀況，只好忍了下來。

他將薛宸拉進懷裡，一手撫上她的小腹。「媳婦兒真能幹，一下子來兩個。有什麼不一樣的感覺嗎？」

薛宸靠在他懷中，心滿意足，也低頭看了看腹部，搖搖頭。「沒什麼特別的感覺，非要說的話，就是這兩個似乎都很安靜，沒有荀哥兒折騰。」

婁慶雲俯下身，在薛宸的肚子上聽了聽，然後才道：「不折騰好啊，一定是兩個女孩兒。我之前就盼個閨女，卻生出荀哥兒這麼個小霸王。這胎說什麼也得生兩個漂亮閨女，跟妳似的，一回家，三朵小花圍著我，那才幸福呢！」

薛宸用手指戳了戳婁慶雲。「我還是要兒子。若是生兩個閨女，荀哥兒還是家裡最受寵的，再這麼寵下去可怎麼得了？」

婁慶雲一揚眉，說道：「就是閨女才好呢。妳看我寵不寵他了？這小子如今越來越皮，連我都不放在眼裡。」

薛宸白他一眼，無奈道：「根本不是你寵不寵的問題，荀哥兒輪不到你寵好吧？我瞧著爹娘和太夫人還是喜歡男孩兒，只要再生男孩出來，他們就該寵小的了，荀哥兒也到了啟蒙的時候，這樣皆大歡喜，正好。」

婁慶雲聽了薛宸毫不留情揭穿他在這個家裡地位的實話，很是無奈，翻了個身，躺在薛宸的大腿上嘆了口氣。「唉，小子們要是在家裡寵著，將來可就毀了。」

薛宸撫著他的髮，幫他按摩。「你不也是在家裡寵著長大的？就一根獨苗，太夫人肯定稀罕得緊，可你也沒毀嘛。」

婁慶雲搖頭，抓著薛宸的手說：「那不一樣。我爹表面上對我很好，但暗地裡卻在我四、五歲時把我帶去軍營，太夫人和我娘雖然捨不得，但架不住我爹強勢呀！但如今妳瞧咱們荀哥兒，就是要天上的月亮，大概那三個老人家都得拿梯子替他爬上去摘，這麼下去還得了？」

婁慶雲說的道理薛宸不是不明白，也嘆了口氣。「唉，那可怎麼辦才好？」

夫妻倆對外可說是無往不利，唯有面對太過受寵的兒子時，才讓兩個聰慧的人束手無策。

最後，婁慶雲把目光放在薛宸的肚子上，疑惑地開口。「難不成……真得寄託在妳肚子上，再生個兒子分了荀哥兒的寵？」

薛宸點頭。「只有這辦法了。」

在那三個護孫老人家面前，荀哥兒就是他們的天！若不加以制止，將來荀哥兒還不被養得驕矜霸道、不懂道理呀！所以，怎麼想，好像只有這個辦法了……

夫妻倆不約而同地嘆氣，誰能想到，對付家裡的小祖宗，他們這對正經的父母居然要使出這樣的手段……要是荀哥兒將來知道了，不知會怎麼想他們。

薛宸伺候婁慶雲洗過澡，婁慶雲換了身寬鬆常服，披散著髮坐在薛宸的梳妝檯前，讓她替他擦頭髮，然後把將這些天發生的事情告訴她。

發覺薛宸並沒有很驚訝時，婁慶雲笑著說：「我知道嚴洛東早告訴妳這些了，但我還是要跟妳說。嚴洛東說的是他說的、我說的是我說的，對不對？」

薛宸但笑不語，手裡的動作越發溫柔起來。

婁慶雲繼續說道：「還有啊，我和太子已經有了後續的計劃。太子猜得不錯，二皇子果然讓李達去抓何洲，想在他身上探出點什麼有用的消息，便派人快李達一步，搶先把何洲殺了。到時李達抓不了人，二皇子那兒他就不好交代了。」

婁慶雲的話讓薛宸停住手裡的動作，疑惑道：「你們是想……」聲音頓了頓。

婁慶雲在鏡子前對她擠眉弄眼，用眼神鼓勵她繼續說下去。

薛宸盯著他，緩緩開口。「你們是想除了李達，還是收了李達？」

婁慶雲微微一笑。「妳覺得呢？」

薛宸想了想，道：「自然是收服。京城之中殺幾個毛賊沒有人會追究，可是殺一個世子，就未必不會被人發現了。我覺得，收比殺要好。」

婁慶雲笑著，一個翻手把薛宸轉到了自己懷裡。「我就說妳是個諸葛先生。那學生還想請問先生，該如何去收呢？李達是忠義公世子，忠義公和右相是親家，這可不是個好收服的人家啊。」

薛宸被他圈著腰，只得摟住他的脖子，仰首瞧著他，突然噗哧一聲笑了出來。

婁慶雲見她笑了，遂摟得更緊，問道：「問妳話呢，妳笑什麼呀？」

「我突然感覺自己像是戲文中所唱那般，是個叫男人做壞事的壞女人。『不叫你忠孝仁義，反叫你機關算計』。」薛宸自己把自己給逗笑了。

婁慶雲看她笑得極其燦爛，心裡也舒坦，突然鬆開了手。薛宸整個人往後倒，婁慶雲跟著俯下身，用胳膊托著薛宸的後背，兩人姿態親暱地臉貼著臉。

他咬了下某個惹火小狐狸精的紅唇，才低啞著聲音說道：「妳叫我什麼，我便是什麼。妳是壞女人，那我就是壞男人，反正咱倆是天生一對。」

薛宸摟著他的脖子，被他壓在腿上動彈不得，聽了這麼一句情話，臉頰早紅透了，動了動，說道：「別壓著孩子，起來。」

婁慶雲這才把她拉起來，繼續讓她靠在懷中。

薛宸平復了心情，才對他說道：「在我看來，要收服李達並不難。李達雖然身為世家子弟，看似不缺金銀、不缺身分，可實際上這樣的身分才最缺金銀、最缺身分。嗯……與其說是缺身分，不如說是缺靠山。這幾年，忠義公並沒有傑出的政績，這回假借身體不好把李達從關外弄回來，可見忠義公府的前途堪憂啊。李達之所以會幫二皇子做事，必然是想將忠義公府撐下去的。這樣的人，只要找出他的軟肋，他自然就會主動靠過來了。」

婁慶雲點點頭。「這個方法的確是好的，但是我們怎麼能保證主動靠過來的李達忠心堪用呢？」

薛宸笑了笑，斂目說道：「要他做事就好了，要他的忠心幹什麼呢？你們又不打算真的提拔他。」

被薛宸揭穿這一點，婁慶雲也笑了起來。「就妳知道得多。妳怎麼知道太子不想提拔他？好歹他也是世家出身，真能忠心對待太子，對太子來說絕不是壞事啊。」

薛宸笑咪咪地看著婁慶雲。「忠不忠心是一回事，能不能做事，又是另外一回事。我要是你們，就派人去關外查查他之前的行徑。如果真是因為忠義公身體不好他才回來，那他怎麼不先留在府裡侍疾，反而要這般積極地博取二皇子的信任？居然膽大包天想算計太子，也不怕這事辦不成害忠義公府被抄。

「即便你們用他，也不代表全然相信他，用他只是因為……他有用而已。但若要將他的作用發揮到最大，就必須把他的底查清楚，不是嗎？」

上一世李達能跟著二皇子起兵造反，單憑忠義公府的勢力哪能在最短的時日內給二皇子找到強勁的後援？薛宸雖不清楚李達做了什麼，不過二皇子起兵時，有半數兵力是來自他某個側妃的故鄉——南疆。

薛宸之所以懷疑李達參與其中，是因為李達之前駐守的地方，阻擋的外族就是南疆和兀術，她有理由相信李達根本不是單純想回京振興忠義公府，而是有更加高遠的目的。

不過，如今形勢大大利於太子。這一世的何洲並沒有發跡就被殺了，上一世何洲對二皇子和李達來說是如虎添翼的存在，如今早早收拾了何洲，等於為將來剔除了一個強而有力的敵人。

有時人生就是這樣，搶占了先機，才能控制未來。

上一世太子失去了先機，才被二皇子壓制多年，讓二皇子養精蓄銳，有了足以與他匹敵的實力，長了二皇子的氣焰，讓他對太子生出更多不滿，覺得自己可取而代之，才有了後來的起兵造反。

而這一世二皇子遭難，近幾年怕是再難爬到太子頭上，如今又將他身邊的羽翼一一翦除，只希望將來那場令京城百姓遭殃的動亂，這一世不會出現。

薛宸永遠忘不了那時京中詭譎的氣氛，百姓們不敢上街，街上的鋪子全關了，誰也不敢在那節骨眼上出頭，草木皆兵、人心惶惶，新帝付出極大代價才贏了那場叛變。他們從皇城一路殺到街上，血流成河、屍橫遍野，多少房屋被叛軍燒燬、多少百姓無辜遭殃。如果她這麼做可以讓京城百姓免於受難，薛宸一點都不介意將這注定要禍害蒼生的二皇子拖下馬來。

婁慶雲似乎真把薛宸這些話聽進去了，點點頭。「過兩天，我就派人去查。只是如今該如何讓李達主動靠近我們，替我們做事呢？」

薛宸從婁慶雲的腿上站起來，拿起棉巾繼續幫他擦頭髮。「你和太子不是已經知道怎麼做了嗎？先殺了何洲，讓他在二皇子面前抬不起頭，然後太子只要私下示好，讓二皇子懷疑他、打壓他，還怕他不主動來找你們不成？放眼整個京城，能在二皇子手裡救人的除了太子還有誰啊？」

鏡中，夫妻倆眼神交會，不由自主地相視而笑。不得不說，兩個聰明人說起話來就是輕鬆有默契。

第八十三章

魏芷靜生下一個兒子，六斤三兩重，小臉生下來便紅撲撲的，不像荀哥兒那時皺巴巴的，薛宸還曾偷偷在心裡抱怨過孩子醜……

蕭氏在魏芷靜生產時即去了唐家，薛宸則是第二天和薛繡一起去的。

魏芷靜躺在產床上，戴著抹額，臉色有些蒼白，不過精神卻是極好。看見薛宸和薛繡，還能坐起來向她們招手呢。反正招呼客人有唐夫人和蕭氏幫忙，她只是見見平日裡親近的姊妹。蕭氏把薛宸她們送進房後，便招呼客人去了。

薛宸如今抱不得孩子，薛繡卻是抱得，摟著粉嫩的嬰兒親了又親，惹得薛宸打趣她。「妳這莽撞性子，可別嚇壞了孩子。」

薛繡嘻嘻笑了笑。「嚇不著，他還沒睜眼睛呢。」

薛宸和魏芷靜對視一笑，薛宸對魏芷靜問道：「感覺怎麼樣？」

姊妹倆開始說話，薛繡便湊過來了，把孩子放到魏芷靜身旁，坐在她床沿上。「聽說昨兒生產時還挺險的？」

魏芷靜點點頭。「嗯，有點兒出血，不過沒什麼大事，本以為是產後血崩，後來才發現是下身的傷口流血，止住就好了。讓妳們擔心了。」

薛宸聽了不禁說道：「妳看，叫妳隨我一同練瑜伽，妳偏懶散。」

魏芷靜有點不好意思。「哎呀，挺著那麼大的肚子，每天走路都覺得累。剛開始我練了幾日，不過實在太累了，能堅持下來的實在異於常人。」

這話把薛繡給逗笑了。「說得對！咱們宸姐兒可不就是異於常人嘛。快八斤的小子，就那麼順順當當地生下來，啥事也沒有！還生得那潑皮性子，上回去我家，哎喲，我家囡囡都給他欺負哭了。」

薛宸有些不好意思，橫了薛繡一眼。「我說妳這人怎麼這樣，逮著誰都要說一遍。我都讓荀哥兒給囡囡賠罪了，囡囡也原諒荀哥兒，就妳揪著不放，討不討厭？」

幾個人相視，突然間都笑了起來。她們三個是一起長大的，不管過去多少年，似乎都保持著做姑娘時鬥嘴取笑的習慣，湊在一起沒有不是笑笑鬧鬧的。

好不容易熬到了三個多月，薛宸的肚子風平浪靜，完全沒有想吐的感覺，只是比之前睡得多些，一切如常，讓她又驚又喜。喜的是不用忍受那種吃不下東西卻偏偏還得繼續吃的感覺；驚的是，孩子會不會有什麼問題？以至於三天兩頭就讓太醫來請平安脈。

太子側妃李氏所出之庶長子將過六歲生辰，今年太子想在府裡給他做生日。雖是庶子，卻是太子的兒子，將來也是正經主子，誰也不敢怠慢。

但薛宸沒有想到，這回太子府不僅僅給衛國公府下了帖子，竟然還有一份太子妃親手寫的請柬，是給她的。秀美小楷寫著「衛國公世子夫人薛氏親啟」的字樣，帖子的內容就是正式邀請薛宸當天前往太子府參加筵席。

薛宸覺得奇怪，晚上把請柬拿給婁慶雲看了。

「原本我想著在府裡多養養，孩子月分還小，貿然去人多的地方不知會不會被衝撞了。可太子妃親自邀請，倒是不能不去了。」

婁慶雲倒是一派輕鬆，道：「這是太子妃想拉攏妳了，太子定然和她說了不少妳的事。如今妳的身孕也滿了三個月，沒什麼衝撞不衝撞的了。再說，是去太子府，妳怕什麼？府裡有大半是錦衣衛和大理寺的人，他們只有把妳保護得嚴密周到，根本不可能有人混進去害妳。」

薛宸斜斜倚靠在貴妃榻上，還是有點納悶。「我不是怕人害才不想去的。只不過，以前也沒有單獨邀請的做法呀。我是婁家的長媳，太子請婁家不就好了嗎，單獨請我倒是新鮮。」

婁慶雲坐在一旁，殷勤地給薛宸剝葡萄吃，把剔掉核的果肉用竹籤挑到薛宸口中，然後又繼續剝。「這不是要表示對妳的看重嘛？是好事！除了妳之外，就只有其他皇子的正妃還有幾個公主有此殊榮了。」

薛宸吃下果肉，合上請柬放到一邊。「這個太子妃我從前見過。我一直很好奇，為什麼太子放著那麼多勛貴之女不娶，偏娶了大行臺家的嫡小姐？太子的其他側妃出身似乎都比太子妃要高些吧。」

婁慶雲點點頭。「的確如此，就說生下庶長子的李側妃，便是寧郡王的嫡女。不過，娶妻這種事，尤其是太子妃，身分高低未必是最重要的，關鍵是看對太子有多大的裨益。我這麼說，也許妳就懂了，太子妃的父親是大行臺，大行臺總管全國政務，地位甚至凌駕於吏部之上……」

其實薛宸不是不懂裡面的道理，聽了婁慶雲的詳加解釋，這才笑著點點頭，又吃了一顆葡萄，才道：「不管嫁人還是娶妻，合適才重要，但很多人都是身不由己，只要想到這裡，就覺得我們很幸福，最起碼可以和相愛的人在一起。也幸好你娶妻不需要考慮那麼多條件，不然咱們倆大概也成不了親了。」

婁慶雲聽到這裡，立即自豪地說：「可不是嘛。我硬是拖到這麼大還不成親，可不就是為了娶妳嘛。咱們倆過的才叫日子，太子過的……嘖嘖嘖嘖嘖，那哪叫日子呀，簡直就是刑罰！要我每天面對不喜歡的女人，我寧可一輩子不成親，當和尚去。」

薛宸被他逗笑了。「要不怎麼說咱們有默契呢？我也是這麼想的。若不是遇見你，我就上山做姑子去。」

婁慶雲湊到她耳邊，說道：「妳就到我出家的廟旁去做姑子唄，咱倆還得遇上。」

薛宸白了他一眼，兩人你儂我儂地親熱一番。婁慶雲又送了顆剝好的葡萄到她嘴邊，薛宸卻搖搖頭。「不想吃了，你吃吧。」

「再吃一顆，我這還剝著呢。快吃，我兒子說要吃呢。」

「……」

夫妻倆又在房裡膩歪了一陣子，然後才牽手散步去了。經過松鶴院，然後去了擎蒼院，荀哥兒還沒睡，便和荀哥兒玩了一會兒，兩人才回去。

太子府辦筵席那天，薛宸是和長公主還有韓氏一起去的，荀哥兒也跟著她們一同前往。李夢瑩害喜吐得厲害，人消瘦了許多，只好留在家中。

進了太子府，長公主和韓氏被請入內堂，不少夫人相陪，荀哥兒被長公主帶去了。而薛宸則由太子妃親自領著去了一旁的雅間，裡面坐的全是各家年輕一輩的少夫人。

薛繡也在此列，兩人交換個眼神，薛繡還暗暗比個手勢，意思是等她跟太子妃說完話就去找她。薛宸也以眼神回應，便隨著太子妃坐到上首，與一眾夫人打過招呼，然後和太子妃說話。

太子妃給薛宸上了清水，簡單問了問孩子的事情，言談舉止間給足了薛宸這個衛國公世子夫人面子，還主動提及當年舊事。

「昔日在別院中，多虧了少夫人替我解圍，一直沒機會向少夫人當面道謝，實在慚愧。」

薛宸連連擺手，道：「娘娘實在客氣了，這是我應當做的。實不相瞞，當時我聽世子提過您的事，不想讓您和三公主產生嫌隙，這才出言相護。若不是因為娘娘的身分，我自問沒有那個膽子敢與三公主當面對上。」

事情過了這麼久，薛宸可不會天真地以為太子妃蘇氏還會記得她當初相護的人情，她若真的感激，這麼多年絕不會對薛宸毫無表示，心中定是明白薛宸知道她今後的造化才保護她的，說不定還覺得薛宸是個愛鑽營之人。所以別說道謝了，連示好都沒有。

因此薛宸乾脆把話給說明了，省得太子妃心中有疙瘩。

果然，太子妃沒料到薛宸說話會這樣直白，面上愣了愣，不過很快就恢復過來，斂目笑了笑。「太子的眼界高，甚少聽他誇讚誰，少夫人確有過人之處，能讓太子接連誇讚兩回。今日，我算是服氣了。」只差說一句：見過不要臉的，沒見過妳這麼不要臉的。

薛宸可不在乎她怎麼想自己，總歸現在她們倆是一根繩子上的螞蚱，婁慶雲跟著太子，她不管怎麼樣，一定要跟著太子妃，這也是薛宸為什麼毫不隱瞞地對太子妃和盤托出的原因。不將太子妃心裡的結解開，今後便不能真正信任及合作，她們兩人的恩怨小，若壞了太子和婁慶雲的大事那就麻煩了。

所以薛宸寧願讓太子妃覺得她是個真小人，也不想讓太子妃給她冠上一頂「偽君子」的帽子。偽君子可比真小人要難相處得多。

太子妃當然也懂得這個道理，她並非以高高在上的身分嫁給太子，嫁進來後也有不少非議。這麼多年來，她也漸漸熟悉、漸漸懂得了很多做人的道理。太子私底下讓她多與衛國公世子夫人交往，說妻家是他的堅強後盾，地位甚至超過了她的娘家。有了太子這句話，太子妃縱然不願意親近薛宸，卻也知道必須拉攏她，這是政治相交，避無可避的。

有了這分默契，兩人的交談很是順利，聊了一會兒，一些世家夫人、小姐湊了過來，其中不乏有和薛宸交情不錯的。薛宸強撐著精神一一應付了她們，好不容易才和薛繡說上話。

可還沒說幾句，外頭跑進一個白白淨淨的小太監，跪在太子妃面前哭訴起來。「娘娘，您快去瞧瞧吧，衛國公府的小世子把小王爺給打了。」

所謂小王爺，正是太子和太子妃的嫡親骨肉，出生後即被皇上封了郡王，因此府中稱呼他為小王爺。

薛宸聽了趕緊站起來對太子妃跪下請罪。「豎子無狀，衝撞了王爺，還請太子妃息怒。」

太子妃也是焦急，拳頭捏了放、放了捏，忍了一會兒才朝薛宸揮揮手，冷冷說了句。「起來吧。隨我去看看到底是怎麼回事。」

聽太子妃這語氣，動怒是肯定的，也不說原諒不原諒，只說去看看，也就是說如果荀哥兒的「罪行」嚴重，不排除會處罰他了。

薛宸在心中暗自叫苦，這個小子還真給她惹出一件大事來了。他才多大，竟然出手就打了說什麼也不能招惹的主兒。這可是太子妃的嫡親兒子，他真會選人……就是打了李側妃的兒子，估計也沒有這麼麻煩吧……

薛宸苦不堪言地暗暗嘆氣，看樣子，回去要好好教訓教訓了，若再這麼霸王下去，將來指不定得惹出什麼亂子來呢。今兒打了小的，明兒他就敢動手打大的，再往上想……薛宸可不敢再想了。

薛宸和太子妃趕到時，場面已經控制住了，荀哥兒被長公主摟著，烏溜溜的眼睛瞪得大大的，盯著那個被嬤嬤護在懷裡、粉雕玉琢、似乎也有點受到驚嚇的孩子。

太子妃進了門就往兒子撲去，把他抱了起來輕聲安慰。「哦哦，天賜不怕了啊，告訴娘親是誰打你了？」

封天賜從母親懷中探出頭來，沒有說話，看向了荀哥兒。

此時薛宸也來到荀哥兒身旁，和長公主交換了個眼神，才看著荀哥兒。荀哥兒倒是一副天不怕、地不怕的樣子，似乎正在思考現在是什麼情況。

薛繡帶著囡囡走進來，囡囡已經是個能把事情說清楚的小姑娘了，在薛繡的示意下，跪到太子妃面前。

「娘娘請息怒，這件事我瞧見了。是這樣的，殿下想和荀哥兒一起玩，荀哥兒沒有聽見，殿下就去拉他的手。荀哥兒嚇了一跳，就推了殿下一把，殿下跌在地上，還是荀哥兒扶他起來的，然後殿下就被嬤嬤抱走了。荀哥兒年紀小，不懂事，不是有意打殿下的，還請娘娘不要和他計較了。」

薛宸看了薛繡一眼，幹麼讓囡囡說這些呢，這不是更加激怒太子妃嗎？

她正要開口，果然聽見太子妃尖聲說道：「妳是誰家的孩子？照妳這麼說，錯的倒是本宮和殿下了？」

囡囡被太子妃的怒火嚇到了，驚恐地看著她，圍觀的夫人、小姐們已經開始聚集了。

薛宸嘆了口氣，把荀哥兒從長公主身上抱下來，牽著他去到太子妃面前，讓荀哥兒跪下，自己跟著跪了，摟著還不大明白情況的荀哥兒的肩膀，對太子妃低頭道：「孩子無狀，衝撞了殿下，是我管教不周，還請太子妃念在他年幼無知的分上原諒他。若是娘娘想責罰，由我這個做母親的一力承擔。」

太子妃原就不大願意搭理薛宸，覺得她功利心重又精於算計，卻連太子都對她刮目相看，在她面前誇讚了好幾回。她和太子成親這麼久，太子對她只是以禮相待，從未聽過太子誇讚她這個妻子一句。心裡本來就有氣，礙於形勢又不得不和她虛與委蛇。但這女人的心機居然深沈到敢用孩子來欺負她，若嚥下這口氣什麼都不做，別人還不知怎麼嘲笑她這個太子妃呢！

當即一拍手邊的茶几，怒道：「薛宸，妳以為我不敢罰妳嗎？」

薛宸帶著荀哥兒伏身，誠懇道：「薛宸不敢。」心中暗自期盼太子妃不要太過分，她如今被怨憤迷了眼，看不見身旁那些側妃一個個等著看好戲的神情。也是她傻，才會為了這種事情和她計較，還是不夠懂事啊！

「不敢？」太子妃像是要努力證明她的不懂事般，猛地站起身往薛宸母子走去，似乎是要動手。

長公主見狀，立刻衝出來攔在薛宸母子身前。「太子妃息怒，都是孩子間的事情，犯不著鬧得這樣大。荀哥兒和葉哥兒是表兄弟，在一起玩耍總會有個磕磕碰碰，妳這樣計較就不對了。」

太子妃不敢推搡長公主，但站在她面前，氣勢卻絕不肯輸。「我不對？您是太子的姑母，今日犯錯的是您的孫子，當然向著他了。可葉哥兒是我兒子，我……」

太子妃還沒說完，就被門口傳來的聲音打斷了。「出了什麼事？」

太子殿下親自來到後宅，讓女眷們全嚇了一跳，紛紛跪地行禮。

婁慶雲跟在太子後面，目光落到跪在太子妃面前的薛宸母子身上，眉心立刻蹙了起來。

太子感覺到身後之人的怒意，走上前對眾人揮手。「都起來吧。」目光落在薛宸身上。

薛宸拉著荀哥兒站了起來。太子滿意地點點頭，知道薛宸是個聰明人，就算被太子妃欺壓，卻沒有借勢讓太子妃更難堪，有這分度量委實不易啊。反倒是他的太子妃，氣量狹小、咄咄逼人。

其實在出事時他就已經從外院趕到了，一直沒進來，就是想看看眾人的反應，結果令他很生氣。見太子妃和長公主對上了，怕她一時口快對長公主說出什麼不該說的話來，才趕忙進來阻止。

太子落坐後，婁慶雲來到薛宸母子身旁，摟著她肩膀，用眼神關心她。薛宸對他搖搖頭。「我們沒事，別大驚小怪的。」

她瞧著婁慶雲這表情，知道他心裡定是恨上太子妃了。雖然太子妃有點不懂事，但她到底是太子妃，總要給太子面子的。說到底，他們是臣，跪跪太子妃也不是什麼要緊的事情。

太子環顧一圈後，冷聲問道：「發生什麼了不得的大事了？我怎麼聽見妳要罰人？」

太子妃面對太子時其實是害怕的。雖說兩人是夫妻，可太子對她向來冷淡，一切全按規矩來，從不越雷池一步，讓太子妃不得不從心底敬畏這個威嚴的夫君。如今被他明顯帶著冷意的話一問，竟不知道該說什麼了。

剛才抱著小王爺的嬤嬤是太子妃的奶娘，也是管事嬤嬤，隨同太子妃一起進了太子府，替太子妃打理後院諸事，心疼太子妃，便跪下主動替太子妃回答。

「回太子殿下，是衛國公府的小世子衝撞了小王爺，出手打人，娘娘這才動怒的。」

太子冷眼瞥著那嬤嬤，見她極有規矩地伏趴在地，完全是一副忠僕的形象，遂朗聲說道：「來人吶，將這奴才拖下去掌嘴五十，然後……杖斃！」

這句話說出來，在場所有人都驚呆了。誰也沒有料到太子居然會對太子妃身邊的管事嬤嬤下這麼狠的手。

太子妃也被嚇得完全說不出話來，直到幾個侍衛從外頭進來架起不住哭喊求饒的嬤嬤，才反應過來，不求太子，反而撲到那嬤嬤身上，撒潑地喊道：「住手！琅嬤嬤是我的奶娘，你們誰敢動她！」

原以為那些侍衛不敢動她這個太子妃，可是侍衛們只是瞧了面無表情的太子一眼就知道該怎麼做。另外兩個人把太子妃拉走，等琅嬤嬤被拖出去後才放開太子妃，

太子妃站起來就要追出去，卻被太子喊住了。「命令是我下的，妳是要陪她一起去死嗎？」

太子妃跨出門檻的一隻腳頓住了，扶著門框的手捏得指節泛白，心裡激烈地掙扎一番後，才緩緩收回了腳。

太子不動聲色地冷哼一聲，收起戾氣轉頭看向兒子，對他招了招手。

小王爺來到他面前，太子輕聲對他問道：「葉哥兒告訴爹爹，是荀哥兒打你嗎？」

小王爺立刻搖了搖頭，清楚地說：「荀哥兒沒有打我，是我在他背後拉他，他沒瞧見我才碰著我的。」

太子滿意地對兒子點點頭，然後看向面上毫無懼色的荀哥兒，也對他招手。「荀哥兒，到大伯這裡來，大伯有話和你說。」

荀哥兒毫不懼怕，也不問家裡人的意思，逕自朝太子走過去，奶聲奶氣地喊了聲。「大伯父。」

太子見他活脫脫就是個縮小版的婁慶雲，覺得有趣極了，捏了捏他的小臉，溫聲道：「你不認識哥哥吧？這就是你的哥哥，你們兩個是兄弟，今後有什麼事都要一起承擔。你願

意嗎？」

太子這話，又讓在場的人面面相覷，這是在眾人面前再次奠定了婁家的地位啊！說到底，荀哥兒不過是世家子弟，和小王爺也不是嫡親的關係，可太子這樣說，就是要他將來跟著小王爺做事了。這對婁家來說算得上是恩寵了。

薛宸沒料到太子會突然這麼說，驚訝地轉頭看婁慶雲，只見他神色如常，彷彿太子說的話再普通不過，沒有任何不對勁。

荀哥兒如今還是豆丁大的孩子，眼珠子卻烏溜溜的，彷彿很有主意的樣子，叫人看了就覺得聰慧不凡。再加上從小就傾倒眾生的漂亮小臉蛋，讓人很難不喜歡他。

他想了一會兒，才鄭重地對太子點了點頭。「願意。荀哥兒願意和哥哥一起玩，將來一起做事，荀哥兒一定會好好保護哥哥，不讓哥哥受別人欺負。」一番話說得很正經，可配上他那小身板看起來就有點滑稽了。

不過，這並不妨礙太子發出朗聲大笑，小王爺滿臉感動，全場被荀哥兒那番慷慨陳詞感動的，似乎只有這對父子了。

小王爺當即抓住了荀哥兒的小手，熱情地說：「弟弟來我院子裡玩耍吧，那裡有好多好多好玩的東西。」

荀哥兒一聽有東西玩，眼睛一亮，連連點頭。「好。」然後走到囡囡身邊，拉起她。「姊姊走，我們一起玩。」

接下來的畫面就比較和諧了，三個孩子手牽著手走出了花園。一場鬧劇就此終結，眾人心中五味雜陳，各不相同。

孩子們離開後，廳中的氣氛才恢復，太子妃越發無地自容。

短短小半刻中，薛宸居然看了婁慶雲三、四回。婁慶雲倒是一臉鎮定，薛宸被長公主拉到椅子上坐下，心疼道：「又是跪又是站的，快坐下。」

剛坐下片刻，就見太子起身，所有人又起身相送。

太子走到太子妃面前站定，太子妃頓時不安地低下頭。太子盯著她看了好一會兒，冷眼凝視的模樣，讓所有人都清楚了他此刻的心情。

太子妃被太子這麼冷冷盯著，感覺身邊那些對她百般奉承的目光漸漸變了，有些人甚至露出譏笑的表情，覺得有些不甘心。怎麼說她也是太子妃，太子在眾人面前這樣不給她面子實屬不該，便難得膽大一次地抬頭對上太子，目光中透出些許不服。

其實太子妃緊張得很，這是她婚後第一次對太子露出這種不馴的神色，但她覺得今天應該要這麼做，畢竟這是在檯面上，眾多賓客全等著看她的反應，若是太過順從，大家定會覺得她軟弱，像綏陽長公主一般。所有人都知道長公主性子綿軟可欺，她不想變成第二個長公主。

面對太子妃這樣的神情，太子沒再開口說什麼，而是緩緩收回目光，垂下眼眸，逕自往外走時，低聲說了一句——

「每個月見一次葉哥兒太多了，改半年吧。」

僅僅一句話，就讓太子妃的所有堅持瞬間崩潰，要去抓太子的衣袖，卻被太子回頭的冷冷一瞥嚇到了，只覺渾身陷入了冰窖，再不敢上前一步。

婁慶雲抓起薛宸的手跟太子出去。薛宸不想和他走，卻給他緊緊捏著手，被牽著離開。經過太子妃身邊，婁慶雲沒有停留，只點頭致禮。

薛宸瞧見太子妃的眼眶已經泛紅，噙滿了淚珠。

婁慶雲帶著薛宸出了院子。

剛才太子的話薛宸也聽在耳中，雖然她知道皇家的孩子向來不能近母，但沒想到太子府中居然也有這個規矩。看來太子早已限制太子妃每個月只能見小王爺一次，如今也許越發覺得太子妃不能教好孩子，想讓她離小王爺更遠些。

薛宸也是做娘親的，如果從自己肚裡生出來的孩子，一個月甚至半年都不讓見一回，該是何等椎心之痛？太子看似沒有苛責太子妃，但為人母的便明白這個懲罰到底有多重。

她不禁想回頭看太子妃，卻被婁慶雲摟住肩膀，輕輕把她的頭推回去。「別看了。她這個太子妃，本就只有這樣的地位。」

薛宸看了看婁慶雲，不解問道：「可太子不是要仰仗她父親嗎？」

婁慶雲目不斜視地低聲說：「不是仰仗她父親，而是一場不平等的交易。太子可以給蘇家世代尊榮，也可以不給，但蘇家必須世代效忠，雷霆雨露皆為君恩，蘇大人自然明白這個道理。至於太子妃，妳也瞧見了，她的心性和腦子確實不適合母儀天下。」

薛宸震驚。「你們想把太子妃……」說了一半就停住了，因為下半句著實不該從她的口中說出來。

婁慶雲撫了撫她的烏髮。「不是我們想，就她這脾氣，若沒有太子相護，能不能等到母儀天下那一天還是未知數呢。」

這番話，聽得薛宸心中有些沈重。

婁慶雲知道薛宸雖然聰慧，但對於這種皇家的殘酷之事還不能很輕鬆地接受，遂安撫道：「別想了，天家之事，不是我們能插手的。」

薛宸點頭。「太複雜，也太叫人寒心了。太子妃半年才能見一次小王爺，這懲罰也太重了些。其實太子妃也沒做出什麼大不了的事情呀。」

護犢之事誰都會做，若有人說荀哥兒被打了，她也會感到心疼和憤怒。正好蘇氏又是太子妃，地位超然，讓薛宸和荀哥兒道歉也是合乎身分的。

「不單針對這件事，太子氣的是太子妃的行事。若遇到事情就像今日這般使性子，將來很可能會因為這個而給太子招來不必要的麻煩。妳真的不必介懷，皇家之事就是這樣殘酷的。

「更何況，太子妃嫁給太子時，這些利害關係妳以為蘇家沒告訴過她？她既然選擇為了尊榮來做太子妃，就該料到會有這樣的事情發生，之前每個月只能見葉哥兒一次，她不也甘心接受了？別想了，妳不生氣我還生氣呢！」

薛宸的手撫著肚子，覺得心裡悶悶的。「你生什麼氣呀？」

「我當然氣！妳不知道，我進門時瞧見妳和荀哥兒跪在她面前，差點衝上去揍她。」

婁慶雲說得煞有介事，把薛宸逗笑了，橫了他一眼。

「那你怎麼沒去？」

婁慶雲嘿嘿一笑。「這不是幫妳做人嘛。我出手的話，咱們明明有理最後也變成沒理了，我才沒那麼傻呢。」

薛宸不想再和他談這個了。剛才出了院子太子便先回了前院，婁慶雲拉著她在湖邊說話，兩人牽著手，看著湖面的波光粼粼。

薛宸嘆了口氣。「今日我總算是見識到強權的威力，一句話就把人給杖斃了。雖然我也下令殺過人，可都是那些人犯我在前，那嬤嬤不過是說了句話，太子就把人給殺了，想想真是有點害怕。伴君如伴虎，說的情況不外乎是這樣吧。」

所謂世家，無論再怎麼尊榮富貴，說到底全都是皇家的臣子。君要臣死，臣不得不死。

「人活在世，平安最重要，若是沒了性命，說什麼都是枉然。」薛宸覺得自己心情似乎難以平復。

婁慶雲也感覺到薛宸的低落，摟著她說：「今兒怎麼感慨起來了？咱們生在這個環境，沒辦法像普通的老百姓那樣過平淡安穩的日子。如果妳真的想要，咱們可以去漠北待上一段時日，但可能去不久就會被皇上喊回來辦事。」

薛宸靠在婁慶雲的懷中，覺得好過了許多，靜靜聽著他的心跳。聽他說到「去漠北待上一段時日」時，不禁笑了起來，打趣他。「要不，你去揍荀哥兒一頓，咱們就可以名正言順被趕去漠北了。」

婁慶雲失笑。「那敢情好，我明兒就去揍，我看那小子不順眼很久了。」

薛宸卻立刻變了臉，瞪眼對婁慶雲道：「那是你兒子，你還真想揍他？」

婁慶雲瞧著妻子美麗的雙眸，硬是憋著那句「想」，沒說出來。

他可以想像說出來的後果，還是選擇吞下去吧……

第八十四章

江之道終於來京城，接婁映煙和莫哥兒回汝南去了。

汝南和淮南之間的問題到底怎麼解決的，薛宸並不清楚，只是沒想到江之道和婁映煙離開京城的前一晚會特地來找她。

江之道親自向薛宸道謝，謝她這些日子對婁映煙和莫哥兒的照顧。

薛宸問他汝南的事情，他只用一句「已經解決了」敷衍了過去。薛宸也沒有打破砂鍋問到底，知道其中定然有些事情是不方便讓她這個婦人知曉的。

送走江之道一家後，薛宸便安心在家裡待產。肚子漸漸大了起來，五個月時居然就已像簸籮似的，直到這個時候薛宸才有些相信太醫說的話，肚子裡有兩個小寶寶。索娜讓她不必太過緊張，懷了兩個孩子肚子雖然大些，但論起胎兒的大小，就不會像荀哥兒那樣一胎即有七斤八兩，相對會小些，只要順利生產，可能比一胎大的好生。

薛宸還是不放心，每天儘量練習瑜伽，不因懶惰而停止，不過有些動作稍稍控制了力道，做得溫柔些。

長公主見狀，乾脆請了幾個太醫在衛國公府裡住下，好隨時替薛宸把脈，確保腹中孩兒康健。而吃食上面，薛宸不敢再吃太補的東西了，以五穀雜糧為主，這些東西沒那麼好吃，不會吃撐，而且易於消化，對孕婦和孩子都好。

長公主又從婁家旁支中請了兩個生產過雙生子的嬸娘入府，讓她們陪著薛宸，說說她們生產的經驗。薛宸這才知道原來婁家旁支中有生過雙生子的人，怪不得她能懷上。

最近，衛國公府中的頭等要事便是婁映柔的婚事了。

自從婁映寒如願嫁入書香門第後，琴瑟和鳴，沒什麼不好的事情發生，令長公主越發堅定了要讓小女兒自己挑選夫婿的決心。

婁映柔是婁家最小的嫡女，性子雖然溫婉，但明顯比婁映煙和婁映寒要有主意。只不過，似乎是太有主意了，一不留神，居然殺得長公主措手不及。

「我上回在街上遇險，是詹事府大公子救我的。若母親要我自己挑選，我想找大公子那般人品的兒郎。」

一句話說出來，讓長公主難得失態，喝水嗆到了，蟬瑩幫她順了好一會兒氣，才蹙眉問道：「妳說誰？什麼詹事府大公子？妳在街上遇什麼險了？」

薛宸在旁聽著，也放下抄經的筆，挺著肚子讓夏珠扶下了羅漢床，走到婁映柔身旁坐下。從前的小丫頭如今也長成亭亭玉立的少女，哪個少女不懷春，說起那大公子，婁映柔的眼底滿是情意，顯然是動了心了。

「就是詹事府張家的公子。之前張夫人不是來過咱們家幾回嘛，母親不記得了？」

婁映柔這麼一說，長公主看了看薛宸，薛宸便回道：「的確有這麼個人。只是這位張夫人一直都是隨司徒夫人或太尉夫人來的，並未單獨遞過拜帖，也沒跟母親說過幾句話，難怪母親對她沒印象。」

薛宸說完後，長公主似乎才有點印象。

薛宸轉頭去看婁映柔，問道：「柔姐兒，妳是什麼時候遇見張公子的？他又是如何救妳的？」

婁映柔對薛宸這個大嫂很是尊敬，因此她問話便盡心回答。「大概一個月前吧。大行臺家的六姑娘約我去海市街脂粉鋪子，我去了之後，六姑娘還沒到，我就在樓上雅間等。等了一會兒，六姑娘的貼身丫鬟來傳話，說六姑娘的馬在半途被驚嚇了，六姑娘因此受了傷，只能折回去，不能來赴約，我就下樓逛了逛，準備回家。可卻在路上遇到兩個登徒子攔路不讓我走，還要動手掀我的帽子。

「當時，我身邊就帶了兩個丫鬟、兩個護衛，可那兩個壞人身後有四、五個大漢，我的護衛敵不過，眼看我的帷帽要被他們掀了，幸虧張公子及時出現救了我，打跑了那些壞人。」

長公主聽到這裡，不禁開口道：「他打跑了那些壞人，是不是就說出他的身分讓妳感激他呀？哎呀，現在這些公子的花樣還真不少……」

薛宸看看長公主，覺得她長進了不少，最起碼還知道這些是花樣，忍著笑，稍微放下心。

婁映柔涉世未深，從未感覺過男女之愛，她生長在婁家，一直被保護得相當嚴密，有婁戰這個父親、婁慶雲這個哥哥在，誰敢來招惹她？第一次遇險就被張公子救了，難怪讓一直天真的長公主都懷疑這位公子的目的了。不過，婁映柔到底是大家閨秀，和張公子認識不過一個月，最多是有些愛慕之心，不會投入太多感情的。

只見婁映柔竭力搖手，辯駁道：「不是的，娘，您誤會張公子了，他根本沒說他是誰，是、是我派人去打聽他的。那天他救了我就走了，怕我在路上還遇到危險，讓他的隨從在轎子後頭跟著，直到我平安到家才無聲無息地離開，才不是要藉這件事讓我感激他呢。」

這個說法連長公主都覺得不對勁。若張公子真不想引起婁映柔的注意，那特意安排自己的人跟著婁映柔回來做什麼？這是要引得婁映柔自己去打聽他啊！又不知道該怎麼開口和婁映柔說，怕傷害了她少女的心思，反而激得她越發中意張公子，遂看向了薛宸。

薛宸低頭撫了撫高高隆起的肚子，笑著說：「聽起來，這位張公子很是不錯呢。柔姐兒喜歡他嗎？」

其他的都好說，關鍵是要先弄清楚婁映柔的心意，看看她到底對這位張公子是什麼想法，才好擬定下面的計劃。

婁映柔滿面緋紅，蹭地從椅子上站起來，侷促道：「大嫂，妳……妳說什麼呀！我、我對張公子只是感激，覺得他這樣的男子穩重可靠，好像哥哥一樣讓我感覺很安全，並不是……喜歡的。」

薛宸瞧著婁映柔這樣，心裡有了數，斂目想想，便笑著挽起婁映柔的胳膊。「好了好了，我就開個玩笑，瞧把妳給臊的，快讓香染帶妳去敷敷臉。」

婁映柔知道自己的臉肯定很紅，實在不好意思，對薛宸和長公主屈膝福了福身，然後和貼身丫鬟香染去了西次間。

婁映柔離開後，長公主問薛宸。「妳覺得這事怎麼樣？」

薛宸微微一笑。「這張公子既然把主意打到咱們婁家三姑娘身上來了，難不成還要對他客氣？」

長公主有些擔憂。「可是我瞧柔姐兒對他……」

薛宸打斷她。「依我看，柔姐兒對他沒什麼感情，不過是小姑娘的崇拜罷了，以為遇見個和自己父兄一樣厲害的男子。只要讓柔姐兒看清這位張公子的真面目，想來她只會厭棄，不會有其他事的。」

見長公主仍有些遲疑，薛宸繼續說道：「這件事交給我來辦吧，母親不必擔心。」

長公主點點頭。「交給妳辦，我放心。不過，若這張公子真對咱們柔姐兒有齷齪心思，絕不可輕饒了他。」

看得出來，張公子私下接觸婁映柔這件事已經觸怒了長公主。其實長公主並不是個嫌貧愛富、看重門第的人，詹事府的公子雖說沒什麼身分，但只要以誠心來求親，長公主也不見得就不考慮他。可他偏偏要使用這種手段，這就有點氣人了。

可以想像得出來，這人是個喜好鑽營的，英雄救美都不光明正大，還要故作姿態，引得人家姑娘親自去查他，再擺出一副愛理不理的樣子騙取姑娘的芳心。這種行徑雖不是罪無可赦，但也算是小奸小惡了。張公子這樣對其他人，薛宸不會去管，可怪就怪在他居然把這手段用在了婁家姑娘身上。

婁家是什麼人？婁映柔的父親和哥哥又是什麼人？薛宸覺得，有必要讓那個張公子了解一番。他既然想引婁映柔去查他，便如他所願，叫人好好去查一查他吧。

這件事，薛宸覺得還是交給婁慶雲去辦比較好，畢竟張公子惦記上的是他的親妹子不是？他這個做哥哥的，總要出一分力吧。

晚上婁慶雲回來，薛宸就跟他說了這件事。

婁慶雲聽了，也是直罵，氣憤地說：「又是張明清那小子！他倒是會鑽營，兩個月前就在我眼皮底下疏通關係，想到大理寺謀職，被我拒絕，居然把主意打到柔姐兒身上。真是好樣的！」

至此薛宸才知道原來張公子是蓄謀已久，笑著說：「喲，這張公子對你也算是執著了。」

不能到婁慶雲手底下做事，便卯足了勁做他的妹夫，這如意算盤打得未免也太精了些，又著實傻得可以。他是真不知道婁慶雲的脾氣，就算他得到婁映柔的心，婁慶雲不要他還是不要他，哪怕把婁映柔拘在家裡一輩子，也不會要這麼個卑鄙無恥的妹夫。可惜，張明清不明白這一點，正可勁兒地作死呢。

婁慶雲心情不好，聽了薛宸打趣，不禁道：「嘖，別說風涼話了。什麼叫對我執著呀，不知道我有家室啊！」

「……」

這下輪到薛宸被調侃了，橫了他一眼。「唉，有家室也抵不上婁世子得人喜愛呀！居然讓人一計不成又生一計，當真是癡心不改。」

婁慶雲被薛宸說得笑起來，一把將她抱起，看著她的肚子，惡狠狠地說：「我告訴妳，最近我沒處發洩，妳別惹我，惹急了我……哼哼，我可不管裡面有幾個崽兒。」

薛宸挺身，咬了咬他的脖子，回敬道：「說什麼呢，你才是崽兒呢。你沒處發洩，就來欺負我。」

婁慶雲把人帶到床鋪上，從背後抱住她。「喲，我倒要請問請問，為什麼我沒處發洩呀？」

薛宸不住掙扎，又忍不住要笑。「別鬧，我怎麼知道。」

「妳不知道？」婁慶雲把人翻了個面，自己在她身上，又不能壓下去，只好懸空著。「早晚我會讓妳清清楚楚、明明白白地知道。」

薛宸對他遞去一抹挑釁的目光，看他撐得怪累的，便把他推到一邊讓他躺著，自己湊過去。「在說柔姐兒的事呢，就你不正經。說吧，你準備怎麼做？娘也說了，可不能便宜了那張公子，這事做得忒不地道，連娘那樣的性子都忍不了。」

婁慶雲冷哼一聲，摟著薛宸惡狠狠地說：「哼，他想要欲擒故縱，那我就把他掀個底朝天！好讓他知道知道大理寺到底是幹什麼吃的。」

婁慶雲說辦就辦，第二天就叫人把詹事府張大人的案卷送到了大理寺，一番嚴查，尋出幾個錯漏，三不五時將他喊到大理寺中詢問。被喊了幾次後，張大人草木皆兵，上書在家稱病了。

過了幾天，張明清主動去了大理寺找婁慶雲。婁慶雲讓他在門外等了兩個時辰才見他。張明清進來，對婁慶雲行過禮後，才道：「世子，不知家父到底是怎麼得罪您了，您要這般整治他？」

婁慶雲從書案後頭抬眼看他，輕描淡寫地說：「怎麼，站了兩個時辰還沒弄明白嗎？」

張明清神情一窒，斂下目光，硬著頭皮對婁慶雲道：「在下不懂世子的意思。」

婁慶雲聽了，一揮手，就要喊侍衛進來轟人。「不懂就回去吧，別白費功夫了。」

張明清卻往前一步，道：「世子，我知道您是為了令妹之事。您不喜歡我與她來往，直接和我說便是，用不著使那些背地裡的手段。您位高權重、權勢滔天，我們張家自問鬥不過您。可若您繼續這樣蠻橫無理，就、就別怪我……」

婁慶雲將手裡的案卷拍在書案上，猛地站起身，氣勢逼人，嚇得張明清往後退了兩步。

婁慶雲從書案後走出，一襲官服看上去威嚴凜然，他來到張明清面前，冷冷截住了他的話頭。「別怪你怎麼樣？你想怎麼樣？」一把揪住張明清的前襟，讓他竭力維持的公子形象變得狼狽極了，髮冠也在推搡間歪在一邊。

張明清色厲內荏道：「我……我不想怎麼樣！只是……請世子別再對家父緊緊相逼。」

婁慶雲野獸般的目光射在張明清臉上，讓他不覺心驚膽戰，兩隻眼睛不知往哪裡看，心裡對婁慶雲的恨又深了一層，恨他仗勢欺人，恨他生來就在這樣的高位上睥睨眾生，好像誰都低他一等。他永遠也忘不了一個多月前自己被他當面奚落的樣子。

「不想我逼他，你知道該怎麼做了？」婁慶雲如是問道。

張明清咬緊牙關，嚥下所有不甘與怒火，從牙縫裡吐出幾個字。「知道了。」

聽張明清說了這麼一句，婁慶雲才鬆開對他的箝制，似笑非笑地替他撫平了縐起的衣襟，才叫人把他拖了出去。

在婁慶雲眼中，這件事就算解決了，他用張大人的前程威脅張明清，就算他再怎麼糊塗，也不可能用父親和自己的前程跟婁慶雲繼續玩下去。

果然，在婁慶雲警告了張明清的第二天，婁映柔就收到一封斷絕往來的信，措詞激烈，只差直接和婁映柔說明白是婁慶雲仗勢欺人了。
婁映柔拿著信來找薛宸，在她懷裡哭了半天，一口一個「哥哥太過分了」，搞得薛宸也不知如何是好，好不容易才將人哄回去。

晚上，等婁慶雲回來，薛宸才問道：「你是怎麼和張公子說的？我看他寫給柔姐兒的信裡似乎意難平，不會再鬧出什麼么蛾子來吧？」

婁慶雲趴在她身前聽肚子的動靜，隨口回道：「他敢鬧什麼么蛾子，我就敢照樣回敬，讓他把么蛾子吃下去！妳就別擔心了，我辦事，妳放心！這兩個小子今兒沒鬧騰吧？」

雖然薛宸覺得婁慶雲的手法太過激烈了，但想來他也是有分寸的，張明清要顧念的事太多，不會真為了婁映柔和婁慶雲對著幹。她撫著婁慶雲的頭髮，回道：「還好，沒有昨兒鬧騰得厲害，我覺得這兩個都沒比荀哥兒鬧騰。你說，會不會是兩個丫頭啊？」

婁慶雲抬起頭，溫柔地摸了摸肚子，道：「丫頭才好呢。我就要丫頭，一個丫頭一個小子也行。若全是丫頭，未免更長了那小子的威風，還不得讓他更受寵啊？」

薛宸聽他稱呼兒子為「那小子」，又橫了他一眼，低頭看著高高隆起的肚子，心裡沒來由地期待起來。

「兩位嫂子跟嬸子生的都是小子，我覺得她們的狀況和我並不一樣。她們說，雙生子中兩男或兩女最常見，一個男孩一個女孩就有點困難了。」

婁慶雲聽了，不以為意地聳聳肩。「這是她們沒生出來才覺得困難，咱們要生出來，她們就不覺得難了。就這麼說定了，要一男一女，最好是兩個閨女。一個苟哥兒就讓我頭疼死了，再來一個，雖說是緩兵之計，可總有被寵著的時候，到時又是一個苟哥兒可怎麼辦啊？」

薛宸想了想婁慶雲說的話，不禁笑了起來。

「你說，這世上有咱們這樣做父母的嗎？不盼著兒子好，居然一天到晚想著給他找些爭寵的人來。」

婁慶雲卻是十分好意思，揚眉道：「不找不行，他都皮成什麼樣了！我偷偷抓他去管教管教，最後被管教的居然都是我。那小子還學會了告狀，上回我捏了他的臉，轉頭就跑去太夫人那裡告狀，讓太夫人提著枴杖出來尋我，說要替他報仇。我這個爹，當得真是夠窩囊了。」

這件事情薛宸也是知道的，遂煞有介事地點點頭，不怕氣死婁慶雲般道：「嗯，是挺窩囊的。」

果然，婁慶雲猛地抬起頭瞪她，一臉「有機會收拾妳」的表情，才又彎下腰，和薛宸肚裡的兩個娃娃告起狀來。

第八十五章

這日，薛宸在院子裡練完瑜伽，回房洗澡換了衣裳，便帶著荀哥兒坐在庭院中教他識字。

香染來串門子，看見薛宸在院子裡趕忙行禮。她和蘇苑是結拜姊妹，兩人常在一起說話，薛宸沒有那麼多規矩，讓她們玩去了。

香染走了之後，蘇苑來給薛宸上茶，薛宸隨口說道：「香染今兒倒有空來找妳玩。」

蘇苑笑著道：「哦，也不是來找我玩的，三姑娘的貢緞香包破了，她知道咱們這兒有那零散的絲線，就來跟我討一些回去幫三姑娘補香包。」

薛宸笑了笑。「那貢緞香包可是三姑娘的心頭寶貝，當初得了就說要片刻不離地戴在身上，哪怕是壞了、破了……如今還真的破了。去把我那兩個貢緞香包給三姑娘送去，哪有那麼珍貴，破了還想著縫補。」

蘇苑笑著應聲，進內間拿了香包就往三姑娘住的院子去，不久回來了，向薛宸稟報道：「三姑娘不在院子裡，說是去了佛堂，香染和其他丫鬟都在院裡做針線呢。」

薛宸正在餵荀哥兒吃葡萄，聽了蘇苑的話，抬起頭蹙眉問道：「三姑娘去佛堂幹什麼？香染也太不懂事了，三姑娘一個人在佛堂總要人伺候不是，她們倒坐得住。」

蘇苑有心替她們辯解，道：「不是她們不跟，是三姑娘不讓她們跟的。說是已經去了佛堂好一會兒，大概是想一個人靜一靜吧。」

薛宸沒說話，眉頭卻絲毫沒有鬆開，抽出帕子擦了擦手。夏珠端來早準備好的水盆讓她淨手。

洗完手，薛宸扶著後腰走下臺階，對蘇苑說：「妳派人去佛堂看一眼，那裡偏僻，又不是初一十五，太夫人和長公主也不去那邊，別讓三姑娘受了冷落。」

蘇苑訝然地看看薛宸，沒說什麼，忙領命去辦了。

荀哥兒要午睡，薛宸便帶他去內間。剛把荀哥兒安頓好，蘇苑著急的聲音就傳了進來——

「少夫人，不好了！」

薛宸聽見，忙從床鋪上翻身下來，讓夏珠打起簾子，直接披著外衣繞出屏風。

蘇苑正好跑進來，看見薛宸就跪下，道：「少夫人，三姑娘不在佛堂，奴婢派人在周圍找了好一會兒，都沒發現三姑娘的蹤影。您說，她……她會去哪裡呀？」

薛宸只覺得心頭發緊，好像自己擔心的事情終於發生了般，閉上眼睛深吸一口氣，讓自己冷靜下來。

夏珠瞧她臉色不好，趕緊過來攙扶，安慰道：「少夫人別急，也許三姑娘只是去別處玩耍，反正在咱們府裡不會出事的。」

雖然夏珠這麼說，但薛宸卻不能真的這麼認為，婁映柔太過天真，從小被保護得太好，以至於善惡不分，容易受奸人挑唆。今日她不讓香染隨行，而佛堂無人，便足以說明她不可能乖乖地留在府中。蘇苑似乎也想到了這個可能，趕緊從地上爬起來，走到外面招呼院裡的護衛隨她一同去府裡各處查探起來。

薛宸越想越害怕，從婁映柔讓香染留守院子算起，到現在已經有兩個時辰了，足以讓她跑出府去。她一個涉世未深的姑娘就這麼貿然出門，要是出了什麼事可怎麼得了？

薛宸趕緊讓夏珠把嚴洛東喊來，吩咐他立刻去找三姑娘，嚴洛東領命去了。

薛宸在廊下踱步，想著這件事情要不要告訴長公主和太夫人，猶豫片刻後，還是決定先不和她們說，等嚴洛東回來後再做定奪。又派人去大理寺傳話給婁慶雲，讓他快快回來一趟。

沒想到嚴洛東去而復返，薛宸還沒進屋，看見他進來不禁蹙眉道：「回來幹什麼？快去找人呀！」

嚴洛東指了指後面，說道：「三姑娘回來了，不用去了。」

薛宸喜出望外地跑下石階，把夏珠和蘇苑嚇壞了，趕緊到她身旁護著。薛宸越過嚴洛東，一邊問道：「真回來了？沒受傷吧？情況怎麼樣？」

嚴洛東跟在薛宸身後，盡職回答。「三姑娘的腳扭了，其他沒受什麼傷，不過受了點驚嚇。我剛出門就遇見他們，沒敢驚動公主和太夫人，先把人帶去了花廳。」

薛宸停住腳步，回身問道：「你說什麼？他們？」

嚴洛東點頭。「是。是一個年輕小夥子送三姑娘回來的，三姑娘穿著男裝，也不算是壞了名聲。而那個小夥子，夫人也見過的，是江之鳴。」

薛宸腦中閃過一個人影，瞇眼對嚴洛東說：「江之鳴？淮南王的庶弟？」

嚴洛東沒說話，只點點頭。

薛宸聽了，再也不能鎮定了，加快腳步往花廳趕去。她走得本來就快，夏珠和蘇苑一路小跑跟隨，生怕薛宸摔著碰著。薛宸也知道自己應該走慢點，卻怎麼也慢不下來，腦中閃過無數想法，焦躁的心緒讓她停不下來。

薛宸趕到花廳，就看見江之鳴站在門外，刻意與裡面保持距離般。見到薛宸，江之鳴眼睛一亮，跑過來說道：「少夫人總算來了。」

薛宸狐疑地看著他，將他上下打量兩遍，沒有立刻回話，而是先進了花廳，瞧了瞧坐在太師椅上、讓丫鬟給她揉腳踝的婁映柔，扶著後腰走過去，關心道：「柔姐兒沒事吧？」

婁映柔瞧見薛宸，眼淚忍不住落了下來，不顧腿傷，抱著她就哭了起來。

薛宸拍著她的後背，安撫了兩句。

此時婁慶雲從大理寺趕了回來，幾乎是策馬奔騰，因為薛宸派人傳話說是緊急要事，以為薛宸怎麼了，不敢有任何耽擱。回府遇見在門邊等他的顧超，才知道是婁映柔出了事，遂趕緊來了花廳。

他遠遠瞧見廳裡抱在一起的姑嫂，婁映柔哭泣的聲音傳入耳中，而門外站著一個侷促不安的少年。這少年他並沒有見過，不過，他腰間佩帶的是汝南王府的木牌，猜到這人很可能就是江之道的庶弟。江之道離京前，還特地拜託婁慶雲對他這個庶弟稍加照拂。

江之鳴不安地與婁慶雲對視一眼便趕緊低下了頭，看起來就像是心虛的樣子。

婁慶雲走到江之鳴面前，二話不說立刻對他動手。孰料這小子身手還不錯，居然一個轉身避過了婁慶雲的攻擊。婁慶雲有心試試他的武功，兩人便在院子裡動起手來，過招十幾個回合後，不敢反抗、只是避讓的江之鳴才被婁慶雲抓住，手被反剪到背後。

江之鳴雖然憤怒，卻沒有多說辯駁之言，而是低下頭，忍著痛苦默不作聲。

薛宸從裡面走出來，朗聲道：「別打了，今日多虧了江兄弟，人家是幫了咱們。你快放手，放手啊！」

婁慶雲本也不想打人，只是試試這小子的武功順便探探虛實，聽薛宸這麼說，心裡有了數，放開江之鳴，指了指屋內讓他進屋說話。事關姑娘家的名聲，總不能在大庭廣眾之下討論。

兩人進了屋，薛宸便把門關上拴起來。嚴洛東鎮守門外，連蒼蠅都被隔絕了。

婁慶雲瞧著一身男裝、哭得梨花帶雨的婁映柔，眉頭即蹙了起來。婁映柔本來就怕婁慶雲，被他這麼一瞪更加畏懼。婁慶雲再一哼，她簡直連頭都不敢抬起來了。

「到底怎麼回事？瞧瞧妳這什麼樣子，誰教妳穿成這樣的？還敢私自跑出府！」

不用婁慶雲多說，婁映柔撲通一聲跪下，安靜的花廳中，膝蓋落地的聲音特別響，聽得薛宸皺起眉，剛要上前攙扶卻被婁慶雲瞪了一眼，只好收了手，坐到一邊去。

沒想到她剛坐下，江之鳴就走過去，也不說話，取了塊椅子上的軟墊放到婁映柔面前，對她指了指。婁映柔這才紅著臉、低著頭，慢慢把膝蓋挪到軟墊上。她細皮嫩肉的，先前那一跪可真是要了她的命，如今有軟墊，真好過許多，心中感激的同時，抬頭看了不善言詞的江之鳴一眼，只見後者眼觀鼻、鼻觀心，挺直如松柏般站在那裡，也不開口安慰婁映柔。

薛宸看著江之鳴的表現不禁暗自搖頭，送上門的機會都不懂珍惜……不過，或許他未必喜歡婁映柔啊。雖然他娘的確動過撮合他和婁映柔的心思，但婁家一直沒有反應，想必他們也該知道婁家的意思了。

婁慶雲瞧著眼前這兩個人，也覺得有點不對勁，遲疑的目光在江之鳴身上轉了兩圈，然後看向薛宸。薛宸揚揚下巴讓他先問話，這才回過神來沈聲對婁映柔問道：「妳倒是說呀，到底怎麼回事？還要我問幾遍？」

威嚴的大哥讓婁映柔感到害怕，縮了縮肩膀，小聲囁嚅道：「我……我昨兒收到張公子的求助信，說他快活不下去了，今日午時前若在范陽湖邊見不到我就從亭子裡跳下去。我、我怕他出事，這才……我去之後，才知道上當了，偏偏叫天天不應、叫地地不靈，是江大哥把我救出來的，要是沒有他，如今只怕……」說到這裡，忍不住又哭了起來。

江之鳴低頭瞧了婁映柔一眼，只覺得這姑娘實在太愛哭了，不過，那梨花帶雨的模樣確實動人，看見她哭，彷彿就恨不得將那些惹她哭泣的人全綁起來沈塘，這感覺太奇怪了。

婁慶雲呼出一口氣，果然是斬草不除根，春風吹又生，不過一念之差，居然差點害了自己的親妹妹！指了指低頭看婁映柔哭泣看呆的江之鳴，又問道：「那你呢？別說你是正巧路過，哪有那麼巧的事情？」

江之鳴被婁慶雲這麼一問才猛地回過神，看著他，吶吶地說了一句實話。「我、我不是路過，我是特意跟在三姑娘身後的。」

婁映柔聽見，忘了哭泣，抬頭可憐巴巴地看著江之鳴，江之鳴這才發現自己說錯了話，連忙搖手。「不，不是的，不是你們想像的那樣，是……哎呀，反正，我從來沒想過要傷害三姑娘就是，我前前後後都已經跟了好幾個月，若真有歹心，早就、早就……」

現在，薛宸終於確定了一件事──江之鳴不是假沈默，而是真木訥！老實人說老實話，偏偏連老實話都說不好。

婁慶雲也察覺到這個少年好像有點傻啊，瞇著眼問道：「你是說，你跟在她身後好幾個月了？」

江之鳴雖然知道這麼回答不大合適，但他天生不會說謊，把心一橫，點了點頭。

「是。不過我並未對三姑娘有任何傷害之意。我……我就只是跟著而已。」

婁慶雲抹了抹下巴，突然覺得想笑，想開口斥責江之鳴，卻在看見薛宸時，不好意思開口了。

旁人不知道，薛宸可是清清楚楚，他當年可不止跟了她幾個月啊……從她十一、二歲時就惦記上了。所以，婁慶雲覺得有那麼一點點尷尬，好像自己做的事情正在被人重複，而別人重複時，他卻猛地發覺這事似乎有點不對。

良久後，婁慶雲才憋出一句。「你跟著她幹什麼？」這個問題問出來，屋內的氣氛更加尷尬了，婁映柔的臉紅得像是快要滴下血來。

江之鳴也有些侷促，支吾半天，在所有人都等得不耐煩時，才木訥地吐出一句。「我……我娘讓我跟著的。」

「……」

薛宸忍不住轉過頭呼出一口氣，真是個傻小子加愣小子，多好的表白機會，居然來一句「我娘讓我跟著」，就不想想他娘讓他跟著的目的是什麼？這要擱在婁慶雲身上早順竿兒爬上天了，還在這裡支支吾吾的。

婁慶雲對這個回答也感到很意外，腦中想像了很多個答案，卻怎麼也沒想到江之鳴會說出這麼一句，直接認定這孩子根本是傻瓜！

誰也沒有注意到，婁映柔在聽到這句話後眼中閃過一絲絲的失望。

「不是……」婁慶雲對著這麼個傻子突然感覺詞窮，憋了半天，才又問出一句。「你娘讓你跟著幹麼，你不知道？」

終於，江之鳴面上一紅，又開始支吾起來，良久後才瞥了婁映柔一下，欲言又止地說：「我知道，但我不能說。」又停頓一下，再低頭看婁映柔一眼，繼續囁嚅道：「說了，怕傷了三姑娘的名聲。」

婁映柔原本失望的眸中頓時又燃起希望，大著膽子抬頭看他，卻被婁慶雲的一聲咳嗽嚇得低下頭，像是做錯事情被抓到的孩子般，居然緊張地抓起自己的衣帶，放在手裡扭絞起來。

薛宸把婁映柔的反應看在眼中，訝異地和婁慶雲交換個眼神，夫妻倆心有靈犀，一下子就想到一塊兒。

婁慶雲故意板著臉對江之鳴說道：「你知道這麼做會壞了她的名聲，居然還執意跟著，我怎麼知道你是不是心懷不軌？先押起來，讓你哥哥來京城一趟。」

江之鳴這才有些焦急，道：「世子，這件事和我哥哥沒有任何關係，是……是我娘和我癡心妄想。我是庶房庶子，德行有虧，本不干哥哥的事，請世子不要怪罪到哥哥身上。你要關我、要打我、要殺我都可以，只求讓我一力承擔。」

婁慶雲豎眉怒道：「混帳！你在做這件事時就該想到這個後果！嚴洛東，把他給我押到柴房去，嚴加看管！」

婁映柔終於忍不住了，從地上站起來護在江之鳴身前，難得鼓起勇氣，用強硬的態度面對婁慶雲。「大哥，你別蠻不講理，今日若不是江大哥相救，我早就被……你別是非不分啊，不能關他！」

婁映柔小小的身子擋在江之鳴面前，看上去有點滑稽，卻依然給了江之鳴不小的衝擊，心中某個地方似乎被觸動了，但這個念頭太過羞恥，只閃了一下，他就趕緊收斂心神，不再胡思亂想。

薛宸過來拉過婁映柔，道：「柔姐兒乖，妳哥哥是怕妳再受欺騙。這小子雖然救了妳，可是……」

薛宸一雙精明的黑眸瞥向江之鳴，微微勾了勾唇，似笑非笑地說：「可是誰又能保證，他對妳沒有其他意圖呢？」

但婁映柔似乎鐵了心要護著江之鳴了，居然想也不想直接說道：「我、我能證明！江大哥是個十足的君子，范陽湖畔人煙罕至，他若是對我有歹心，早就動手了，要不是我扭了腳，他也不會送我回來。他把我送進廳裡後，自己站了出去，如此避嫌還不夠嗎？大嫂，妳幫我勸勸哥哥，不要關他好不好？」

這麼一番陳詞，就是傻子也能明白婁映柔的心意，原來這小妮子關注人家一路了。

薛宸回頭看婁慶雲，交換完眼神，轉過頭說道：「要不，先關著，清者自清，等妳哥哥查清楚再把他放出來。若他對妳真無歹心，到時候我讓妳哥哥擺酒席親自向他斟酒道謝賠不是，好不好？瞧妳這狼狽的樣子，先去我那兒梳洗吧。半天不見人影，妳也該罰了，還有空替別人操心？」說完，即拉著滿臉哀愁的婁映柔出去，又對嚴洛東使了個眼色。

嚴洛東點頭，走到江之鳴身後，也不抓他，只比個手勢，道：「江公子，柴房在這邊，請吧。」

江之鳴呼出一口氣，轉過身，卻是沒有抬腳，又回頭對婁慶雲說道：「世子要調查儘管調查，我還是那句話，我對三姑娘沒有任何歹心，但跟著一個未出閣的姑娘確實不對。世子要如何責罰，我都甘願領罰，只希望世子不要將我的錯怪罪到我哥哥身上。」

婁慶雲冷笑一聲。「你倒是兄弟情深。這事不勞你操心，錯了就是錯了，哪有什麼討價還價的機會。我聽說你曾隨你哥哥去過戰場，戰場之上說一句我錯了，敵人該砍向你的刀就會停下來嗎？」

江之鳴沒想到婁慶雲會打這個比方，頓時語塞，呼出一口氣，點頭道：「是我無狀了。告退。」就要出去。

婁慶雲卻喊住他，正色問道：「我再問你一次，你為什麼要跟著我家柔姐兒？現在沒有旁人在場，我要聽你說句實話。」

江之鳴的目光與婁慶雲直接對視，從他的雙眸中，婁慶雲看到難得的誠實與無懼，只見他稍稍遲疑後，便堅定地說了。「我想娶她。」

說完，江之鳴跟在嚴洛東身後走出了花廳。

此時，婁慶雲露出一抹意味不明的笑來。這小子還真是夠大膽，居然真敢說出來！雖然夠傻，卻也夠誠懇的了。

第八十六章

薛宸把婁映柔安頓好之後，回到房裡，見荀哥兒還在睡覺，便在床邊的搖椅上坐下，剛拿起一本書和蜜餞，婁慶雲就回來了。

婁慶雲進屋就見薛宸靠在椅背上，對他比了個「噓」的手勢，指了指床鋪，瞧胖兒子正睡在床上，過去看了他幾眼，替他蓋好肚上的小毯子，才到薛宸旁邊的搖椅上坐下。

這是薛宸懷孕以後養成的習慣，沒事時就坐在搖椅上看書、繡花。婁慶雲見了眼饞得很，薛宸便也給他安排了一張。搖椅放在東窗下，陽光照射進來既明亮又暖和，坐著十分愜意。

婁慶雲喝了口薛宸手上的水，壓低了聲音說道：「妳看出來了嗎？那小子目的不純。」

薛宸莞爾一笑，也小聲道：「有什麼不純？我覺得他很單純啊，還有點傻氣，不過也算是坦率，就是身分有些不配。不過，我瞧他印堂發亮，為人磊落坦蕩，今後必定有所作為，俗話說『莫欺少年窮』，便是這個理了。」

婁慶雲點點頭，很贊成妻子的說法。「我也覺得這小子絕非池中物。」

薛宸瞥了他一眼，戳穿他。「得了吧，你瞧瞧你辦的叫什麼事，居然讓張明清在你眼皮子底下做出這般傷人的行為來。今兒他若得逞了，你讓柔姐兒怎麼辦？這輩子就算是毀了。」

提起這件事，婁慶雲也十分惱火，將杯子重重放在中間的紫檀茶几上，被薛宸瞪了一眼，才靠在扶手上沈聲道：「我上回的警告他居然當作耳旁風，真敢拿張家的前程來和我賭氣。」

「哪裡是賭氣啊，分明就是賭博。在他眼裡，張家的前程就在柔姐兒身上，說句難聽的話，只要他把柔姐兒騙到手，做了婁家女婿，張家的前程不就有了嗎？不管用什麼手段，只要成了親，婁家怎麼樣也不會不顧他這個女婿吧？他是打這個主意。」可惜，這個主意明顯打錯了，他根本不知道婁戰和婁慶雲的脾氣。

果然，就聽婁慶雲說道：「我呸！他以為婁家是什麼地方？就算他今兒真得手了，我明兒就帶兵去平了張家。柔姐兒嫁不出去便在婁家養著，怎麼可能受他威脅？」

薛宸早猜到他是這個想法，知道他絕對不會放過張家和張明清，便不再多言，繼續討論婁映柔和江之鳴的事。「你真想把江之道喊來京城處理這事？」

婁慶雲想了想，搖晃著椅子，過了會兒才痞氣地轉過來，對薛宸笑了笑。

「嘿嘿，先讓兩個孩子急兩天，好讓他們知道知道，這人生在世可不是那麼一帆風順、萬事順遂的。」

薛宸被他說得噗哧笑出來，點頭贊成。「是啊，也該讓他們知道知道，這人生在世啊，很多時候都會遇見像婁世子這樣的攔路壞人。」

婁慶雲伸手過來牽著薛宸的手，笑道：「妳是好人，那怎麼不去救他們？」

「嗯？」薛宸看著婁慶雲，大大的眼眸中盛滿了狡黠。歲月絲毫無損她傾城的容貌，一抹陽光從窗口照下，落在她的側臉上，似乎還能看見少女時的影子，不施粉黛的她，看起來這樣美好。

婁慶雲不禁轉身，好好欣賞妻子的美麗風情，兩人就那麼看著對方，良久後，薛宸才勾唇說了一句。「我可從來沒說過，我是好人啊。」

夫妻倆相識而笑，說不出的濃情密意。婁慶雲坐起身，牽著薛宸的手讓她也起來，把她拉到身邊，換了個姿勢讓她在自己身上坐下。剛品嚐了兩口美妙，還沒來得及深入，便傳來一陣殺風景的嚶嚶聲。

薛宸聽見孩子的聲音，再高的興致也被打斷了，從婁慶雲身上站起來整理了衣裙，急急過去安撫因為睡醒看不見人而耍賴啼哭的荀哥兒。

婁慶雲起身倚靠在屏風上，瞧著被妻子摟在懷中的兒子，惆悵地嘆了口氣。原本該躺在薛宸懷中的應該是他！這個混小子！

婁映柔不負婁慶雲和薛宸的厚望，在江之嗚被關的第二天就忍不住哭著跑到長公主面前，坦白了這兩天遇到的事情，聽得長公主又憤怒、又驚訝，得知張家居然敢這樣對她的女兒，終於忍不住，寫了一份摺子送入宮中，把張家的齷齪手段告訴皇后，讓皇后替她主持公道。

而對於女兒話中所說的那位恩人，長公主抱著一萬個感激的心，聽說恩人被兒子關在柴房，將兒子埋怨了一通，趕緊派人把江之鳴請出來，然後又派人去請薛宸。

誰知道，薛宸來時居然還帶來了江之鳴的母親龔姨娘。龔姨娘的神色有些忐忑，看見兒子時想上前卻又忍住，給他遞了個「少安勿躁」的眼神，然後靜靜跟在薛宸身旁，給長公主請了安。

長公主瞧見薛宸就過去扶她坐下，讓蟬瑩在她背後墊了塊軟墊，這才說道：「妳說慶哥兒這事辦的，張家的害人之人他不去抓、不去管，偏偏把柔姐兒的救命恩人關入柴房，這叫什麼事啊？」

薛宸看了江之鳴一眼，只見他雖然雙目通紅一夜沒睡的樣子，但身形依舊挺直，讓他看起來好像一株松柏般，堅強得很。婁映柔雖然站在長公主身後，但一雙眼睛卻忍不住瞥向挺直而立的某人，臉色有些白，顯然昨天晚上也沒有睡好。

薛宸笑了笑，對長公主回道：「唉，您也知道他那脾氣，也是因為擔心柔姐兒呀。我昨兒晚上說他了，他說今天回來就放人。」

「他也太霸道了！好壞不分。」

薛宸順著長公主的話回道：「您別氣了，回頭我再說他。對了，這位是龔姨娘，之前和您提過，是汝南老王爺的貴妾，老王爺生前給了她恩典，允許她不住在王府。幾個月前，龔姨娘和江公子來了京城，這回能救下柔姐兒真是老天保佑，咱們可得好好謝謝他們。」

長公主不是個有門第之見的人，之前聽說過這位姨娘在關外陪了老王爺十多年，算是有毅力的女人了。而上回假冒婚書之事，薛宸早和她解釋清楚，原不干這位姨娘的事，是汝南王太妃私心作祟罷了。如今聽了薛宸的話，就對龔姨娘點點頭。

龔姨娘和江之鳴有些驚訝地看著薛宸，似乎沒有想到薛宸會開口介紹他們。

不過龔姨娘驚訝歸驚訝，反應還是很快的，趕忙上前給長公主行了個大禮，起身後便退至一邊。

長公主看著那挺立如松柏般的少年，覺得很是不錯，想起之前薛宸說過的話，便湊近她，用只有婆媳倆能聽到的聲音說道：「這個就是妳之前說的，江家那個很不錯的少年？」

薛宸點點頭。「是啊。母親覺得怎麼樣？」

長公主又把江之鳴上下審視了一番。「不錯。」

薛宸對長公主眨眨眼睛，用下顎比了比長公主身後的婁映柔。

長公主回頭去看，只見婁映柔雖然站在她身旁，美麗的黑眸卻時不時往江之鳴身上瞥。江之鳴似乎也感覺到了，兩人的臉色都有些不對勁，泛著紅。

長公主哪裡還會不明白女兒的意思，輕咳一聲，兩個孩子有默契地低下了頭，不再亂看。

龔姨娘把這一切看在眼中，心中對薛宸十分感激，也瞧出三姑娘對自家的傻兒子動了心。原本她還擔心長公主會不會怪罪她讓兒子跟著三姑娘的事，如今看來，有這位少夫人在，應該是不成問題了。

兩家心裡都有了點數，長公主作主放了江之鳴，讓龔姨娘領他回去，另外還送了好些補品讓他們帶回家。

龔姨娘母子走後，長公主便讓婁映柔去了西次間，獨自和薛宸商量這件事。薛宸當然竭力支持江之鳴，在她看來，江之鳴雖然有些木訥，但信守諾言、耿直端正的性格是非常可靠的。婁映柔性子溫柔，但卻有自己的想法，天真中帶著活潑，以江之鳴的個性，定然能真心疼愛婁映柔。

婆媳倆商量好，趁著吃晚飯時向婁戰、婁慶雲提了。婁戰說得讓他見見江之鳴，若是真的可以，乾脆招贅好了，畢竟江之鳴是庶房庶子，婁映柔到底是婁家嫡出三姑娘、正經的縣主，這身分差得著實大了些。若兩個孩子兩情相悅，男方的品行又好，婁戰並不介意招贅。

婁戰這個提議，薛宸當即就反對了。「這……是不是有點不妥？」

婁戰懷裡抱著荀哥兒，讓荀哥兒坐在他身上吃飯，灑了他滿身也不生氣，時不時給荀哥兒挾菜，回道：「這有什麼不妥的？他的身分太低了，柔姐兒到底是縣主，難不成真嫁給一個身無功名的白丁？就算我們同意，皇上跟皇后也未必同意。」

薛宸聽到這裡，不能再說什麼了，因為她沒法反駁婁戰的話。婁戰說的都是事實，而她又沒辦法和他們說，最多明年，江之鳴就會在戰場上建功云云。

妻慶雲見她有些恍惚，給她挾了一筷子菜，道：「爹說的也不是沒道理，就是江之鳴，也不會覺得真可以什麼都不付出就娶回妻家的姑娘吧。」

薛宸咬了一口獅子頭，點點頭，算是同意了他們這個說法。

過了兩天，薛宸把龔姨娘請來府中，向她說了妻家長輩的意見。薛宸覺得自己真像個媒人，替他們傳遞著這種消息。

說到要江之鳴入贅時，龔姨娘的表情一怔，不過也只是瞬間，就被笑容頂替了。「行！這有什麼呀？只要國公點頭，別說是入贅，就是讓我們來府中為奴為婢，我也是情願的。」

薛宸搖搖頭。「龔姨娘切不可如此，若這件親事成了，您就是妻家的親家，這番話斷不可再說。」

龔姨娘這才發現自己無狀，看著薛宸好一會兒，然後站起身規規矩矩對她行了一禮。

薛宸趕忙坐直了身要下榻扶她，夏珠在她抬手後便把龔姨娘扶了起來。

「龔姨娘這是幹什麼？我不過是這麼說罷了，妳可千萬別生氣。」

龔姨娘連連搖手。「不不不，我不是生氣，而是真心實意想感謝少夫人的提拔。我知道，若是沒有少夫人從中幫襯，憑我們母子的身分哪能攀上妻家這樣的親事。剛才是我不穩重，少夫人一語點醒了我，今後不管怎麼樣，我定會謹言慎行，不會給妻家抹黑。我那兒子生性木訥，只聽我和他哥哥的話，今兒我就把他託付給少夫人了，入贅的話，我完全沒有意見，一切全憑長公主和國公作主。」

薛宸看著她的雙眸，的確是滿眼感動，不像作假，便對她比了個請的手勢，讓她坐下說話。

「有妳這句話我便有數了。今兒世子說要把江公子喊去大理寺，由世子和江公子說這件事，總得問問他的意思才行。」

薛宸語畢，龔姨娘即道：「嗐，哪裡用得著問他的意思，我是他娘，我能替他作主。」

薛宸笑了笑，端起水杯喝了一口。「還是問一下比較好。」

龔姨娘便不再多說什麼，笑著和薛宸喝了一會兒茶，便起身告辭了。

晚上婁慶雲回來，臉色不大好，連薛宸迎出門去接過他手裡的馬鞭都沒能讓他笑起來。

薛宸屏退丫鬟後親自給婁慶雲端了杯茶去小書房。「這是怎麼了？」

薛宸一問，婁慶雲立刻跟倒豆子似的向她抱怨起來。「妳說，這世上還真有這種不識好歹的人！妳知道那小子說什麼嗎？氣死我了，他居然說不願意！也不看看自己是什麼身分，一個無品無級的庶房庶子，他哪兒來的底氣？想也不想就一口回絕了我。那天他可不是這麼說的，分明是說自己想娶柔姐兒，怎麼才幾天就變卦了？」

薛宸把茶送到他手上。「他沒說為什麼嗎？」

婁慶雲猛地灌了一口茶，才說道：「說是男子漢大丈夫，絕不招贅，要憑自己的雙手給他娘和妻子掙一份體面回來！還說什麼不想讓他母親死後少個兒子供奉……聽聽，這叫什麼話？」

薛宸想了想，道：「他說的也沒什麼錯啊，男兒當如此。更何況，你不知道龔姨娘和汝南老太妃的恩怨吧，雖說有老王爺的遺命，龔姨娘死後能入江家祠堂，可太妃定會從中作梗，江之鳴這句話也許並不是推辭，而是事實。

「若是江之鳴娶妻生子，即能從江家分出去，將來有自己的府邸，以後便能光明正大地供奉龔姨娘。可若他被招進婁家，今後自己就會被供在婁家，哪能顧及龔姨娘呢？」

婁慶雲倒是沒想到薛宸說的現實問題，沒好氣地說：「我……我也不是說他這想法是錯的，只是……總要看看對象是誰吧？他一個白丁，憑什麼娶一個縣主？不是我說他，如今連間像樣的宅子都沒有，更沒有功名，雖說有點武功，可那有什麼用呢？如今的他憑什麼讓我相信他能給柔姐兒幸福？沒有妻家幫襯，他到哪兒去給妻子、母親掙體面？」

薛宸沈吟片刻，然後道：「若我說，我相信他能做到呢？」

婁慶雲抬眼看著薛宸。「妳相信？我可不信！」

「你別不信，難不成這天下男兒除了妻家的權勢，就無人可成就功業嗎？我覺得你們太小看他了。他雖是庶房庶子，可也是汝南王府的人，將來披甲上陣，未必就不能建功立業。你之前不也說過此子絕非池中物嗎？怎麼現在倒不這樣覺得了？還是你也知道江之鳴是個人才，想用招贅的方法把他納入妻家？」

薛宸的話讓婁慶雲愣住，久久說不出話來。盯著她看了好一會兒，才呼出一口氣，點頭道：「妳說的也不無道理。那……現在怎麼辦？柔姐兒似乎對他上了心，爹又那麼說，娘不作主，如今那小子又拒絕我，怎麼辦？」

薛宸走到西窗前，俯身看了看盛放的花。「唉，好事多磨啊。」

婁慶雲走到她身後，抱著她，把頭放在她的肩窩上，磨蹭著她的頸項。薛宸乾脆讓自己靠在婁慶雲懷裡，望了一會兒天，才道：「我看……這事啊，還得你出面和他談。」

婁慶雲正在咬薛宸的脖子，聞言抬頭。「怎麼談？」

薛宸轉過身，對婁慶雲眨了眨眼睛，伸手勾住婁慶雲的脖子，在他耳邊說了幾句話。

婁慶雲臉上現出遲疑。「行不行啊？」

薛宸攤手。「行不行就看他自己了。若是行，咱們柔姐兒嫁他；若是不行，便要他乖乖入贅。為期一年。」

薛宸也不確定這一世江之鳴是不是能再建立上一世的功業，才要婁慶雲這麼和他賭一把。若是一年之內江之鳴能建功立業，婁映柔便風光大嫁；反之，他就入贅。

這麼做，並不是只看重江之鳴的身分和功名，而是在替他們小倆口選擇更好的路。如果江之鳴能自己掙得前程，那麼婁映柔嫁給他今後也不會受委屈；如果他不能，入贅婁家對他這個庶房庶子來說，確實是一條捷徑。

婁慶雲應承下來，這件事就這麼定了。

婁慶雲先去和婁戰商量，婁戰對江之鳴拒絕入贅有些意外，破天荒地誇讚了兩句。婁慶雲再把薛宸的意思和婁戰說了，婁戰也同意了。

第二天，婁慶雲又把江之鳴喊去大理寺，和他說了這番話。江之鳴有些猶豫不決，婁慶雲便在旁激勵，最終迫使江之鳴同意了這件事。

江之鳴點頭後，婁戰便叫薛宸作東，請他們母子入府一敘，算是正式說定兩個孩子的親事。婁家也不扭捏，雖是姑娘家，但始終站在主導的位置；龔姨娘自然是再歡喜不過，對於兒子不入贅表示震怒，直說兒子不懂事云云。後來薛宸私下和她說了幾句，龔姨娘才沒有押著兒子入贅到婁家。

龔姨娘和婁家悄悄換了庚帖，並無其他人知曉，等到一年後再來決定如何嫁娶。江之鳴又在京城逗留了兩天，向百般擔憂的婁映柔告辭，把龔姨娘留在京城，便隻身回到汝南繼續投到江之道麾下。

這一年的成就直接關乎今後的家庭與前程，江之鳴自是打起十二分的精神來。

第八十七章

薛宸的身孕有七個月了，肚子大得像要臨盆似的。

這個時候，所有人才看清楚原來薛宸真的懷了兩個孩子。如今瑜伽也不能練了，每天只能伸伸腿、彎彎腰，其他時候就是讓夏珠等丫鬟或婁慶雲扶著，在園子裡散散步。

李夢瑩的身孕已經九個月了，兩人的肚子大小不相上下，不過她嬌氣些，如今每天待在園子裡哪裡都不敢去，比不上薛宸的精神。

薛宸帶了夏珠她們繡的新花樣小肚兜給她，就瞧見她扶著腰靠在軟榻上，也不要她起身迎接，走過去道：「妳這才剛九個月，難道生產前就不打算出去了？」

李夢瑩牽著她的手坐下。「我的精神可不像妳，如今他在肚子裡不怎麼鬧了，可身子卻越發重了起來。我的力氣本來就小，這時候用掉了，生他時可怎麼辦呀？」

薛宸笑了笑，說道：「這力氣是越歇越小，現在不堅持動動，等到生完了，妳還得在床上躺著，那時候可長了，難過著呢。」

雖然知道這個理，但李夢瑩還是不大想動，薛宸也不好再勸，兩人便湊在一起說起了新花樣。李夢瑩一直記得，她初嫁入婁家時是薛宸一手幫襯著她，才不至於出岔子，對薛宸自是信服，挑好花色以後就主動攬下了繡活兒。

「對了，上回太子府裡宴客，我害喜得厲害沒能過去，後來太子妃又單獨把我喊去了。妳知道這事吧？」

薛宸抬頭看她，點點頭。「知道，妳跟我說過。怎麼，她又邀妳了？」太子妃和李夢瑩在做姑娘時都是京城中有名的才女，自然走得近些，薛宸並不覺得奇怪。

李夢瑩為難地嗯了聲。「就幾天前吧。她又派人送請柬來，可我這身子實在重，在自家院子裡走動都嫌累得慌，就推了沒去。」

薛宸聽她這麼說，不禁放下手裡的東西問道：「妳推了太子妃的邀請？」

「嗯。我總覺得太子妃變了很多，說話拿腔作勢，總是高高在上地顯示身分。她喊我去其實也沒什麼事，純粹是把我當陪客，宴請的人多了，我和她也說不上話，更何況，她們一起說的話我也不愛聽，乾脆就推了。我都快生了，也不怕得罪她。」

李夢瑩說話時一直盯著薛宸的臉，想從她的表情裡判斷自己這個做法是對還是錯。不料薛宸聽了沒什麼反應，只無所謂地點頭。「哦。妳不願意去，誰也逼不了妳。」

李夢瑩鬆了口氣。「大嫂就是大嫂，好生鎮定。妳就不問問我她們說了什麼，為何我不愛聽了？」她的性子算溫順了，能讓她聽不下去，可見太子妃她們說得有多過分。

薛宸勾唇一笑，因為懷孕而變得越發白嫩的肌膚彷彿鍍上了一層珍珠般的光澤。「無非就是說些長公主和我的閒話唄。」

婁家的閒話一般婦人可不敢說，於是她和長公主就成了婁家的擋箭牌。深宅婦人聚會，可不就要把話題全引到她們身上來了。

李夢瑩羨慕薛宸的豁達，道：「既然大嫂知道，那我就不說那些了，顯得我多小家子氣似的。不過，上回我去太子妃那裡還見了一些夫人，之前不知道她們的來歷，只以為是尋常貴家，可後來夫君跟我說了我才知道，如今太子妃接觸的人有好些都和那邊有關係。」

「那邊？」薛宸蹙眉不解。

李夢瑩湊近她，道：「就是……右相那邊。現在和太子妃最要好的當數信國公府長媳和威遠侯府五姑娘。這兩人從前雖就和太子妃有來往，但那也是從前，太子妃如今的身分地位是不是不該和她們來往了？太子妃淨跟這些人交往，能說咱們婁家什麼好話呀？」

薛宸聽到這裡，斂下了目光，沈吟片刻，自言自語地說道：「唉，天堂有路不走啊。」

李夢瑩沒聽清，問道：「大嫂說什麼？」

薛宸搖頭。「沒什麼。我是說，太子妃和誰交往咱們管不著，平安地把孩子生下來，就是婁家的功臣，其他的事情自有爺兒們去擔待。朝廷裡是什麼風向，誰和誰走得近了，咱們也作不了主。」

「嗯，我知道了。只是忍不住想給大嫂提個醒。」

李夢瑩的話讓薛宸心裡一暖。她本就大李夢瑩兩歲，對她就像是對妹妹一般。

兩人又說了一會兒月子裡的話，薛宸就告辭了。退出院子時，正巧遇見婁兆雲，就和他到旁邊說了兩句，無非是讓他盯著李夢瑩，別讓她一天到晚待在房裡，多拉著她出來走走，活動活動筋骨也是好的。

婁兆雲應承之後，薛宸就回去了。

婁慶雲是和婁兆雲一同回來的，看見薛宸就過來攙她，一手忍不住摸了摸她的肚子，扶著她坐下後才說道：「妳這肚子和以前要生荀哥兒時差不多大了，還有兩個月，可怎麼熬啊？」

薛宸接過他遞來的水，打趣道：「又不是你熬，是我熬，操什麼心呀。」

「吶，我關心妳還成我的不是了？」

婁慶雲在薛宸旁邊坐下，蘇苑立刻給他端了杯水上來。因為薛宸不能喝茶，滄瀾苑的茶全換成了水，偶爾加點蜂蜜和乾花。今兒這杯就是水，婁慶雲喝著覺得口淡，便放在旁邊，專心伺候起夫人來。

薛宸橫了他一眼。「你關心也沒用啊，又不能讓你生。我瞧著瑩姐兒的肚子，大概這些天就該生了，之後就到我了。要是一個我還不緊張，可如今多了一個，不知能不能像生荀哥兒似的順利。」

婁慶雲拍著胸脯說道：「放心吧。有妳相公在，保管順利！」

薛宸失笑。「你在怎麼就保管順利了？你又不是註生娘娘。」

兩人湊在一起說笑幾句，婁慶雲對薛宸道：「對了，十天之後南疆的漢察爾大王子要來咱們這裡，宮裡下了令，說三品以上的官員與夫人皆要參加國宴，妳的肚子太大，我已經先替妳告了假，到時就別去了。」

薛宸眉心一突，蹙眉道：「你說什麼？南疆的大王子要來？」

這……這事來得太突然了吧。上一世二皇子起兵造反，最大的兵力就是來自南疆，而當初跟著他攻入京城的南疆王子，似乎就叫什麼察爾……

這一世，他怎麼來得這樣早？今世有太多事情失去控制，讓薛宸的記憶開始混亂起來。她不敢確定這個大王子是真的來送貢品，還是像上一世那樣有其他不可告人的陰謀？

婁慶雲見薛宸呆住了，不禁問道：「妳怎麼了？怎麼不說話了？」

薛宸驚恐地看向他，婁慶雲瞬間想起，上一次薛宸和他說起象鼻山要崩塌時似乎也是這個表情，難道說……

原本預定十天之後才到的南疆漢察爾大王子，居然提前三天抵達封國，還帶了他的兒子賁喇和大王子妃寧古亞。皇帝在宮中接見他，只好讓所有宴會提前。

婁慶雲被安排親自去城門外迎接大王子使團一行。因為提前了三天，連薛宸這個原本已經告假的人都被皇后娘娘派人請入宮裡當陪客，直接坐著長公主的轎輦帶著荀哥兒入了宮。

長公主帶荀哥兒上了太后那裡請安，薛宸就去中宮等候皇后娘娘安排。

薛宸到時，皇后娘娘還在梳妝，她被安排在外殿坐著，對面還有幾個一品夫人，太子妃坐在另一頭，和兩個年輕夫人交頭接耳說著話。

薛宸進來後，有些夫人起身和她打招呼，薛宸先對著太子妃屈膝一禮，太子妃卻擺出不歡喜的表情斜斜橫了她一眼，似乎並不想與她冰釋前嫌。薛宸也不介意，和幾位夫人寒暄，說了幾句家常和腹中孩子的話。

薛宸的身分是衛國公世子夫人，雖說是一品，這樣的國宴來不來其實沒什麼要緊，不過是皇后娘娘看重她才把她請來。能出席這樣宴會的夫人自然都是明白人，哪會和太子妃一樣在這種場合使小性子？而有些守禮的夫人覺得太子妃不懂事，反而跟薛宸有說有笑起來。

太子妃看大家全圍著薛宸說話，氣得直咬唇。此時，她身後的娘家嫂子王氏在她耳邊低聲說道：「太子妃，您瞧衛國公世子夫人多會做人，八面玲瓏，誰都不得罪。她父親如今是中書令，手裡握著實權，背後又有衛國公府撐腰，自己還是一品誥命，父親讓您和她交好也不是沒道理的，剛才您那態度可是不行的。」

太子妃看了王氏一眼，沒怎麼搭理，旁邊威遠侯家的長媳瞧出了太子妃的不快，也不喜歡王氏姿態高傲的樣子，不由出聲反駁。「蘇大夫人說得不對。那薛宸會做人又怎麼樣？一品誥命又怎麼樣？她爹的官還不是靠妻家得來的？她自己有什麼本事？一個喪母的嫡女罷了。蘇大夫人是太子妃娘娘的娘家嫂子，不幫著太子妃說話，竟反而責怪太子妃沒給薛宸好臉色。就算薛宸的身分高些又如何，難不成還能比太子妃娘娘高去？」

這些日子威遠侯家的長媳恨死王氏了，從前太子妃身邊只有她們這些人，太子妃也很願意和她們在一起，可最近蘇大人不知是怎麼了，居然把王氏派到太子妃身邊處處規勸著她，還說什麼要親君子、遠小人，只差明明白白地指著她們這些夫人的鼻子說她們是小人了。這口氣她可嚥不下去，所以逮著機會就和王氏槓上，不能讓自己這些人在太子妃面前被壓得太死。

王氏還要再說，卻被太子妃打斷了。「好了好了，都別說了。嫂子，父親叫妳來我身邊幫襯，可不是讓妳處處指正我、幫著別人來說我的，下回這種事情別再讓我聽見。我知道如今自己是什麼身分，也希望妳知道自己是什麼身分。」

太子妃這番話，讓威遠侯家的長媳得意起來了，王氏卻是面色一僵，尷尬得很。要說身分，她不過是蘇家的媳婦、太子妃娘家的嫂子，可公爹讓她來幫襯太子妃，為的就是不讓她樹敵；婁家那樣的門庭，哪裡是蘇家得罪得起的？王氏是個明白人，蘇大人也是明白人，可惜太子妃被一葉障目，自信得太過頭了。若太子妃肯聽勸諫，她為了蘇家、為了太子妃，一定竭盡全力幫襯，可太子妃說了這些話，她要是再留下來就實在太沒有骨氣了。

王氏站起身，沒說什麼，對太子妃行了禮後就退到門邊，和一些品級稍低的夫人坐在一起。離開時，聽見威遠侯家的長媳繼續跟太子妃嚼舌根。「娘娘，您瞧她，什麼態度嘛！」

王氏不再多言，逕自離開了。

薛宸瞧了那邊一眼，問了王氏的身分，有夫人告訴她是太子妃娘家的嫂子，說話做事很周到的。這麼一句，便讓薛宸猜到那處發生的事情，不由嘆氣，搖了搖頭。有些人就算被捧到高位，也未必能坐得穩。便不再管太子妃，繼續和其他夫人閒聊起來。

皇后娘娘穿著正式的后袍從內宮走出來，眾夫人起身拜見。薛宸挺著肚子，在眾人間很是醒目，皇后一眼就瞧見了她，對她招手，讓她坐到自己身邊的太師椅上。這份愛護，連站在最前面的太子妃都是沒有的。

皇后牽著薛宸的手，親切地問道：「原本還覺得既明那孩子太寵妳，才七個月就不讓妳走動了，如今瞧了妳這肚子，可不比要生時小啊，撐得住嗎？」

薛宸笑答：「撐得住，這才七個月，肚子看著大，月分到底還是小些的。皇后娘娘有什麼事儘管安排我做，千萬別心疼我。」

這話說出來，把皇后和幾個夫人們給逗笑了，皇后笑得尤其開懷，拍著薛宸的手背，道：「妳呀！這麼厲害的嘴，怪不得長公主如今越來越明理了。上回她派人給我遞了摺子，那還是我做皇后以來第一次收到長公主的摺子呢。這是妳的功勞，我和皇上都要謝謝妳。」

薛宸聽了，想起上回張明清膽敢冒犯婁映柔的事情，長公主的確是遞了摺子給皇后娘娘，之後，張家一夜之間就在京城消失了。除了帝后有這本事，其他人還真沒辦法做到。張家動的是婁家嫡女，而這件事又無法放到檯面上審理，只能用這樣強硬的手段來解決了。

對張明清來說也不算冤枉，畢竟婁慶雲警告過他了，可他偏偏不信邪，以為婁家會為了婁映柔而將就他，最終才連累了一家人，得到那樣的下場。可見在帝后心中，婁家占了多高的地位。

薛宸莞爾一笑，回道：「娘娘不用謝我，長公主素來明理。」

在場知道實情的人又笑了起來。寒暄完，皇后娘娘便開始分派任務，喊了太子妃上前，對薛宸道：「今日是國宴，來的是南疆大王子一家，這些是妳們都知道的。宸姐兒，妳跟在太子妃身旁提點她怎麼做事、怎麼說話，太子妃年輕不懂事，妳多替我擔待些，可要把大王子妃招呼好了。」

太子妃聽皇后這樣說她，有些不服，站出去就要說話，卻被皇后娘娘比手勢攔住了，讓她有話不能說。

薛宸看了看太子妃便明白皇后娘娘的用意，一來是為了太子妃好，二來……也許太子已經對太子妃相當不滿了……

這回南疆大王子一家來朝，理應由太子妃接待大王子妃，但皇后生怕太子妃說錯話、做錯事，只好在她身邊放個能制得住她、能提點她的，畢竟國之交往可不能隨意置氣。

薛宸鄭重領命。「娘娘放心，太子妃本就聰慧過人，哪裡需要我的提點？我會盡力協助太子妃招呼好大王子妃的。」

皇后滿意地看著薛宸，越看越覺得婁家這個媳婦娶得好，為人周到、辦事得力，不驕不躁、沈穩有度。當初婁慶雲堅持要娶一個三品官家的喪母嫡女時她還頗有微詞，和皇上抱怨了幾回，覺得那孩子不懂事，放著那麼多高門大戶家的姑娘不要，偏要這位。

可是幾年過去了，薛雲濤在朝中越發如魚得水，能力又強，皇上如今對他頗為倚重。再說薛宸，從太子口中得知她做的那些事，讓皇后不禁感嘆若是太子妃也有這樣的能耐就好了。可惜，當初為了穩固勢力娶了蘇家這個嫡女，並不指望她有多大本事，資質平庸也沒什麼，只期望她能安分守己，別扯太子後腿就成。

現在看來，這太子妃是越來越不像樣。皇帝對大行臺旁敲側擊一番，蘇大人也有所覺醒，派了長媳到太子妃身邊提點，原以為會好些，卻還是不思悔改，越發驕矜起來。只能說，若一個人困在局中看不清自己，旁人就算說再多也是無用。

天下大勢瞬息萬變，有人將自己捧上高位，是要自己有所作為，就算無所作為，也該安定不生事。就怕有些人自作聰明，拉幫結派、偏聽偏信，還以為自己真的位高權重了，也不想想自己是怎麼坐到高位的？沒有本事坐穩，一旦過了利用的時機，別人又有什麼理由繼續捧著自己呢？

在這點上，薛宸就是個明白人，雖以喪母嫡女的身分坐上衛國公世子夫人之位，卻知道自己應該怎麼做才能坐穩這個位置。相較之下，太子妃真是輸了一大截。

太子妃看出了皇后對自己的不滿，不敢再上前了。就像對著太子一樣，她始終覺得自己與皇家格格不入。她害怕皇后和太子，因為她知道他們手中的權力太大了。太子一句話，就能把從小伺候她的奶娘杖斃；皇后一句話，就能奪走她的太子妃之位，將她打回原形。所以，她不敢反駁、不敢反抗，因為太清楚權力的可怕了。

第八十八章

大王子妃帶著六歲的小王子賁喇穿著南疆特有的服飾在眾人簇擁下進了殿，太子妃與薛宸上前，把她們迎入裡面。

大王子妃會說漢話，賁喇小王子穿著南疆的宮廷正裝，看上去有些陰沈，容貌似乎與大王子並不相似。一行人行禮寒暄後，坐在一起說了說南疆的風土。

太后宮裡的嬤嬤領著小王爺和荀哥兒還有幾個宗室子弟上了殿。荀哥兒生得壯實，站在比他大些的孩子身邊也不顯得矮小瘦弱，穿著一身金絲小袍子，站在盛裝打扮的小王爺旁，還真有點像兄弟。

一番介紹後，小王爺就來邀賁喇，頗具地主風範。賁喇請示了大王子妃後，便隨他們一同去花園裡玩耍了。

大王子妃瞧著孩子們離去的背影，由衷誇讚道：「小王爺與小世子果真像是兄弟般，小小年紀就這般知曉禮數。相比之下，我們賁喇雖然比他們還大些，卻是被寵壞的孩子了。」

女人間的交流並沒有因為國事而顯得生疏，大王子妃聽說薛宸懷的是雙生子，十分羨慕，還從手腕上褪下一對刻著經文、受過加持的銀鐲送給兩個還未出生的孩子，薛宸謝過並回禮。

殿中氣氛融洽，就在這時，宮女進來傳話，說荀哥兒和小王子賁喇在花園裡打起來了。

薛宸聽了，嘴裡的茶差點沒噴出來，感覺廳中所有人的目光都看向了她。

太子妃更加不吝落井下石，諷刺道：「哼，小世子還真是一刻都不消停，與葉哥兒在一起時打葉哥兒、與賓客在一起時打賓客。如此蠻橫霸道，我看這回還有沒有人敢護著他。」

有位夫人隨薛宸一同起身，安慰道：「先去瞧瞧怎麼回事吧。」轉身對大王子妃說：「小孩子家難免爭吵，我們去看看到底怎麼回事，若是小世子的錯，世子夫人斷不會護短。」

大王子妃也站起身，點點頭。「我那孩子自小慣壞了，定是有衝撞小世子的地方。不過是孩子打架，無須太過驚慌，去調解就是了。」

薛宸感激地看了她一眼，大王子妃也點頭為禮，殿中的夫人隨之出殿去了花園。

只見幾個孩子依舊吵吵鬧鬧，荀哥兒的手背上流血了，而地上掉了把鑲嵌寶石的彎刀匕首。不過荀哥兒一點都不感覺疼，也不怕，繼續和五歲半的賁喇扭打在一起，甚至還很勇猛地騎在賁喇身上。沒過一會兒，又被賁喇翻過了身，兩人像麻花似的纏在一起，誰也不肯相讓。小王爺和幾個孩子在一旁拉他們，卻怎麼也分不開，而一旁的宮奴們更不敢去碰這些金尊玉貴的小人兒，所以，直到薛宸等人到來，孩子們依舊打成一團。

「荀哥兒，快放手！」

大王子妃也用南疆話對賁喇厲聲說了一句。

可兩個孩子置若罔聞，荀哥兒人小，力氣和膽色卻不小，打起架來像是一頭小獅子；賁喇年紀大些，從表情來看其實已經有些怕了，可礙於面子，不能就這麼撒手。

皇上領著漢察爾大王子還有太子、婁戰、婁慶雲等人來了御花園，他們也是聽到宮人奏報這才趕過來，也瞧見兩個孩子扭打的身影。

婁慶雲向皇上和大王子請了罪，就要上前把孩子們拉開，卻被大王子阻止。

「不用攔，看他們打到什麼時候。世子有個勇敢的好兒子啊。」

「……」

婁慶雲有些尷尬，抬眼卻看見太子忍著笑的揶揄目光，無奈地暗嘆一口氣。

皇上對大王子的提議似乎並不反對，道：「打就打吧，都是孩子間的事，他們大了，有自己的想法。誰也不許阻止！讓他們打！等打完了，咱們再去分辯誰對誰錯。」大袖一揮，居然帶頭往園中涼亭中走去，揮手讓行禮的婦人們起身。

皇上言語間頗具君主霸氣，不過聲音似乎帶著壓抑，婁慶雲和太子對視一眼，知道皇上不是為了兩個孩子打架的事情氣惱，而是氣惱剛才在議事殿中漢察爾大王子的大膽言論。婁戰的眼睛一刻都沒離開兩個孩子，心中焦急與擔憂溢於言表。

在場眾人聽到皇帝的話，誰還敢再上前分開兩位小祖宗？只能看著。太子妃嘴角露出濃濃的笑，巴不得兩個孩子多打一會兒，事情鬧得越大越好，看這回還有沒有誰敢替薛宸說話！有些夫人瞧見太子妃這樣，不禁交換了眼神，暗自搖頭。而大王子妃和薛宸一樣，都注視著兩個孩子。

婁慶雲收到薛宸遞來的目光，暗自對她搖搖頭，然後就把關切的目光投向荀哥兒。薛宸來到婁慶雲身邊，扯扯他的衣袖，讓他去阻止兩個孩子打架，婁慶雲卻無奈地再搖了搖頭。

「……」得，一群大人圍觀兩個小孩子打架，還真是有興致！

夫妻倆和婁戰對皇上這個決定頗為無語，雖然荀哥兒小小年紀就在「為國出力」，但敢情那個在打架的不是皇上的親孫子，他不心疼啊！

薛宸沒有一刻比現在更希望長公主在場，若是長公主在，她才不會顧及皇上的話，一定會衝上去把兩個孩子分開。可長公主在太后宮中，遠水救不了近火。

更令人發窘的是，皇帝不僅在亭子裡看熱鬧，居然還出言點評，對婁戰說道：「荀哥兒年紀小，這力氣和架勢倒是不小，頗有乃祖之風啊！」

婁戰心裡已經把皇帝裡裡外外罵了個遍，臉上卻還要強顏歡笑，暗中替孫子搖旗吶喊。

荀哥兒身子壯實，就是挨了打也不哭，反而激發他的鬥志，越挫越勇，像個小野獸般，撞得賁喇連連後退，且近身搏鬥的動作也很靈活。他沒學過武功，但賁喇也沒學過，不過賁喇學過摔跤，荀哥兒被他撩地上兩回，但第三回似乎就找到了竅門，憑著天生的狠勁居然反敗為勝，將賁喇壓在身下，把他的雙手反剪在背後。賁喇疼得受不了，這才開口說了幾句南疆話。

大王子妃這才走上前對亭中觀戰的皇帝說：「賁喇認輸了，還請皇上收回成命吧。」

皇帝聽了，緩緩站起身，話中有話地說：「認輸就好。」然後朗聲道：「荀哥兒，別打啦，到舅公這裡來。」

荀哥兒的頭髮亂得跟雞窩似的，臉上帶著青紫傷痕，手背上的血早已凝固，衣裳破了好幾處，金玉腰帶不知什麼時候也被打掉了，挺著肥嘟嘟的小肚子，模樣看起來滑稽又狼狽。

而被他打趴的賁喇小王子也好不到哪裡去，被人扶起來後覺得委屈，竟哇的一聲哭了起來。站在亭子裡的漢察爾大王子冷冷看著賁喇，不僅一點心疼的意思都沒有，反而還露出一抹冷笑，太不像個父親該有的樣子了。

荀哥兒走上石階，進了亭子，雖然受傷，卻一點都不懼怕，走到皇上面前，乖乖喊了一聲。「舅公。」

皇上親自給他擦了擦臉上的灰，抓起那流血的手背，問道：「疼嗎？」

荀哥兒搖頭。「不疼，這有什麼呀！」機靈的眸子忽閃兩下，斜眼瞥了瞥笑吟吟看著他的漢察爾大王子，跪下道：「荀哥兒一時沒忍住，打了人，荀哥兒甘願領罰。這事是我一人所為，舅公罰我好了。」

婁戰恨不得上去摀住這不知天高地厚的小子的嘴，走到他身前低斥一聲。「別胡說八道，誰要罰你？」

皇上知道婁戰心疼孫子，卻不想就此放過如此有趣的事情，小王爺和幾個宗室子弟也上了前，在亭子下方，小王爺帶頭領著孩子們跪了下來。

只聽小王爺朗聲說道：「皇祖父在上，今兒這事不怪荀哥兒，是賁喇小王子想用刀嚇唬我，荀哥兒把我推開，被他的刀劃傷了。我讓賁喇道歉，他聽不懂，還要打我，荀哥兒為了保護我才跟他打架的。賁喇是客，咱們不該和他動手，但請皇祖父念在荀哥兒一心護我的分上，寬恕他這回吧。」聲音清脆，說話條理分明，讓人一聽就知道整件事的前因後果。

皇上低頭，看著眼前跪著的小不點兒，瞧他雖然受傷，眉宇間卻絲毫沒有犯怵，天生膽大，不禁覺得有趣，問道：「葉哥兒說的是真的？你怎麼就敢對客人動手？」

荀哥兒又瞥了漢察爾大王子一眼，朗聲說道：「客人有客人的禮數，若客人不懂禮數，冒犯咱們，不動手，難道要等著被欺負嗎？」

小小的身子有那樣執著的力氣、小小腦袋裡有這樣是非分明的觀念，皇上是真的對荀哥兒刮目相看了，指著他看向婁戰，連連點頭誇讚。「好！好啊！你真是生了個好孫子！這話說得太對了！做客人就得有做客人的禮數，若是不懂禮數，那咱們就教教他們禮數，別叫旁人忘記了祖宗、忘記了前塵舊事！」

皇上這幾句話哪裡是要誇荀哥兒啊？是借著荀哥兒的話來警告漢察爾不要得寸進尺。剛才，漢察爾居然公然提出要廢除進貢，皇上大為光火，雖然嚴詞拒絕，卻難消心頭之火，覺得被個小小南疆挑釁了，正愁沒有合適的機會訓斥，荀哥兒就給他製造了一個相當好的藉口，而且這小子心思剔透，似乎天生就知道說什麼話般，那幾句話說得皇上心裡跟被熨燙了般舒坦，剛好借他的話給了漢察爾一個下馬威。

漢察爾大王子緊繃著下顎，卻沒有多餘表情，依舊從容站在皇帝身旁，抱拳俯首，一副恭聽之態，完全不顧還在大王子妃懷中哭泣的賁喇，彷彿對他打不過比他小的孩子感到很是失望。

皇上終於開恩，讓薛宸把荀哥兒領回去。薛宸行禮叩謝，便上了臺階牽了荀哥兒的手把他帶了下去。

婁慶雲一把抱起荀哥兒，沒好氣地說：「回去再跟你算帳！」

荀哥兒聽親爹這麼說，忽然裝出一副可憐兮兮的表情看向薛宸。

薛宸看著眼前掛彩的兒子，心中有氣，但更多的還是心疼，從婁慶雲手裡接過他，瞪了婁慶雲一眼。「你嚇他幹什麼？」說完，不等婁慶雲反應過來，就牽著對他吐舌頭、做鬼臉的兒子離開了。

婁慶雲有點無奈，真不知道這小子脾氣像誰，無法無天、神鬼無懼，誰還能嚇到他呀！對兒子揮了揮砂鍋般大小的拳頭，轉過身，卻看見婁戰對他比了比拳頭，只好收回自己的手，窩囊地嘆了口氣。

晚宴過後，薛宸被婁慶雲提前帶回府裡休息了。

那時候，女眷們正坐在皇后的殿中喝茶，婁慶雲求見，著實讓薛宸被大家取笑了，皇后也笑著打趣。「我今日算是見到好夫君了啊。從前只道咱們家慶哥兒是個寡情之人，沒想到如今竟這副模樣。去吧去吧，今日忙了一天，妳也累壞了。」

薛宸紅著臉向眾人告別，並與大王子妃約好明日來國公府玩的事，才扶著後腰走出殿。婁慶雲在殿外對皇后行完禮，便牽著妻子的手出宮回府。

薛宸坐到自家馬車上後才重重呼出一口氣，不得不說，挺著肚子忙活一天的確是夠累的。虧得她身體好，若換作旁人，沒準堅持不了。

婁慶雲摟著她的肩膀，體貼地說：「妳靠著我，舒服些。」

薛宸樂得有個肉墊靠，聞著他身上淡淡的酒味，問道：「你怎麼能這麼早脫身？」

「怎麼不能？今兒有太子頂著，我自然可以早早回府了。」婁慶雲一邊撫摸妻子的黑髮、一邊輕描淡寫地說。

薛宸覺得有些睏，乾脆閉目養神，又問：「荀哥兒呢？今日回來嗎？」

「他呀，今兒大概被太后留在宮裡歇了，跟娘一起，沒事的。」

婁慶雲說著，低頭看薛宸，見她眼睛閉著，長長的睫毛如扇，小巧高挺的鼻下一張半開半合、如胭脂般紅潤的唇，只覺下腹一陣收緊，趕忙收回目光，不敢再看了。

薛宸果然睡著了，婁慶雲把她抱下馬車，一個大的、兩個小的，抱在懷裡卻一點都不覺得重。薛宸在他懷中也睡得安穩，將臉頰埋在他的胸膛上便又沈沈睡了過去，什麼事都不用去想，因為她知道婁慶雲會替她處理好一切。

第八十九章

夜深人靜時，薛宸被餓醒了。

她轉了個身，一摸卻發現身邊是空的，緩緩睜開眼睛，原本應該躺著婁慶雲的床位空無一人。揉揉眼睛從床上坐起身，房間裡還亮著兩根蠟燭，說明婁慶雲還沒睡下。

薛宸探頭從窗外看了看明月，估摸著應該過了子時。這麼晚了，婁慶雲不在家裡會去哪兒？

她剛要下床，卻看見淨房的門打開了，婁慶雲一身清爽的從裡面走出來，頭髮還有點濕，身上換了寬鬆的袍子。看見薛宸醒了坐在床上，走過來問道：「醒了？」

薛宸看見他，放了心，身子一下又軟了。

婁慶雲把她拉起來。「肚子餓了吧？」

薛宸可憐兮兮地嘟嘴點頭，婁慶雲一時沒把持住，俯身親了一口，弄得兩人都有些氣息不穩了，才不捨地放開她，指了指梳妝檯，道：「我出去給妳買了兩碗餛飩。」

薛宸驚喜地立刻坐直了身子，爬到床邊探頭看，果真瞧見梳妝檯上放著一只食盒，飄著餛飩的香味，怪不得她睡著都能餓醒。

婁慶雲彎下腰替她把鞋子穿上。「原本妳不醒，我待會兒也要把妳喊醒的。今兒一天肯定沒怎麼吃東西吧。」

薛宸扶著他的肩膀，幸福得直想笑，眼睛盯著那個食盒，口中答道：「是啊。今天我只吃了平日一半不到的東西，打算回來再吃，可沒想到在馬車上睡著了。」

穿好鞋，薛宸走向梳妝檯，打開食盒，裡面是兩碗閃著油光、湯上浮著蔥花的餛飩。

婁慶雲靠到梳妝檯的一側，道：「我帶妳吃的第一樣東西就是餛飩，沒想到一轉眼就過了這麼多年。」

薛宸端出一碗，先聞了聞，食指大動了，舀了顆白白胖胖的餛飩送到婁慶雲唇邊，讓他吃了一個，然後自己才埋頭吃起來。

薛宸吃了一碗，果然覺得意猶未盡，暗讚婁慶雲懂事，開始吃第二碗。這一碗，她吃得就沒有第一碗那麼急了，邊吃邊問婁慶雲。「這麼晚了，你去哪裡？」

婁慶雲擦頭髮的手頓了頓，指著她手中的餛飩。「買餛飩啊。」

薛宸又送了一顆餛飩到婁慶雲口中，然後自己吃了一顆。「你覺得我傻呀，買個餛飩需要那麼久嗎？別瞞我了，是不是替太子跑腿去了？」

婁慶雲挫敗地放下擦頭的棉巾，無奈攤手道：「媳婦兒，能別那麼聰明嗎？」

薛宸喝了口湯，滿意地摸摸肚子，覺得兩個小傢伙也舒服起來。「是不是讓你安排人手到漢察爾大王子的行館裡？」

婁慶雲得意一笑。「嘿嘿，這回妳猜錯了。行館的人早就安排好了，還等到今天？」

薛宸吞下美食，不解道：「不是這個，那……你去幹麼了？」

婁慶雲彎下腰，在薛宸耳邊說了幾句話，薛宸便放下勺子看他，沈聲說道：「太子真的在懷疑二皇子？」

「當然，不然還是假的不成？李達和二皇子的行動以為瞞過了所有人，看著好像和大王子入京一事不相干，其實背地裡……而李達之前在關外的事情，太子早派人調查清楚了，那小子真是作死！」

薛宸聽到這裡，來了興趣，問道：「哦？他在關外有什麼事？」

婁慶雲見薛宸把餛飩送到嘴邊，卻是沒吃，那傻樣甚是可愛，讓她先吃完了，他再說。

薛宸在餛飩和婁慶雲之間轉了幾下，也決定先吃再聽，畢竟婁慶雲不會跑，但餛飩是會涼的。不過，到底吃不下兩大碗，第二碗吃了一半就吃不下了。婁慶雲也不介意，坐在薛宸的椅子上將剩下的全吃下了肚。

吃飽喝足後，薛宸站起來在房裡轉了兩圈，婁慶雲吃完餛飩，夫妻倆一起去淨房漱口擦面，才躺上床。

薛宸靠在婁慶雲懷中，腿上蓋著薄氈，婁慶雲擁著她，把前陣子太子派人去關外調查的事告訴了她。

事情和薛宸想的沒什麼不同，李達在關外那麼多年，竟和南疆大王子勾搭上。漢察爾是老可汗的長子，卻不是老可汗最喜歡的兒子。這些年老可汗的身體日漸衰弱，似乎有意要立四王子為下任可汗。漢察爾哪肯將自己的江山送到弟弟手中，這才輾轉找到李達，要李達幫他。

可李達如今雖然在二皇子身邊，卻無實權，且二皇子殿下因為腿疾，近來更是做不了事，自身難保，哪能幫得了漢察爾大王子？雖然懷疑雙方很可能達成了某種協定，但確切內容為何暫時還沒有調查出來。

薛宸把這些話聽在耳中。上一世，二皇子和漢察爾大王子也是達成協定的，在二皇子起兵造反時，漢察爾大王子給予兵力上的支持，事成後，二皇子要幫助他殺回南疆，奪取可汗之位。

可這一世，二皇子已經沒有上一世的權，而皇帝正值壯年，他應該不會策劃謀反才對。偏偏這個時候漢察爾大王子來了京城，並且說出廢除進貢之言，明顯是為了惹怒皇帝，他為什麼要這麼做？

「在想什麼？」婁慶雲在薛宸耳旁低聲問道。

薛宸深吸一口氣，道：「我在想，大王子為什麼會突然說出請求廢除進貢之言？明知道皇上不會同意，為何還要執意說出來呢？封國和南疆井水不犯河水好多年，原因就在這分進貢之約。漢察爾不過是個大王子，連下任可汗都算不上，憑什麼說出這些話？用意是什麼，真叫人費解。」

婁慶雲沈吟片刻，鼻中輕嗅著妻子身上的幽香，大掌覆在她高高隆起的肚子上。「妳不妨先來猜猜，這大王子進京的真正目的。」

薛宸靠在他懷中覺得舒服極了，似乎又有些睏倦，撐著精神說：「他來的目的是什麼？」

迷迷糊糊間，薛宸腦中有個念頭忽閃而過，猛地睜開雙眼，坐直身體，蹙眉道：「他的目的是刺殺太子！」

二皇子如今的心腹大患就是事事壓他一頭的太子，此刻不能起兵造反，可他卻能暗箭傷人，若是太子受傷，於他而言可是個起復的好時機。

薛宸越想越覺得對，上一回象鼻山之事，二皇子的目的就是傷害太子，最終傷了自己。可他知道如果太子不退下來，他這輩子永遠沒有出頭之日，皇帝眼中只會看重太子，因為他是長、是嫡，又素有賢名、有才幹，若太子不主動讓出位置，他這個二皇子就只能是二皇子。

但這回居然牽扯到南疆大王子，薛宸相信，只憑如今無權無勢的二皇子，還不足以讓南疆大王子帶著妻兒潛入敵國冒險，他背後另有其人！

薛宸的眉頭緊鎖，震驚地抬頭看向閉目養神的婁慶雲。「這背後之人，不是二皇子，是右相！」

直到薛宸說出這兩個字來，婁慶雲才緩緩睜開雙眼，對薛宸遞去讚許的目光。

薛宸的睡意瞬間沒了，盯著婁慶雲看，被婁慶雲再次摟入懷中。

「有這麼驚訝嗎？右相是二皇子的靠山，籌劃這些事很理所當然。」

薛宸還是覺得心驚，道：「右相縱橫朝野多年，若是對付二皇子還有些把握，可右相的勢力根深柢固，二皇子做不成的事情，右相總不會做不成吧。」

婁慶雲沈默片刻，才調整了姿勢讓薛宸躺得更舒服些。「那也未必。」

薛宸沒有說話，仔細回想上一世右相是什麼時候倒臺的，似乎是太子登基之後，被皇帝的遺詔處置了，所以二皇子才會孤注一擲，起兵謀反。然而現在離太子登基還有好些年頭，如果右相決定對太子出手，太子真的可以平安無事躲過這一劫嗎？太子若是有什麼差錯，婁家自然也會受到牽連，事情會越變越複雜。

婁慶雲感覺懷中的妻子似乎沈浸在自己的思緒中，知道她在擔心什麼，出聲安慰。「妳別想太多了，我和太子已經開始想對策了，右相固然厲害，卻也不是堅不可摧，他有軟肋。偷偷跟妳說，他的軟肋，我們已經找到了。」

薛宸訝異。「什麼軟肋？」

婁慶雲但笑不語，在她挺翹的鼻頭上刮了刮。「別問了，妳專心養胎就是。既然他們這回想動大招，咱們總要加以回敬。右相再厲害，畢竟也一把年紀了……」

婁慶雲的話讓薛宸心裡更加沒底，看著他眸中迸射而出的冷意，連待在他懷中都感覺有些發冷，終於意識到，這一回，已經不是後宅婦人們能夠插手的事了。太子和右相似乎是想借著這次一分高下，鹿死誰手，尚未可知。

起。

薛宸完全沒了睡意，婁慶雲似乎也在思慮什麼，沒有說話。夫妻倆各懷心思，靠在一起。

上一世，右相的權勢比這一世還要滔天，太子受傷後，他一下就把二皇子捧上高位，風頭壓下太子好幾分，而皇帝就算屬意太子，可也不能阻止二皇子長進不是？再說，右相是皇帝的老師，在朝中的地位舉足輕重，連皇帝也沒辦法無緣無故地動他。

但這一世出現了不少變數。薛宸的重生、婁慶雲的命運改變、太子度劫、二皇子失勢、右相手裡沒有一個能推上檯面的皇子，這些說明了這一世會有不一樣的結果。可結果到底會怎麼樣，誰也不知道。

最後，薛宸不知道自己是什麼時候在婁慶雲懷中睡著了，早上醒來是在床鋪上，衣裳換了、髮髻散了，婁慶雲已經上朝去了。

在床上蹭了一會兒，薛宸才有些懶懶地起床，今天和大王子妃約好了請她來府中作客。

薛宸去了花廳，見長公主和韓氏她們幫她安排好了接待事宜，覺得有些不好意思，和長公主說了，長公主就和韓氏一起數落她，說她見外云云。

韓氏剛得了個孫子，最近心情好得很，雖說忙碌了些，但整個人看上去精神奕奕，薛宸關心了幾句孩子的事，知道孩子一切都好。說了一會兒話，就聽門房來報大王子妃的車已經到了巷口，薛宸和韓氏、包氏便一起出去迎接。

大王子妃今日穿的依舊是南疆宮裝，顏色鮮亮得很，看著多了幾分精神，賁喇沒有跟她一起來。她先送上了禮物，說是要替賁喇向小世子道歉，薛宸順勢收下，然後命人將準備的禮品送上來給她，這就算替孩子們和好了，這是外交，也是人情來往。

中午，薛宸留大王子妃在府裡用膳。

飯廳中，各色珍饈擺滿桌子。長公主只是初時來露個面，中午只有薛宸和韓氏、包氏作陪。夫人們落坐，剛要布菜，外頭卻來了兩個大理寺的侍衛，手中拎著食盒。薛宸認得他們，是婁慶雲身邊的人。

「少夫人，世子今兒在得月樓吃飯，看著菜色不錯，命我們送幾樣回來給少夫人嚐嚐。」

薛宸聽了，臉頰發紅地點點頭，讓他們把食盒交給丫鬟，才不好意思地坐下來。韓氏和包氏給她遞了個曖昧的眼神，讓薛宸更加難為情。

大王子妃見狀不禁奇道：「世子對少夫人真好，出門用飯都不忘給少夫人送些回來，這府中哪裡就缺了吃喝呢。」

幾人在飯桌上正好沒有話題，韓氏就接過她的話說：「可不是嘛。放眼整個京城，誰不知道咱們世子對少夫人好呀，那是含在嘴裡怕化了、捧在手上怕摔了，照顧得無微不至。」

大王子妃訝異地看著薛宸。「是嗎？從前我在南疆就聽說漢人的男子體貼妻子，原本還有些不信，如今瞧見了，果真如此。」

人。

薛宸幫她挾了一筷子菜，道：「王妃別聽嬤嬤們胡說，她們每天就知道打趣我。」

此時丫鬟們把食盒裡的菜裝盤送來，桌上又多了幾道色香味俱全的小炒，看著十分誘人。

大王子妃對薛宸問道：「這些菜看著真不錯，我可以嚐嚐嗎？」

薛宸連連點頭。「承蒙王妃不嫌棄。」

大王子妃接連吃了好幾口，對每一樣都讚不絕口。「到底是飽含了情意的菜餚，入口就是不一樣。世子這樣的好男人在南疆可是打著燈籠也尋不到。我們的男子素來霸道，從不會管女子如何。」

韓氏和包氏對視一眼，韓氏瞥了瞥薛宸，只見薛宸對她遞個眼神，然後便不動聲色地又給大王子妃挾菜。

「我瞧大王子威武不凡，是個頂天立地的男兒，雖然霸道有脾氣，但終究會為了家人收斂。大王子妃切莫謬讚了世子，是旁人沒瞧過他執拗的模樣才誇獎他的。」

大王子妃端起一杯水酒，一飲而盡，韓氏見狀忙又給她斟上一杯，道：「我瞧著大王子威猛、王子妃端莊，再相配不過了。」

大王子妃沒說話，而是又飲了一杯。薛宸有孕無法相陪，吃了一半便告辭坐到一邊。韓氏和包氏一唱一和地給大王子妃倒酒、陪她說話。包氏雖是庶房媳婦，可問話的手段高明得很，飯吃了一半，大王子妃居然和她推心置腹起來，被她問出了不少真心話。

薛宸在一旁聽著，原來這位大王子妃的家世在南疆極其顯赫，從小和漢察爾大王子指腹為婚，十八歲時嫁給他。而漢察爾大王子原本只是個名不見經傳的後妃之子，因為娶了大王子妃，在南疆朝廷中的地位才有所提升。

不過，聽大王子妃的口氣，漢察爾大王子似乎並不是個知恩圖報之人，明明靠妻族支撐著起來，如今翅膀硬了些，妻族的勢力又有所落敗，便對大王子妃生出諸多不滿，其中似乎還有什麼隱情。

包氏見好就收，問到這裡便沒繼續追問下去，免得大王子妃酒醒後後悔莫及，覺得婁家借酒套她的話。

大王子妃徹底喝醉後一個勁兒要和包氏繼續喝，南疆女子豪爽，並不介意禮節身分，覺得和包氏投機，就吵著要跟包氏回去。

薛宸對包氏點點頭，說道：「請三嬸好生招待大王子妃。」

包氏領命，把大王子妃帶回她的院子，命人準備上好的客房安置。

傍晚，大王子妃的酒醒了，有些不好意思，與薛宸等人告辭離去。

晚上薛宸正在書房裡寫字，婁慶雲回來後就問她中午那些菜好不好吃。

薛宸自然說好，婁慶雲一陣得意，薛宸又跟他說了今日大王子妃來府裡的事。

孰料，婁慶雲知道的似乎比她們還要多些。

「那漢察爾大王子真不是東西。他雖是大王子，但南疆並不像咱們要立長立嫡，而是主張誰有本事就立誰。大王子的母族弱，好在娶了大王子妃才讓他立了起來。可這幾年他的勢力越發雄厚，便不把大王子妃的母族放在眼裡了。

「南疆人崇尚強者，不講那麼多禮節，大王子妃的母族乾脆和大王子挑明了，若是再這樣要讓大王子妃改嫁給四王子，四王子正是南疆可汗最中意的兒子。漢察爾大王子受到威脅，才收斂對大王子妃母族的打壓，所以這對夫妻感情大概是不好的。」

薛宸聽到這裡有些震驚了，瞇著眼問婁慶雲。「南疆居然是這樣的風氣，女子嫁了人，還能再被家族送給其他男人嗎？」

婁慶雲點點頭，覺得難得有媳婦兒不知道而自己知道的，當即給她解說起來。「對啊，對他們來說父子兄弟易妻是常事。可汗死後，兒子繼承的不僅是他的王位，還有他的女人呢！」

薛宸聽了咋舌不已，婁慶雲嘿嘿一笑，又道：「嘿嘿，不僅如此，那個小王子賁喇也有問題，據說不一定是大王子的孩子……」

薛宸聽到這裡已經不知道說什麼好了，瞇起眼看著婁慶雲，難以置信地道：「不、不至於吧，這又是哪兒的話呀？還有，這些事算是南疆宮廷隱秘，你是怎麼知道的？」

婁慶雲笑得像隻狐狸，薛宸受到了驚嚇，看來他和太子的確早已有所提防，連這種事都被查了出來！

若婁慶雲說的是真的，那麼薛宸就能理解自己一直想不通的問題了。如果漢察爾大王子真是來對太子動手，為什麼帶著妻兒一起來，不怕他的行動暴露了連累妻兒嗎？這麼看來，他哪裡會怕？帶著妻兒純粹就是掩人耳目，誰也不會懷疑他會不顧妻兒的死活，可是知道內情的就明白了。

要是真出了事，漢察爾大王子只會直接逃走，才不管大王子妃跟小王子的下場呢。回到南疆後更可以堂而皇之地將罪責推到封國身上。不得不說，這個男人太過分了！

婁慶雲見薛宸蹙著眉頭，在她眉角上親了親，說道：「好了，別多想，昨兒妳已經出席了，今兒又宴請大王子妃，其他事情不用再插手了。我估計著大戰在即，希望在妳生孩子前能把這些狗屁倒灶的事情解決掉。」

薛宸嘆了口氣。「朝廷之事我幫不上什麼忙，右相縱橫朝野這麼多年絕不是好對付的，你一定要當心。」

婁慶雲鄭重道：「放心吧，為了妳和孩子們，我會當心的。」頓了頓，又道：「其實妳也別把事情想得太難了，右相縱橫朝野多年是事實，可他畢竟年紀大了，手裡又沒有足以和太子抗衡的皇子，他手下的官員們自然會替自己想出路。右相再厲害，他還能活幾年啊？要是突然病了或者死了，那些官員又有多少會願意為個死人搭上身家性命？

「右相的主要兵力是東、南兩營，關外及邊境皆是效忠皇上的屬臣，為了這一戰，太子早幾年就開始準備，如果右相想要叛變，就只能靠東、南兩營支持。不過，今年京城附近的四大營招人，因此東、南兩營中多了很多太子的人。右相乃文臣出身，對武將的約束並不徹底，在軍中更是無甚威望，除了他的幾個嫡系子姪之外，其他將領不會拿自己的身家性命拚搏的。只要他們意識到右相已經沒有能力管他們時，哪還會有人忠心賣命！」

薛宸垂眸想了想，回道：「話是這麼說的。能入朝為官的人，不管文武個個都是人精，跟在右相身後，是因為右相能給他們前程。若是右相不在了，縱然還有那麼幾個忠心的，卻絕對成不了事。」

這正是二皇子上回要算計太子的原因，只有從太子手裡分了權，他才能成為右相手中一顆有用、能讓他所作所為名正言順的棋子。可如今太子無事，二皇子腿卻瘸了，等於右相空抓了一副好牌竟無出牌的機會。因此，憑右相那般老謀深算，也忍不住要對太子動手了。

「妳說得不錯，所以這一仗咱們未必會輸，甚至可以說贏面很大。只要解決了二皇子和右相，咱們就再也無後顧之憂了。」

薛宸看著婁慶雲難得正經的表情，一時間不知道說什麼好。正如婁慶雲說的，接下來的事情不是她一個深宅婦人能夠左右的。她的重生已經打亂不少事情的發展，最終婁慶雲能否輔助太子早些鏟除障礙、能否改變百姓的艱難命運，就要看造化了。

第九十章

這幾天，薛宸便如婁慶雲說的那樣在家裡候著了。

婁慶雲說最近就會有結果，這幾天都是傍晚回來，入夜後又離開，一夜不歸，早晨搶在薛宸起來時回到房間，和薛宸一同起床。

薛宸不用問也知道衛國公府中被人監視了，婁慶雲的護衛不能堂而皇之地跟著他出門，薛宸就讓嚴洛東去幫他。婁慶雲的護衛則早晨出去、傍晚歸來，裝出婁慶雲夜裡在府中的樣子。

這幾日京城中暗流湧動，各方勢力蓄勢待發，街面上的巡兵比平日裡多了好幾撥，美其名曰加強京城治安，可這樣卻給百姓們造成了兵荒馬亂的感覺。上街的人也少了，畢竟誰也不願意一上街就遇見官兵馳騁追趕，要是被誤傷那可真是倒楣透了。

薛宸是知道內情的，但不知這些事情最後會演變成何種後果。若是兩軍殺上街道，破壞店鋪還是小事，若有人傷亡才是大事呢。所以，她作了一個決定，不管其他鋪子如何，她先將自己檯面下沒多少人知曉的鋪子關了。過了兩日，等京中其他鋪子關得差不多時，才關掉那些檯面上的鋪子。

等薛宸做好萬全準備後，到了第七天，果然出事了。

事情是這樣的，皇帝在宮中擺宴，右相託病未到，漢察爾大王子卻一定要見他，還說若是右相不來他就去右相府邸親自請他。皇帝雖然討厭他，但不會為了此等小事而駁斥，太子見狀，便主動提出由他去請右相。皇帝不想面對蠻不講理的漢察爾大王子就准了太子去請，卻在請人的路上出了事。

太子受到了伏擊，因為是臨時出宮，身邊沒帶太多護衛，要不是這二、三十人拚死相護，太子可能就死在街上了。幸好婁慶雲及時趕到打退那些人，因為要護送太子回宮治傷便沒有追捕他們，不過其中幾個刺客的容貌已經被護衛看見了。

回宮後，皇帝得知消息，立刻拋下宴會趕去東宮。太子雖無性命之憂，卻足以讓皇上雷霆震怒，當即下令婁慶雲關閉城門，就算把京城翻遍了也要將刺客捉拿歸案。

婁慶雲協同御林軍、禁軍一同偵辦，當天晚上就找到了刺客的蹤跡。

此時，婁慶雲騎在高頭大馬上，在一間宅邸前站定。

御林軍統領與禁軍統領面面相覷，禁軍統領摸著鼻子提醒道：「世子，這裡是右相府邸，咱們總不能堂而皇之地進去搜捕吧？」

婁慶雲鐵面無私。「皇上命我們抓到刺客，這些刺客刺殺太子，罪大惡極，想必右相絕不會與我們計較，若是他知曉太子受傷，定然比我們更加痛恨刺客。來人吶，隨我進去！」

就這樣，婁慶雲身負皇命，帶著五百鐵騎闖入了右相府邸。

眼看他就要闖入內宅，右相左青柳自內院走出，身後跟隨幾個武功高強的護衛，面色鐵青地看著囂張跋扈的婁慶雲，怒道：「大膽！本相府邸豈容他人放肆！」

說到底，右相是文臣，並不會武功，氣勢上肯定壓不住婁慶雲，更何況還是打算蠻不講理的婁慶雲。

婁慶雲不由分說，擒住了相府的人，指著他們硬說是刺殺太子的刺客。右相不想與他爭辯，讓他拿出證據來。婁慶雲一口咬定他手下趕去救太子時看見的就是這兩個人，要帶他們回大理寺嚴審。這下右相府邸的護衛震怒了，跟婁慶雲的人怒目對視。

右相陰冷著臉對婁慶雲道：「世子可要三思，婁家立身這麼些年實屬不易，本相與婁家互不相犯，若你依然咄咄相逼，別怪本相不留情面了。」

右相對婁慶雲說完這些，身後的人擊掌一聲，潛伏在府邸中的暗衛們現身，舉起袖箭對準婁慶雲一行人。

婁慶雲斂下笑容，冷道：「右相府真是驚人，所擁有的侍衛居然不亞於皇宮守備，就不怕對皇上沒法交代嗎？」

右相一揮手，這些暗衛再次隱匿。「什麼交代不交代的？我三朝為相，皇上既尊我為師，自然不會眼見我被人傷害，出於自保，我在府裡養些侍衛也說得過去，世子無須挑釁老夫。」

婁慶雲身後的禁衛首領走向前，對婁慶雲道：「世子，到底是相爺，不可魯莽行事。」御林軍統領也附和，讓婁慶雲不要衝動。

婁慶雲和右相對視，突然轉眸往旁邊看了一眼，假扮成他親兵的嚴洛東暗暗點頭，婁慶雲遂猛地出手，抓住右相的脖子。

右相身後侍衛看見要上前攻擊，嚴洛東帶著一些穿著軟甲的護衛相護。

婁慶雲捏著右相的咽喉，厲聲喝道：「都住手！若敢動手，就別怪我手下無情！」

右相身後的謀士焦急，對婁慶雲怒道：「婁慶雲，你別欺人太甚！快把相爺放開，否則你們別想走出相府！」

婁慶雲冷哼一聲，環顧周圍劍拔弩張的暗衛，勾唇道：「我今日進來了就沒打算出去。右相明鑑，刺殺太子之人是在你府中發現的，你不與我去駕前分辯清楚是何道理？府中養著這麼多暗衛，總要去駕前說說清楚吧！」

右相到底見過大場面，被婁慶雲擒著脖子仍臨危不亂，深吸一口氣，知道這次是自己大意了。

今日刺殺太子之事的確是他和南疆大王子謀劃而成，不過行動之人並不是他，而是漢察爾大王子，只需製造一個讓太子今晚出宮的機會，其餘之事自然交給大王子去做，他的人最多是輔助，而太子也確實受了傷。

但右相怎麼也沒想到婁慶雲會突然闖進他的府邸，這種霸王行徑叫人無法忍受，不得不出來應對。原以為婁慶雲只是想給他設個套，讓他和刺殺太子一事脫不開干係，可婁慶雲竟然真敢對他動手，故而一時不察被他控制住。

不過，就算被控制住，右相知道婁慶雲不敢對他如何，先不說他沒有證據，他是一朝之相，滿朝文官半數是他的門生，尊他為師，東、南兩營又有自己的子姪駐守，只要他出事，兩營一起發難攻入京城也能攪個天翻地覆，他可不信婁慶雲和太子敢賭這麼大，不信婁慶雲肯葬送婁家基業，用命來替太子鋪路！若真是那樣，他也太蠢了些。

「本相也沒說不去駕前，世子這番舉動卻是為何？想嚴刑逼供嗎？哼，我左青柳任三朝丞相，這點風浪還是見過的，最後給世子一句忠告，有些事情能做，而有些事情不能做，做了就是錯！這個錯可能會牽連家族，永遠沒有彌補的機會。想想你的父母、想想你的妻兒！對了，聽說你那能幹的小妻子替你懷了對雙生子，你在做這些事時，可曾想過一旦失敗將讓他們落入何種境地？」

「右相所言字字珠璣，的確令我懼怕，只不過，事情做了就是做了，即便我現在放手，你的手下也不會放過我，不是嗎？」婁慶雲拉著右相，不住往門後退。

右相的護衛急了，怒道：「婁慶雲，你可知道你在做什麼大逆不道之事？右相若是有個三長兩短，我武濤必屠你滿門！」

武濤曾是江湖中人，待在右相身邊，卻不是官，所以敢說出這種話來。

婁慶雲聽了，不置可否地在右相身後道：「既要屠我滿門，那我還顧及什麼？相爺，你說是不是？要死，大家一起死好了。都給我退開！」說著，將右相的頸骨捏出了微響，右相的臉脹得通紅。

武濤見狀急得跳腳，知道婁慶雲不是開玩笑，今日敢這樣對待右相，說明他已經想好了退路，並非自己三言兩語能震懾住的。他不過威脅他一句，右相就吃了這麼大的苦頭，若婁慶雲真敢動手，雖說他不會讓他逃出這座府邸，但右相的命必定也保不住。

此時，婁慶雲的手稍微鬆了鬆，右相不住喘氣，已經不復剛才的鎮定，啞著聲音道：「世子，你當真要用婁家的百年基業和我賭嗎？我死了，婁家今後斷難再有太平日子過！」

婁慶雲冷哼一聲。「誰說我要你死了？今日我不過是奉聖命來緝拿你，哪裡是要殺你？再說了，就憑你手下那些人，若能撼動婁家分毫，相爺又豈會留我們至今？如今還大言不慚說要撼動婁家，豈非癡人說夢！相爺你信不信，我今日就是把你殺了，皇上最多處罰我一個，連填命都不用！不是我和相爺賭，是相爺在和我賭，用自己的性命和我賭啊！」

此刻右相才發覺自己太過大意，竟然被婁慶雲控制在手中，強忍著怒火，恫嚇道：「你到底想怎麼樣？」

婁慶雲也不含糊，直接道：「我不想怎麼樣，就想帶相爺去駕前，把刺殺太子的事說清楚罷了！」

右相轉頭看著婁慶雲，目光中滿是陰毒與質疑，因為他在婁慶雲眼中看到了狡詐。多疑半生的他心中猜想，只要和婁慶雲走，脫離了這些忠心手下，入了宮，等待他的不就是軟禁和殺戮嗎？他算計了大半輩子，怎麼可能相信婁慶雲的話！

婁慶雲已經挾持右相出了府，眼看就要把右相帶走，武濤再也忍不住，指揮人動起手來，不過箭是不敢放的，怕傷及右相。

兩方人馬在府外交手，婁慶雲的唇邊露出一抹冷笑，突然放開了對右相的箝制——右相震驚，卻感覺後腦受了重重一擊，頓時耳內齊鳴、眼冒金星，受不了地摀著耳朵，卻抵不住那發自腦內的尖銳鳴聲。

婁慶雲吹響口哨，他帶來的人便開始撤退，婁慶雲則與嚴洛東飛身上了屋簷，看著下方的混亂。巡防營的兵正往這裡逼近，火光照亮半邊天。看著其他參與毆鬥之人皆被巡防營控制，垂頭喪氣的右相也被武濤扶入相府後，婁慶雲和嚴洛東才消失在黑夜裡，趕回衛國公府。

婁慶雲沒走正門，是偷偷鑽入滄瀾苑的。

薛宸已經睡下，側著身子，肚子大如簸籮，婁慶雲怕自己身上的血腥氣熏著她，站在床邊看了一會兒便去淨房換了身衣裳，出來見薛宸還在睡，不禁笑了。薛宸懷孕之後總是嗜睡，連平日裡的敏銳都降低許多。

若是以往，婁慶雲一定會悄悄爬進內床，把她摟入懷裡好好睡一覺。不過今夜事發，他不能留在府裡了，只好俯下身把薛宸叫醒。

薛宸迷迷糊糊地睜開雙眼，看見婁慶雲站在床邊，便往裡床挪去。

婁慶雲順勢坐在她原本睡覺的位置，將她從床上拉起來靠在自己身上，在她耳邊低喃道：「我要離開府裡一陣子，家裡有爹娘和太夫人在，不會有人為難妳的。安心等我回來接妳，好不好？」

薛宸迷糊地點點頭，過了一會兒才緩緩睜開眼睛，仰頭看了看婁慶雲，問道：「你要去哪兒？」

婁慶雲親了親薛宸的額頭，把今夜發生的事告訴了她。

「我和太子謀劃多時，今夜終於誘得大王子出手。太子負傷讓皇上震怒，命我緝拿刺客。我帶人闖入右相府，打傷了右相，右相定會要皇上嚴懲我，若待在府裡，怎麼做都是為難，乾脆出府躲一陣子。」

薛宸剛醒，腦子還有些不清楚，但聽到婁慶雲說他打傷了相爺，瞬間坐直了身子，面對婁慶雲蹙眉道：「你幹麼要闖相府？還打傷了相爺……他、他……」

薛宸還有些發愣，似乎未完全清醒，可愛的模樣讓婁慶雲不禁笑了，乾脆什麼也不說，靠在床架上靜靜等待，看她能說出什麼來。

薛宸深吸一口氣，理清了思緒，清楚地對婁慶雲說：「你都動手了，怎麼不乾脆殺了他呢？」

「……」

婁慶雲沒想到薛宸居然說了這麼一句，好笑的同時也確定她這是完全清醒過來了，問得在理。反正都要擔罪責，但右相受傷和死了可是兩碼子事。受傷了，右相的勢力不會減弱；

若是死了，還會有多少人幫著右相做事那就不得而知了，的確是殺了他比較好些。

婁慶雲勾唇一笑。「殺了右相，便是徹底讓皇上為難了。說到底，右相在朝中的勢力根深柢固，又是皇上的恩師，我若殺了他定會引起所有人的憤怒，皇上為了安撫群臣說不定得處置我，雖不致死，但也再難留在京城。若只是打傷相爺，那些臣子總不能嚷嚷著讓我填命吧，皇上和我爹就沒那麼多麻煩。」

薛宸還是覺得有些不妥。「你殺了右相，再難待在京城，那咱們就離開，這也沒什麼。只是打傷的話，今後右相定會對付你，明槍易躲、暗箭難防，與其這樣留在京城，倒不如離開得好，還成全了太子，保得婁家萬全。你今日沒有下殺手，卻已打草驚蛇，實非明智之舉。」

婁慶雲看著薛宸認真的模樣，把她摟到身邊在她耳旁說了一句，讓薛宸頓時明白了他今夜所為的意圖。

薛宸瞪大眼睛，對他問道：「當真?!她……」

婁慶雲點點頭。「太子早已安排她在相爺身邊，這麼多年來，她已經完全掌握相爺身邊的人事，連相爺的人暗地裡都尊稱她一聲夫人。我打傷的是相爺的頭，那穴位、那力道雖不致死，卻足以讓人中風癱瘓……」

接下來的話，婁慶雲沒有明說，不過薛宸已經完全明白了他和太子打的如意算盤。

從一開始，婁慶雲就不打算直接殺了右相，而是要製造出打傷右相的機會。

薛宸怎麼也沒想到，相爺寵愛多年的外室柳煙竟然是太子的人。到現在，她才明白了一件不得了的事情——從頭到尾她的所作所為也許都在太子和柳煙的算計中。

太子明知柳煙是他的人，卻還授意她對薛宸下手，一來是要試探薛宸的本事，二來是想借薛宸的手翻雲覆雨，例如信國公府、威遠侯府之事。這些事情柳煙不方便做，遂故意激怒薛宸，利用汝南王府一事讓薛宸主動查明真相，進行反擊，這也可以解釋為何在薛宸攻擊右相黨羽後院時柳煙沒有任何作為，還做出一副好像怕了薛宸的樣子。其實，薛宸只是在替他們清掃道路而已。

薛宸看了婁慶雲一眼，如釋重負地點點頭，婁慶雲便明白她想通了。

前些時候太子說出柳煙身分時，婁慶雲也嚇了一跳，不過很多事迫在眉睫，才耽誤了告訴薛宸的時機。

夫妻倆對視一會兒，然後才不約而同地嘆了口氣。

薛宸道：「沒想到……我們兩個居然都是別人手裡的棋子。」

婁慶雲把她摟入懷中。「只要在朝，誰不是棋子呢？關鍵是看咱們這棋子是勤王保駕的好棋，還是能夠捨棄的爛棋了。」

薛宸喃喃說道：「好棋還是爛棋，全看是誰下。不得不說，太子殿下的棋藝真是高明。」

雖然心裡還有些震撼，但薛宸不得不承認，婁慶雲替太子走的這步棋明面上看似得罪右相，可暗地裡卻又為婁家博得幾十年的榮寵。今後太子即位，婁家自然是中流砥柱，這一切都是婁慶雲掙來的。

「那右相那邊怎麼辦？他若未死，就算癱在床上也定會為難你。」

婁慶雲挑眉呼氣。「所以，我才要出去躲一陣子。」

薛宸又問道：「躲到哪裡才安全？」

婁慶雲想了想，沈聲說道：「去漠北。那裡是婁家的屬地，右相就算再厲害，也沒辦法在千軍萬馬之間將我如何吧。」

「噗。」薛宸不覺失笑，婁慶雲太滑頭了。的確，右相的手伸得再長，也不可能在婁家軍營中對婁慶雲怎麼樣的。婁家的舊部不允許、婁戰不允許，只要婁慶雲待在那裡，就沒人能傷害他。

婁慶雲又抱了抱薛宸。「妳生孩子時我可能無法陪在妳身邊。妳且安心著，我在漠北安頓好一切，等妳坐完月子、孩子滿月後，把三個孩子帶上，咱們去漠北住個一、兩年。到了那時，右相大概就撐不下去了。」

薛宸不捨，撫著肚子，低聲問道：「你什麼時候走？」

「待會兒就走。天一亮，右相的人定會來尋我。宮裡太子已經安排好了；府裡有爹娘撐著。別怕，沒事的。」婁慶雲以為薛宸害怕，故而出言安慰。

「我不怕，只是擔心你，這一路上不會太平的。」右相手裡有江湖勢力，婁慶雲此去漠北，絕不會如他所說那般輕鬆。

婁慶雲微微一笑。「放心吧，一切都安排好了。」

既然婁慶雲這麼說了，薛宸沒辦法再多說什麼，夫妻倆彼此凝望，薛宸才忍著眼淚，低聲說了句。「為了我們娘兒四個，你一定要保重，知道嗎？」

婁慶雲沒說話，而是把薛宸摟入懷中，緊緊抱了一會兒然後才鬆開。下床蹲下身子，輕撫薛宸隆起的肚子片刻，貼上去，低聲說了幾句連薛宸都沒有聽清楚的話，便強忍不捨逕自走出了滄瀾苑。

薛宸坐在床沿上，摸著肚子，暗自祈禱一切順利。

第九十一章

婁慶雲離開後，薛宸坐在床上理清思緒，衾鳳和夏珠披著衣裳來，從門外帶進一個丫鬟。

衾鳳走過去稟報。「夫人，蟬瑩來請您。」

薛宸抬頭，果真看見蟬瑩在屏風後給她請安，坐直了身把腿放下，夏珠和衾鳳替她把繡鞋穿好，然後扶著大腹便便的薛宸站起來。

「妳怎麼來了？是娘那邊有什麼事嗎？」

蟬瑩點頭。「是，長公主起來了，剛才國公從外頭回來，讓我來請少夫人過去。」猶豫了一會兒，臉上露出一些擔憂，說道：「似乎是世子出了事，不過應該不是大事。」

薛宸心裡清楚得很，點點頭，換了身衣裳隨蟬瑩去擎蒼院。

長公主坐在椅子上暗自垂淚，婁戰站在她身旁似乎正在安慰著，長公主卻怎麼也止不住眼淚。看見薛宸進來，她才站起身扶著薛宸坐到椅子上，握著薛宸的手，道：「是娘對不起你們娘兒四個，慶哥兒闖禍了，他打傷右相，已經被好些官員聯名參奏了，皇上當場罷免了他的職務，還說要抓他歸案……我、我……」

薛宸站起身替長公主順了順氣，看了婁戰一眼。婁戰看薛宸的表情，就知道她是曉得內情的，便對她使個趕緊安慰長公主的眼色，負手站到一旁去。

「娘，您別哭了。這事不怪夫君，夫君不過去緝拿刺客，誰能想到會傷了右相呢？他回來跟我說過這事，並不是有意得罪右相的。您先別哭了，當務之急是怎麼化解這事，總不能讓皇上真的怪罪夫君，您趕緊想想辦法才是正經。」

薛宸適當地將事情解釋清楚，長公主的哭聲果然小了些，聽說婁慶雲並不是擅自作主，有回來和薛宸商量過，更放心了些。兒子糊塗，兒媳總不會也跟著糊塗，必如兒媳所言，其中定是有什麼誤會。現在她哭也不是辦法，該替兒子分辯才是，當即收了眼淚，決定去做母親該做的事。

婁戰見薛宸一下哄住了長公主，還成功激起長公主護犢的志氣，當即覺得自己沒兒媳有本事，哄了長公主這麼些年，還不知道用什麼方法、說什麼話讓長公主聽話。看了看薛宸，收到她的眼神，這才如夢初醒地點點頭，走過來道：「是啊，如今當務之急是消除皇上的怒火。至於右相那邊，他不過是受了傷，我親自上門賠罪就是了，皇上那兒還是需要公主親自跑一趟。

「今兒這事辰光說得對，絕不只是既明的錯。妳也知道，右相府和咱們衛國公府勢同水火，右相有太多理由找既明的麻煩，也是既明沒成算，居然追刺客追到了相府，錯就錯在沒有當即避讓，混亂之下打傷了右相也是情有可原。

「妳待會兒去宮裡什麼也別說，只管對著皇上哭，不能讓皇上定了既明的罪，我這裡再派人去找他。」

長公主擦乾眼淚，頓時覺得自己肩上的責任重了許多。從前她被大家保護得太好，以至於遇到事情只會哭，雖知道這樣不好，可身邊的人從不讓她負擔什麼。這回不一樣，她的兒子被人陷害，若她繼續軟弱下去，兒子說不定要被人害死，她一定要救他！

下定決心後，長公主打起精神喊了蟬瑩去內間，換上正式宮裝，打算連夜去宮中喊冤，哪怕把皇宮哭塌了，也不能讓皇帝定下兒子的罪。

丫鬟們扶著長公主入內後，薛宸走到婁戰身邊，問道：「爹，這一路上您有沒有多派點人保護夫君？他在京中做了這麼大的事，右相的人絕對不會放過他的。」

婁戰點頭。「妳放心吧。他身邊本就有近百高手，我又派了兩百暗衛跟隨，還有太子的幾百龍廷尉，全跟他上路，就算闖龍潭虎穴也不會有事。等到了漠北，有軍隊庇護更是不必擔心。妳如今是關鍵時候，切不可多想，好好把孩子生下來，我保證還妳一個活蹦亂跳的夫君。」

剛才婁慶雲和薛宸說時薛宸還有些不相信，總覺得那是婁慶雲故意說了安慰她的，如今聽婁戰詳細說明情況，懸著的心總算是放了下來。

「那右相那邊呢？他肯定不會放過咱們，爹可想好如何應對了？」

薛宸的問題讓婁戰頓了頓，這些朝堂上的事原本不該和後宅婦人說，不過相處這幾年，他明白兒媳是個有擔當、有想法的，兒子定然已經告訴她事情的前因後果，也沒什麼好隱瞞的了。

「現在右相府亂成一團。我剛才是從東宮回來的，妳知道右相一直寵愛的外室其實是太子的人吧？她給太子傳信，說既明那一下恐怕已讓右相中風，她守在右相身邊，伺候湯藥的同時會替太子控制住右相黨羽。明日天亮，我便親自去右相府探病，雖然右相不會見我，但只要做個樣子出來就行，目前看來京裡暫時不會出太大的亂子。」

有了婁戰這番話，薛宸才算真正放心，真的弄懂了太子和婁慶雲的計劃。

因為二皇子算計太子失利，還讓自己瘸了，讓右相一派不鎮定了。從前二皇子雖然沒有太子厲害，可畢竟是個齊全的皇子，只要他們多努力些，今後總能找到機會。可二皇子腿瘸之後，手裡的權力一日日減少，所以右相的人有些坐不住了，便想刺殺太子，抓住最後的機會奮力一搏，就算殺不了太子也要讓太子受重傷。那樣的話，太子和二皇子就站在同一個位置上，誰也不能占上風。

可是，刺殺太子是何其嚴重的事，一個弄不好，露出馬腳還會連累自己。這時，南疆的漢察爾大王子通過李達把有意合作的事告訴二皇子，二皇子覺得這是個機會，就把他推薦給右相。右相認為讓漢察爾大王子動手，即便他真殺了太子，他也可以把自己摘得乾乾淨淨，遂同意了這件事。

漢察爾大王子出使封國，薛宸猜想，他之前和皇帝說的取消納貢之事應該不是南疆王的主意，而是他故意說的，應該就是他和二皇子達成的第二個協定。他這麼提出來，皇上肯定不會同意，最後由二皇子站出來說服他，漢察爾大王子假意被二皇子「說服」，如此，二皇子在皇上面前的印象肯定會更好。再加上太子受傷，必要在府中養傷，這段時日，二皇子正好上位。

只可惜所有計劃全被太子知悉了，因為太子有個誰都沒有想到的底牌，就是柳煙。連薛宸也不知道柳煙居然是太子的人，只記得上一世右相被斬首時柳煙隨囚車送行，一路高唱哀歌，還以為她對丞相是真愛，沒想到……

這回婁慶雲所做的事，應該就是太子計劃中最重要的一部分了。看著是魯莽打傷了右相，實則給太子解決了大麻煩。右相中風後，所有事情都會倚靠柳煙去傳達及進行。柳煙像是隱形的右相夫人，是右相親手把她推到這個位置。由柳煙控制住右相黨羽，不僅可以幫太子爭取到足夠的時日將他們一一剷除，還可以從內部徹底瓦解右相黨。

這一步步的算計讓薛宸清清楚楚認識到帝王心術。想想也是，上一世，沒有她的存在、沒有婁慶雲相助，太子仍以受傷之軀，憑著一己之力順利登上王位，並且剷除右相一黨，鎮壓住二皇子的起兵謀反。雖然推遲好多年、雖然付出的代價十分巨大，但他還是做到了。這一世有她在，太子避過了象鼻山的劫難；有婁慶雲在，早了這麼多年就解決了右相。這，便是真龍天子啊！

長公主換好衣裳後從裡間走出，神情堅定，像即將奔赴戰場的戰士，在薛宸和婁戰面前站定。婁戰摟了摟她的肩膀，長公主才鬥志昂揚地走出了國公府，坐上入宮的馬車。

薛宸相信，為了兒子，長公主一定可以發揮所長壓制住皇帝的怒氣，讓皇帝不急於給婁慶雲定下罪名。畢竟婁慶雲是「魯莽」打傷了右相，還「毫無擔當」地逃跑了，於情於理皇上都該給右相一個交代。而長公主去宮裡的目的就是拖住皇上，不讓他這麼快下定論。只要熬過這幾日，等柳煙完全控制住右相府，情況便會不同。再過些時日，估計就沒什麼事了。

右相府後宅門窗緊閉，一應僕婢不許踏入，所有湯藥、食物皆交給柳煙身邊的范娘子端入。范娘子端了湯藥，放在內室門外，敲擊門扉三下便退出去。過一會兒，便有人從裡面開門，把湯藥端進房。

柳煙端著藥碗走到床鋪前，屋內有些昏暗，還焚著安神香。她坐到床鋪前，彎下腰輕聲說道：「相爺，喝藥了，我餵您。」

床鋪上躺著個頭髮花白的老人，形容枯槁。一個月前，他還是縱橫朝野的一代權相，如今卻只是個手腳不能動、癱瘓在床的中風老人。

右相原本在閉目養神，聽見柳煙的話睜開了眼睛，想說話，可是嘴一歪，口水卻流了出來。柳煙趕忙放下藥碗，抽出帕子替他擦拭嘴角，然後才扶著他靠坐起來。

見右相有話要說，柳煙湊過去，問道：「相爺要說什麼？慢慢說。」

「見……武……濤……」右相費了全身的勁才把這三個字說出來。

柳煙愣了愣，然後反應過來，說道：「相爺要見武濤？煙兒明白了。您先喝藥，喝完藥，煙兒就派人去傳他。」

右相顫抖著點頭，柳煙伺候他一口一口喝藥，一小半進了嘴裡，一大半流了出來。柳煙也不嫌棄，還是仔細地餵。右相看著她，餵完藥，嘴巴才又顫抖地說了句。「難……為……妳……」

柳煙的眼圈頓時紅了起來，撲進右相懷中。「相爺說的什麼話，服侍相爺是煙兒應該做的事。相爺放心，不管您變成什麼樣，煙兒都會在您身邊伺候，絕不會讓別人瞧見您這個模樣的。」

一番話說得情真意切，讓右相頗為感動，顫抖著手撫上柳煙的肩頭，艱難地點了點頭。

妻慶雲那一下打到他的後頸穴位，讓他變成現在這副模樣，還累得這如花似玉的姑娘來伺候這樣的他。右相從前只覺得柳煙聰明伶俐、溫柔解語、頗有手段，原以為她不過是不想亂世飄萍才委身於他，沒想到她對自己竟這般動情，在他中風後依舊不離不棄伺候他，日夜操勞，比賢妻兒女還要周到。

右相老懷安慰，想著自己手上有些事情，的確可以交託到她手上。

柳煙伺候右相躺下後便去傳武濤進來。武濤是右相的親衛，有很多事右相只放心他去做。

武濤進來後，瞧見了這樣的右相，心中五味雜陳，跪在右相榻前。

柳煙坐在右相床沿上，傾身而下，仔細聽著右相的話，聽完後，才對武濤說道：「相爺問你，婁慶雲那賊子可擒到了？」

武濤有些羞愧，猶豫片刻才說：「啟稟右相……還沒。雖然知道婁慶雲的去向，但他身邊高手林立，我們的人闖了好幾回都沒能靠近他，所以……」

柳煙再次俯下身子，聽了之後傳話。「暗衛全都派出去了嗎？」

武濤點頭。「是，全派出去了。」

柳煙等不及去問右相的意思，自己先對武濤說：「婁慶雲把相爺害成如此境地，你手中的人都是吃素的嗎？平日裡見他們不知多厲害，如今卻連個人都抓不回來！」

她這番話聽著是真著急了，眼眶頓時就紅了，可見情真意切。右相顫抖著手，放到柳煙的手背上。柳煙趕忙擦了擦眼淚，俯下身子聽吩咐，聽完後點點頭，才坐直身子對武濤說道：「右相說了，婁慶雲必是想往漠北跑，定要在路上截殺他，若等他到了漠北婁家軍營中，你們更沒有機會殺他了！去調人沿路幫忙，務必將婁慶雲碎屍萬段！」

武濤有些焦急，回道：「夫人別怒，屬下這就去辦，雖說憑著婁慶雲如今身邊的人，就算是調人也未必能截住他，但屬下一定盡力！」

柳煙不等右相開口，直接道：「不是盡力，是一定要做到！婁慶雲把相爺害成這樣，你不心疼相爺我卻是很心疼，說什麼也不能放過他！更何況，此次事件分明是太子指使婁慶雲有意為之，婁慶雲是太子的左膀右臂，唯有殺了他二皇子才有上位的可能。這些相爺從前就仔細吩咐過，難道你不知道嗎？」

武濤見柳煙確實一副著急上火的模樣，欲言又止，看著右相哆哆嗦嗦的雙唇，湊過去，只聽右相狠戾地說了一個字。「殺……」

這個字飽含了憤怒，武濤亦覺得眼眶泛紅，昔日權相居然變成如此模樣，怪不得柳煙這般氣惱。

柳煙見右相激動，渾身似乎開始抽搐，趕緊俯下身穩住右相，然後對武濤揮揮手。「你快下去吧。相爺交代的事情一定要辦好，知道嗎？」

「是。」

武濤下去後，右相又哆哆嗦嗦地對柳煙說了幾個字。「找……東……」後面的字卻怎麼也說不出來。

柳煙冰雪聰明地猜道：「相爺是想讓武濤去東山大營找將軍幫忙嗎？」右相對東山大營的將軍有知遇和救命之恩，將軍手裡有精兵，難怪右相會想到他。

右相瞪眼點頭，柳煙明白了。「好。相爺，您先躺著，我去找武濤，讓他去東山大營找將軍。」說完，便匆匆出了門。

右相看著她焦急的身影，心中十分安慰，幸好在這種時候還有柳煙這麼一個紅顏知己在身邊……

柳煙出了院門，范娘子即跟了上來，她腳程快，替柳煙追上武濤後讓他返回後院，柳煙在涼亭裡等他。武濤知道定是相爺有所吩咐，趕忙折回去見柳煙。

柳煙對武濤道：「相爺說了，讓你定要截殺婁慶雲。這回的事情明顯就是太子的計謀，你若不能殺了婁慶雲，那二皇子的大業就會艱難許多，知道嗎？」

武濤點點頭。「是。夫人喊我回來，就是說這個嗎？」

柳煙搖頭。「不，還有別的吩咐。你傳令下去，讓各部恢復運作，相爺雖然病了，但手裡的權卻不能丟。如今相爺只是稱病，外面的人不知相爺病得這般嚴重，你絕不可對外透露半分，否則有些人難免會心生二意。你吩咐下去，所有事情一切如常，有事可像從前一樣寫了呈上來，我會一條條唸給相爺聽，絕不能讓手下的人造反，知道嗎？」

武濤也知道事關重大，道：「是，夫人請放心，我會去安撫的。其實我剛才就想說了，相爺這個憂慮是對的，下面已經有人開始打探相爺的傷勢，流言起來後大家都很不安，若是長久下去眾人定會如一盤散沙，相爺苦心經營的勢力很快就會削弱，這的確是相爺不願意看到的事情。只是辛苦夫人了，內宅之中相爺只相信夫人，他身邊的人和事還需要夫人多多擔待。等相爺好轉，咱們的日子就熬出頭了。」

「相爺對我恩同再造，若是沒有他，我到今天還在青樓中度日，這分恩情我說什麼也不會忘記。內宅之事你就不用擔心了，快把相爺的命令傳達下去，我也要回去伺候相爺了。」

柳煙說完後，急急地就要離開，卻被武濤再次喊住。武濤有些猶豫，卻還是問出了口。

「還有一件事，剛才沒來得及問相爺，不過夫人在相爺身邊多年，不少事情都是夫人決策，便問問夫人的意思。我記得相爺對東山大營的將軍有救命之恩，截殺婁慶雲之事若能得到將軍幫助，興許勝算會大些。昨日將軍還親自來找我，問要不要幫忙，我沒敢答應，要不……」

柳煙想了想，搖搖頭。「我覺得不妥。一來將軍是東山大營的主帥，若隨你出京本身就是大罪，他手中雖有能人，卻未必完全受他所制，你們這些行動是瞞著朝廷做的，如果將軍手下有人叛變洩密，等於給相爺添了一條截殺朝臣的罪名，萬萬不可。更何況，有將軍在京城坐鎮，相爺會安全些。

「婁慶雲此去漠北，帶的人總是有限的，你多在各地招募江湖之士與你行動，這樣既沒有把柄留在太子手裡，又可以連番上陣，將婁慶雲身邊的人耗盡。至於如何狙殺，說到底，我對殺人並不了解，還需你們多加費心。」

聽了柳煙的話，武濤也覺得甚有道理。

「多虧夫人提點，夫人說的是，這件事的確不能動用東山大營，相爺已經如此，咱們不能再給相爺添麻煩了。殺人的事就交給我去辦，若是殺不了婁慶雲，我武濤以死謝罪！」

說完這句話後，武濤便對柳煙拱手，然後頭也不回地離開了涼亭。

柳煙一雙黑眸盯著武濤的背影，露出一抹冷笑來。

第九十二章

太子以身作餌，將南疆漢察爾大王子的陰謀引了出來，在婁慶雲出逃的第二天就緝拿住漢察爾的人，指認出當晚刺客。

漢察爾大王子知道功虧一簣，與太子在朝堂上辯駁，無奈鐵證如山，只好認罪。皇上怒極，命人將其關入囚車押送南疆，言明若南疆王不給封國一個合理且滿意的解釋，休怪封國無視兩國和平。

送走漢察爾大王子一家後，皇上才有閒心來管一管婁慶雲和右相的事情。事發之後，婁慶雲便像個做錯事的孩子似的逃離了京城。其實，皇上倒不是惱他打傷右相，只覺得這小子有些不負責，臨陣脫逃，當真以為他會為了右相而真的處置自己的外甥？最多是抓回來打一頓、關兩天，還能拿他怎麼樣？跑什麼跑？

右相把持朝政多年，皇上對他甚是忌憚，只不過念在右相沒做出什麼傷害國本之事，才睜一隻眼、閉一隻眼。可如今南疆大王子供認不諱，說是與二皇子和右相同謀想要刺殺太子，單就這件事足以讓皇上對右相痛下決心，要剪一剪他的羽翼了。可婁慶雲一跑，這事沒辦法立刻進行，想派人抓他歸案，卻架不住親姊姊一天三頓地到他面前來哭訴啊。

婁家這是打的什麼主意，皇上哪會不知，若是旁人來勸說，他一定不會留情，可是，他這個親姊姊……說她有水淹金山寺的本事也不為過，一開口眼淚就跟決堤的江水般，讓他想給婁慶雲一點小小的教訓都沒法，只好由著那小子去了，有本事，他就一輩子別回京城！

婁家這場仗，在長公主的竭力「拚殺」之下取得了勝利。半個月後，探子傳回婁慶雲的消息，帶回一封報平安的家書。婁慶雲已經成功抵達漠北軍營，一路上遭遇太多伏擊，信裡就不詳說了，不過倒是把右相在江湖中的勢力全摸清楚了，信裡夾帶著一封交給太子的密函，讓太子進一步調查。

過完年薛宸就要生了，這次不像生荀哥兒那時晚了好些天，而是提早十多日。薛宸是在吃完三大碗元宵後，夜裡感覺肚子有動靜的，當下立即喊了穩婆。府裡亂作一團，不過有索娜坐鎮，薛宸在產房裡並未受罪。

薛宸從正月十五的亥時一直痛到十六的寅時，整整四個時辰，平安生下了兩個孩子。

婁慶雲不在府裡，婁戰、長公主、太夫人就替婁慶雲守在門外。薛宸生完兩個孩子後索娜出來報信，一男一女，是對龍鳳胎。

這下可把外面等候的人給樂壞了，太夫人當即拜起了菩薩，長公主從產房裡出來，喜笑顏開。「是兩個胖娃娃，小子五斤七兩、閨女六斤。祖宗保佑、老天保佑，我們大房終於人丁興旺了！」

她說完後，婁戰也頗為欣慰地點點頭，封賞全府上下，又趕忙派人去宮裡傳信，更不忘寫信告訴遠在漠北等消息的兒子。

薛宸生了兩個孩子，精神沒有生荀哥兒時好，清理完身上的髒污即沈沈睡了過去，不過沒睡多久就聽見兩個孩子的聲音，遂睜開眼睛。

索娜抱著孩子上前，問道：「少夫人，您還撐得住嗎？兩個孩子剛才喝了些糖水，現在只怕是真餓了。乳母們都準備好了，您看著怎麼辦？」

薛宸睡了一會兒，力氣回來了些，對索娜招招手。「我自己先餵，若是奶水不夠，再讓乳母來。」

索娜抱著兩個紅彤彤、皺巴巴的嬰兒來到薛宸面前，薛宸看了看孩子，心中一陣感動，想到婁慶雲，便低頭在兩個孩子臉上分別親了一口，說道：「你們爹爹不在府裡，你們要乖乖的，若是不聽話，讓你們爹爹回來打你們屁股。」

剛才聲嘶力竭時，薛宸只顧著喊婁慶雲的名字，明知他聽不到，可她卻忍不住要喊，彷彿那個名字能給她很大的力量般。直到那個時候薛宸才明白，婁慶雲對自己到底有多重要，重要到憑他的名字就能讓她振作起來。

索娜教了薛宸一個方法，可以同時餵兩個孩子。薛宸看著兩個小娃娃，眼睛都還沒完全睜開居然就知道找奶吃，覺得好玩極了。

長公主進來時薛宸正在餵奶，餵飽一個後，由索娜女官抱出帳子交到長公主手中。長公主瞧著是紅色的襁褓，便知道這是孫女，抱了好一會兒後，孫子才被抱出來。她騰出另一隻手抱孫子，兩個孩子抱在手裡，心裡別提多踏實了。

長公主又問了問薛宸的情況，知道她精神不錯、奶水充足，就放心了。

孩子洗三時，魏芷靜、薛繡與蕭氏一同來看望薛宸，帶來好些禮物，還有薛繡送來的一些手工繡活。

薛繡抱著孩子，不忘打趣薛宸。「從小到大就妳聰明，別人只能一個一個生，妳偏兩個一起，倒是省事。」

薛宸正在喝排惡露的湯汁，苦得不行，含了口蜜餞才反駁道：「妳要羨慕，回去跟元卿說，誰讓他們家沒這例子？」

薛繡嘟起嘴，掛起了油壺，道：「哼，別得意，妳如今三個孩兒，我也不差，第三個早懷在肚子裡了。要說就說靜姐兒，到今天才生了一個，也太落後了。」

魏芷靜臉上生出一陣紅潮，埋怨地瞪了薛繡一眼。「這事有什麼落後不落後的？妳也太會取笑人了。姊姊別理她。」

幾個姊妹在一起，又是一陣說笑。

蕭氏替兩個孩子換了尿布後才來到薛宸身邊，問道：「對了，我這次來，老爺讓我問妳，姑爺離京好些時日了，什麼時候回來呀？總把你們娘兒四個留在京裡也不是辦法呀。」

薛宸想了想才回道：「我也不知他什麼時候回來，說是過些時日會來接我們，但日子還沒定呢，也不知道成不成。」

薛繡插嘴道：「他會接你們出去？他不打算回京城了？」

薛宸笑起來。「不回才好呢，京城裡是是非非太多了。但咱們雖然這麼想，可皇上和太子未必這麼想，就是出去閒散兩年吧。」

薛繡跟著點點頭。「皇上和太子還指望世子給他們辦事呢，哪能輕易讓你們逍遙。說不定啊，世子這次回來就出不去了。」

薛宸沒有說話，心裡卻也是擔心的。

孩子洗三後就是滿月，無論在什麼時候，一對龍鳳胎的出現總能引起大家的關注。滿月酒在府中辦了一次，過了兩天，皇后娘娘在宮中設宴，又在宮裡給這對孩子辦了一次。

婁慶雲和右相的衝突似乎並沒有影響帝后對婁家的好感。不過皇上也在朝中說了，婁世子有本事就一輩子別回來，只要他回來，什麼都別說，先打五十大板。

如今，右相被婁慶雲害得連朝都沒辦法上，若有事，內閣便將摺子送去相府，無形中右相的勢力漸漸被削弱了，但右相似乎並沒有放棄，雖說病了，每天也有新的決策從房裡送出來。剛開始大家還覺得沒什麼，可時日長了就覺得有那麼一點點不對勁了。生病之後的右相似乎變了很多，有很多意見居然和太子如出一轍。眾人紛紛猜想，會不會是右相想對太子示弱，畢竟他受傷之後確實有那麼一點力不從心的感覺。

右相黨中有些人覺得奇怪，要去探望右相，卻全被右相的貼身護衛武濤趕走了，只說右相不見客。久而久之，有些右相手裡的人心生不安，暗中緩緩往太子那邊靠過去。右相的勢力一點點流失，像是被蠶食鯨吞般，越來越弱……

薛宸坐完月子，心焦地在衛國公府中等待婁慶雲回來接他們娘兒幾個。

孩子滿三個月後婁慶雲終於派人回來，要接薛宸母子四人一同去漠北，說他已經安排好了。

長公主覺得三個孩子都去有些捨不得，想把兩個小的留在家裡。可薛宸是親自餵母奶的，兩個孩子離了她不行。荀哥兒一聽可以去漠北玩，哪裡還肯留在京城，成天吵吵嚷嚷要去漠北。

就這樣折騰了好幾日，薛宸才收拾好行裝，坐上特製的馬車。這馬車外面看起來平凡無奇，只是稍微大了些，但從車輪到內飾無一不是精雕細琢，坐著奢華舒適。薛宸帶了夏珠、蘇苑、衾鳳、枕鴛，另外還帶了四個嬤嬤，索娜自然隨行，另外幾個嬤嬤都是帶孩子的一把好手，還有八個伺候的人外加兩個乳母，一共四輛馬車，浩浩蕩蕩地出了京城。

趕了一個多月的路，終於風塵僕僕到了漠北。遠看著王旗飄揚，婁慶雲站在營房木柵欄前翹首以盼，看見薛宸的馬車時就翻身上馬，策馬迎接而去。

薛宸掀開車簾，就看見蓄了兩撇鬍子的婁慶雲自遠處趕來，在馬背上英姿勃發，正如他們見面時那樣叫人驚豔，不管一起走過多少時光，這個男人總能讓她驚喜。當初選擇他時，薛宸更多的心情是豪賭，而兩人相攜走過這麼多路，經歷種種事情，不得不說，這場賭局她贏得相當漂亮。

婁慶雲迎著朝陽，看見車窗掀起，揚起了大大的笑容，策馬揚鞭，像是要驚起所有飛塵鳥雀，奔向這輩子給了他無上幸福的女人。

看見婁慶雲後，車夫停下馬車，薛宸早就忘了一路的顛簸，掀開車簾，對婁慶雲送上大大的微笑。

婁慶雲翻身下馬，不由分說就把薛宸從車上抱下來，連續轉了好幾個圈，把薛宸嚇了一跳，尖聲叫道：「好了好了！我……哎呀！」

婁慶雲這才發覺妻子臉上紅得十分不對勁，停下動作，摟著她問道：「怎麼了？」

薛宸紅著臉，低頭看了看胸前，婁慶雲發現妻子胸前似乎有些濕濡……

薛宸尷尬地說：「剛要餵奶，脹著呢。」

婁慶雲也有些羞赧，一時激動居然忘記了妻子剛生產，孩子正是吃奶時，趕緊又把人送上馬車，然後自己也跟著上去。另一個車夫給他行了禮後便跳下馬車，替婁慶雲牽馬，車隊繼續前行。

車廂內，荀哥兒睡在裡面，夏珠和索娜各抱著一個孩子，兩張一模一樣的小臉蛋。在家裡傳來的信中婁慶雲知道薛宸又替他生了一子一女，從襁褓就能看出來哪個是閨女、哪個是小子。滿了三個月，眉眼已經和荀哥兒有些相似了。

薛宸先把醒來的大閨女抱到軟鋪上，拉起簾子，在咿咿呀呀的聲音裡開始餵奶。婁慶雲從夏珠手中接過小兒子，伸手點了點他紅彤彤的小臉，小胖子立刻皺了眉頭，嬌氣地癟嘴，卻是不哭，像是受了天大的委屈般，張眼瞪著婁慶雲這張陌生的臉。

婁慶雲伸手放在他小嘴旁，小傢伙立刻友善起來，過來聞手指的氣味，似乎不大滿意，又轉過去了，秀氣地打個哈欠，性格似乎綿軟些，一點都不像荀哥兒剛出生時那般霸道。薛宸餵完一個，夏珠就過去把孩子抱出來，和婁慶雲手裡的換了換。

吃飽了奶的大閨女精神得很，眼睛烏溜溜的，似乎比兒子大些，雙眼皮也深一點。婁慶雲俯下身在她小臉上親了一口，對正在啃手的女兒說：「閨女，我是爹爹呀！你們出來時爹不在府裡，想爹爹嗎？」

大閨女像是有意給老爹面子似的，聽了婁慶雲的問題後，也咿呀回了一句。就這一句，可把婁慶雲給樂壞了，抱著她直晃。

馬車入了軍營，駛到婁慶雲的住所，是一座位在軍營之中靠山而建的小宅院，看著像是新建的。薛宸餵完奶，在馬車上換了衣裳，這才戴上帷帽端莊地走下馬車。看見宅院的白牆黑瓦，並不十分華美，不過比起周圍的營帳可要氣派多了。

知道婁慶雲為他們娘兒幾個費了心思，薛宸心中甜蜜極了。婁慶雲過來牽著她的手入了宅子，有幾個士兵在門內站班，看見薛宸便請安，稱呼夫人。

婁慶雲帶薛宸去了主院，兩個小的被抱去睡覺，大的也還沒醒，自有士兵過來領著他們去旁邊的房間裡。

薛宸和婁慶雲進了房，婁慶雲再也忍不住，將薛宸高高抱起，在房內轉圈。

薛宸摟著他的脖子，看著有些黑、有些瘦了的夫君，心中滿是不捨，抱著他道：「你怎麼瘦了這麼多？沒有好好吃飯嗎？」

婁慶雲把薛宸抱上床榻，在她耳邊回道：「好好吃了，不過你們不在身邊，我總覺吃得不香。如今你們來，我總能放心了。」

夫妻倆小別勝新婚，其他話可以慢些說，對親熱的渴望卻是再難忍住，放下床幔便迫不及待纏綿了一回。

風平浪靜後，薛宸躺在婁慶雲懷中輕喘，婁慶雲一臉饜足，大手摟著薛宸有些圓潤的香肩，夫妻倆才說上了正經話。

「你來了漠北之後皇上本來很生氣，不過，在母親的『努力不懈』之下，皇上最終也沒真的定你的罪，不過是說說狠話，只要你回京，他就先打你五十大板。」

婁慶雲失笑。「他敢打我五十大板，我娘還不得唸死他呀！」

薛宸捶了他的胸膛一下。「亂說什麼呢。不過……」拖長了聲音，忍不住說道：「我也不信皇上敢打你就是了。你沒瞧見他對著母親那神情，像是『求求妳閉嘴吧，我把江山給妳都成』的樣子。」

婁慶雲的手伸到被窩裡打了薛宸的屁股，道：「還說我呢，妳自己就能說這些了？」

薛宸不服。「哪裡是我說的，是皇后娘娘告訴我的。」

說完這句話後，薛宸又把目光落在婁慶雲的兩撇小鬍子上，不由伸手在鬍子上扯了扯。

婁慶雲明知故問道：「好不好看？」

薛宸露出大大的笑容。「夫君什麼樣都好看！」

婁慶雲聽著媳婦兒這麼軟軟一句話，整顆心都淪陷了。「我也是，媳婦兒怎麼樣都好看！」

薛宸橫了他一眼，想了想，繼續說道：「對了，你離京之後，柳煙似乎真的控制住了右相的勢力，看來太子和你走這步棋是走對了呢。」

婁慶雲點頭。「是該這麼走的，如此一來，朝局就算徹底穩定了。後來皇上有沒有處置二皇子殿下？」

「沒有明著處置，只對外說他犯了錯要閉門思過，但二皇子府的侍衛卻是裡外三、四層、日夜換班，明眼人都知道這跟軟禁沒什麼區別了。瑾妃也因此降了位分，已經不是妃位，只是個婕妤，今後不知能不能再翻身。」

薛宸這些話讓婁慶雲嘆了口氣。「唉，若是二皇子沒有非分之想，跟在右相後面生事，又何至於有這樣的下場。」

對於婁慶雲這句話，薛宸沒說什麼，因為她是知道的，上一世二皇子差一點點就成功了。不過，太子心計深沈，二皇子不會是他的對手。

「我覺得最厲害的還是柳煙，她一個女人居然能起這麼大的作用。這段時日你不在京裡，右相黨看似有條不紊，其實做決策時已經亂作一團，實力也漸漸削弱。柳煙很懂得如何控制人心，只要她再堅持幾年，應該就能徹底瓦解右相的勢力。」

婁慶雲靜靜聽著妻子分析，等她說完才開口道：「撐不了幾年了，最多再半年。如今柳煙能號令右相的手下，是因為在房中控制著中風的右相，但之前太子與我通信時告訴我右相的情況似乎不大妙，而他手下有些人也因為最近的決策懷疑柳煙，正想方設法要進內宅見臥病在床的右相。一旦他們看到右相的情況，勢必會引起大亂。那個時候，才是真正的決戰。」

「就算那個時候決戰，經過這麼久的拖累，右相黨早已是個空殼子了，應該也不會有大問題吧？」

婁慶雲點點頭。「那個時候的右相黨已是苟延殘喘的局面，除非有新勢力加入，否則應該不會有別的變數。」

「我之前一直想問，柳煙到底是什麼人，怎麼能成功地混到右相身邊呢？她又為什麼忠心耿耿地替太子做事？」

婁慶雲知道內情，便給妻子解惑。「柳煙忠心的不是太子，而是心裡的仇恨。她的父母兄弟，一家八口人，全死於右相之手。」

這件事情薛宸還是第一次聽說，有些訝異。「什麼？這、這怎麼可能？」

「雖然不是右相親自動手，但確實和右相有難以切割的關係。柳煙是京郊平安村的人，當時的吏部尚書看中平安村的地，派人去買，可平安村世代耕讀，那是祖產，不肯變賣。吏部尚書想盡一切辦法，最終是右相替他解決了這個問題。妳知道右相是怎麼解決的？」

不等薛宸猜測，婁慶雲就繼續說：「那時右相正是權勢滔天，正好有事情要拜託吏部尚書，想給他個甜頭，便連夜派人屠村。那時候柳煙才五、六歲，被她娘藏在米缸裡逃過一劫。後來，柳煙和另外一個存活下來的同鄉流落到城裡，機緣巧合被太子的人相中，訓練了好幾年，和同鄉被引薦到太子面前。當時太子還小，卻已經意識到右相的威脅，便安排了人混到右相身邊。後來，那幾個人都死了，只有柳煙活下來，是仇恨支持著她，一做就是這麼多年。這個世上，沒有誰比她更恨右相了。」

薛宸聽了，只覺心頭似乎被什麼狠狠打擊了一下。她從沒想過柳煙那樣清雅的外表之下，竟然隱藏這麼一段悲慘的經歷，一個小女孩居然承受了那麼大的痛苦，成為一顆最重要的棋子，扳倒參天老樹般的右相。薛宸對柳煙實在佩服得厲害，當初居然把她想得那麼狹隘，如今想想，真的很對不起她！

「那這件事之後，柳煙還能恢復身分嗎？右相那邊一旦發現是她從中作梗一定不會放過她的，到時候她該怎麼辦？」

婁慶雲沈默了一會兒，才輕聲說道：「這個……就不是咱們能決定的事情了。」

第九十三章

薛宸餵了兩次奶後就睡沈了，第二天沒人喊她，她居然睡到了日上三竿才醒，要不是孩子的哭聲太大，沒準她還能睡會兒。

她掀開帳子，喊了夏珠來問道：「孩子是不是餓了？快抱進來。」

夏珠道：「少夫人，您醒了。唉，世子讓乳母試著餵小少爺和小小姐，他們卻怎麼都不肯吃乳母的奶。」

「哎呀，不吃就不吃吧。快抱進來，我這兒正脹著呢。」薛宸知道這是婁慶雲怕她辛苦，可她生的孩子一個個都是這樣，吃不慣旁人的奶，她只好自己餵著，幸好其中的幸福也很多就是了。

衾鳳端來熱水先讓薛宸清理身上，然後索娜把兩個孩子抱進內帳。薛宸解開衣襟，讓兩個孩子吃上了，才對帳子外頭問道：「世子呢？去營裡了嗎？」

衾鳳在一旁收拾，回道：「是，世子一早就出去了，也把小世子帶去了。小世子坐在馬上，可高興了。」

薛宸想著荀哥兒就是為了來漠北騎馬玩，才鬧著要跟她來的，如今可算是如願了。兩個小的只顧埋頭吃，像是真的餓壞了般，薛宸心疼地撫了撫他們肉嘟嘟的小臉頰，大閨女食量比小兒子大些，小兒子都吃飽了開始打嗝，她還在那兒猛吃呢，甚至吃完了一邊還哼哼唧唧的，薛宸只好換另一邊再餵她。

伺候完兩個小的，薛宸才能起身，換過衣裳，梳洗一番後，清清爽爽地走出房門，開始正經打量這座宅院。這裡麻雀雖小，五臟俱全。雖說比不上京城的宅邸，卻也能看出是精心修造的，努力仿著江南山水的格局，園子裡種著好養活的花草，不名貴，卻同樣能傳遞春天的氣息。

薛宸逛了園子一圈，婁慶雲就從外頭回來了，滿頭大汗，手裡還拿著馬鞭。

薛宸上前接過他的馬鞭，往他身後看了看，問道：「咦，荀哥兒不是和你一起出去的嗎？玩得不肯回來了？」

婁慶雲摟著她進了屋。「是啊，我給他養了匹小馬駒，讓我的人和嚴洛東看著他呢。」

薛宸拿過丫鬟手裡的熱茶，遞給婁慶雲，有些擔憂。「荀哥兒不到五歲你就讓他學騎馬，會不會太早了？」

婁慶雲喝了口水，安慰妻子道：「早什麼呀！我四歲就跟我爹待在這裡了。沒事的，是小馬駒，性情溫順得很，顛不著他。」

薛宸狐疑地看著婁慶雲，終是沒多說什麼，反正有嚴洛東在，荀哥兒不會受傷的。

可剛這麼想著就聽見外頭傳來一陣急促的腳步聲，嚴洛東抱著荀哥兒，滿頭大汗衝了進來。

嚴洛東向來是泰山崩於前而面不改色的，能讓他著急的事可不多。薛宸迎到門外，瞧著臉色有些不對的荀哥兒，趕忙跑過去關切地問道：「這是怎麼了？」

嚴洛東停下腳步，有些愧疚地說：「夫人，小世子從馬上摔下來，我救得不及時，讓他的手指被枯枝刮傷了，您快叫大夫替他包紮吧。」

薛宸聽說兒子從馬上摔下來，一顆心當即往下沈，立刻接過了荀哥兒看他的小手。

荀哥兒本來覺得沒什麼，一路被嚴洛東抱過來也沒什麼反應，不過看見薛宸滿臉擔心，居然起了賣乖的心，可憐兮兮地癟了癟嘴，烏溜溜的大眼睛裡盛滿了無辜，讓薛宸更加心疼，一下把兒子攬進懷裡，對屋裡喊道：「枕鴛，去把咱們帶的清風膏拿來，小世子受傷了！」

枕鴛應聲正要去，卻見婁慶雲從屋裡走出，站在石階上冷臉看著荀哥兒，從薛宸懷裡拉過他，喝道：「一點小傷難道還疼不成？站好了！」

荀哥兒被婁慶雲一凶，就想往薛宸懷裡鑽，這是在京中養成的毛病，雖然他天不怕、地不怕，卻也深切明白會賣乖的孩子有糖吃。在家裡，祖父、祖母、太祖母和母親全慣著他，唯一一個對他凶的父親也時常因為修理他而被祖父責罰。反正祖父跟他說過，在外頭不能嬌慣、在家裡可以嬌慣，所以荀哥兒才不怕婁慶雲呢，斷定母親會護著自己的。

孰料，他剛把身子歪到薛宸那邊，小手才抓住薛宸的衣裙，整個人就被婁慶雲給扛到肩上，厲聲道：「哪兒來的公子習氣，改不掉的話今天你就睡演武場！」說完，扛著荀哥兒走下石階，好像真的要往演武場去。

荀哥兒哪裡被這麼欺負過，當即大喊。「啊！放我下來！娘親救我、娘親救我！」也是個聰明的，知道在這裡喊祖父祖母不管用，只有喊娘親才行。

薛宸果然忍不住了，跟著下石階替兒子求情。「哎呀，好了好了。荀哥兒的手受傷了，你就別和他鬧了。」

荀哥兒聽見母親的求情聲，在婁慶雲肩膀上掙扎得越發用力，小身子像條魚一般，不知道哪裡來的韌勁。婁慶雲感覺出這小子是塊練武的材料，在京城時管不了他，如今到漠北還管不了，那他這個老子也別做了。平生第一次逆了妻子的話，二話不說埋頭出了府邸。

薛宸哪裡追得上使輕功的婁慶雲啊？眼看著父子倆離她越來越遠，急了，在他們背後喊道：「婁慶雲，你把兒子放下！」

但留給她的，卻是一絲絲涼颼颼的空氣……

夏珠拿著薄氈子過來搭在薛宸的肩膀上，扶著薛宸轉身回去，安慰道：「少夫人別擔心了，世子不會對小世子怎麼樣的，親父子還有什麼好擔心的呀！」

薛宸欲言又止，最終還是沒說什麼。她不是擔心婁慶雲傷害荀哥兒，但婁慶雲向來看不慣荀哥兒唯我獨尊的性子，在京裡好幾回想管教都沒找著機會，如今在漠北……荀哥兒只怕要在他老子手上吃大虧了。

唉，怪不得婁慶雲的家書裡，千叮嚀萬囑咐一定要把荀哥兒帶過來，原來是打的這個主意啊。

想著兒子可能會吃的苦，一整個下午薛宸都坐立不安的，隔半個時辰就派人去演武場打探情況，又讓嚴洛東務必緊跟他們爺兒倆。可跟了一會兒嚴洛東就回來了，對薛宸說婁慶雲把荀哥兒帶到山上去，嚴令不許旁人跟著，讓他回來傳話，說他絕對不會讓兒子受傷就是了。

薛宸這才知道婁慶雲是鐵了心要治治荀哥兒了。平日裡別看婁慶雲對她千依百順，可事關他的原則時，他是六親不認的，就像兩人成親前，薛宸叫他不要去涿州，他卻一定要去，遇到生死危險，寧願犧牲自己帶著名冊跳下山崖，就為了太子他們尋他屍身時能順便把名冊帶回去。

想到這裡，薛宸實在找不到理由和婁慶雲對著幹了。她也知道，兒子再這麼嬌慣下去確實不是辦法，他那性子唯我獨尊，眼裡根本沒有其他人，若小時候不加以管教，等年紀再大些、叛逆心再重些時就難以控制了。別看荀哥兒還不到五歲，已經打過兩回驚天動地的架了，第一回和小王爺打、第二回和南疆小王子打，薛宸實在不敢想像，若有第三回，他要和誰打……讓婁慶雲管一管，估計也沒什麼不好的。

薛宸就這麼自我安慰著，勉強在屋子裡等到了傍晚，但爺兒倆還不回來，便披了薄氅子去門外等候。直到太陽徹底下山，才看到婁慶雲的馬奔了回來，揚起一陣塵土。

薛宸過去，還沒說話，就見婁慶雲從馬背上翻下來，手裡拎著荀哥兒。

薛宸小跑過去要接過兒子，誰知婁慶雲一換手，荀哥兒就被他拎到另一邊，擋住薛宸，摟著她的肩安撫道：「他跟個小泥丸子似的，我帶他去洗澡。今兒晚上，他睡柴房。」

前一句薛宸是沒有意見的，但後一句讓她立刻蹙起了眉頭。「什麼？睡哪裡？」

婁慶雲見薛宸像是要發怒的樣子，趕緊撤了手，快步往前走去。荀哥兒灰頭土臉、兩頰氣鼓鼓的，看見薛宸，連求救都不願意了，兩條小胖手臂交叉抱胸，後腰被婁慶雲抓著，似乎下定決心不和父母說話了。

薛宸快步跟上，試圖拉住婁慶雲。「你發什麼瘋！荀哥兒才多大，需要這麼折騰他嗎？快給我放下！」

婁慶雲一扭身，沒讓薛宸抓到，回頭裝傻地笑了笑。「沒折騰他，這是我跟他打的賭。我輸了，晚上睡柴房；他輸了，他睡！咱們是有原則、信守諾言的男子漢，說到就要做到！妳就別管了。」

說完這些，婁慶雲便加快步伐往柴房走去，薛宸跟在身後焦急得要命。

婁慶雲卻高聲喊了一句。「來人，擋住夫人！」

婁慶雲的親兵趕上來，攔住了薛宸的去路，任薛宸如何威脅，就是擋在通往柴房的拱門前，跟座山似的，一動也不動。

薛宸著急了，踩上一塊突石，爬到圍牆的雕花石窗前往裡面喊。「婁慶雲！你混蛋！」

奈何，她再怎麼喊叫都無法阻擋婁慶雲把自家兒子丟入柴房的決心。

薛宸只好回房，一邊餵奶一邊生悶氣，更是擔心荀哥兒的安危。雖然知道婁慶雲有分寸，不會真的傷著兒子，可是荀哥兒在京裡時，要天上的月亮都有人給他摘下來的，來到漠北被婁慶雲這麼整治，心情落差太大可怎麼辦呀？

這時，夏珠從外頭急匆匆地趕了進來，在床帳外低聲對薛宸說道：「少夫人請放心，世子已經派人打掃了柴房，也支上軟榻，棉被很厚實，小世子沒哭也沒鬧，似乎在和世子賭氣呢。」

小兒子先吃完了奶，薛宸把他放在一邊，然後才道：「這麼說，他是來真的，今晚果真要讓荀哥兒睡柴房嗎？」

夏珠猶豫一下，才點點頭。「看樣子……是。」

薛宸深吸一口氣，讓自己努力平靜下來，等大閨女也吃完了，才整理衣襟出了帳子。躊躇一會兒後，往外走去。

「不行，不能讓他這麼胡來。荀哥兒哪裡吃過這種苦呀！現在心裡肯定害怕極了。」

夏珠攔住了薛宸。「少夫人，柴房外頭有四個護衛守著呢，您進不去，我是從後面灌木叢爬過去，巴在牆角看見的，您怎麼去呀？去了，也是被世子攔在外面。」

聽了夏珠的話，薛宸便知道婁慶雲這回是來真的了，要給荀哥兒一個下馬威。可憐的荀哥兒，只怕今晚真是要遭罪了。

婁慶雲知道薛宸在氣頭上，故意等到亥時才偷偷回房，想等薛宸睡著了再進去。沒想到，房裡的燈雖暗著，可他一進門，薛宸冷冷的聲音就響了起來。「你還知道回來？怎麼不睡柴房去？」她惱了一晚，正氣著呢。

婁慶雲躡手躡腳的動作僵了僵，才無奈地走到燭檯前用火摺子點燃燭火，提著燈走到床邊，果真瞧見薛宸嬌媚帶怒的模樣，先討好地笑了笑，沒話找話道——

「嘿嘿，還、還沒睡啊。」

薛宸何止沒睡，連衣裳都沒換，還是白日裡那套，從床鋪上坐起，就要下床。

婁慶雲連忙阻止她。「別別別，我自己去梳洗就成了。妳趕緊睡吧，不早了。」說完這句話，就要去淨房，卻被薛宸寒冷的聲音拉了回來。

「兒子睡柴房，你還想睡這兒？」

婁慶雲聽了，舔舔唇。「我、我不睡這兒，睡哪兒啊？哎呀，妳別擔心了，我這不是練那小子的膽嗎？說是柴房，可裡頭乾淨著呢，榻是檀香木的、褥子是江南貢緞金羽絨的，比咱們這褥子都暖和呢。外頭還有四、五個護衛守著，沒事的。」

婁慶雲不說還好，一說，薛宸就覺得難受，豆大的淚珠子就這麼不要錢地掉了下來。

婁慶雲察覺不對了，月光照入房中正好灑在薛宸身上，別過去的側臉依舊美得驚人，可婁慶雲知道現在不是欣賞妻子哭相的時候，趕緊湊過去攬著薛宸，手忙腳亂起來。不管過了多久，他最見不得的就是薛宸的眼淚，只要她一哭，婁慶雲就不知道該怎麼辦才好了。

「哎呀，妳別、別哭呀！真的沒事。那也是我兒子不是，我能真讓他受傷害怕嗎？妳別看那小子和你們撒嬌，但實際上可不嬌氣，就是性子太狂妄了，若是不趁早管教，今後發展下去，但凡有一點偏差，就能徹底毀了他，我這是為了他好。

「我沒和妳商量就是怕妳心軟，可如今真的不是心軟的時候，孩子到了啟蒙的年紀總要管教的，一直那麼唯我獨尊、目中無人下去，絕非好事啊。」

婁慶雲一股腦兒的，把這些原本不打算告訴薛宸的話全都說了出來。

薛宸聽在耳中，心裡雖然好受了些，可就是忘不了兒子還在外頭的事，眼淚止住了，但看著婁慶雲，怎麼看怎麼不順眼，拍開他給自己擦眼淚的手，賭氣道：「兒子睡柴房，你睡地上。」

婁慶雲見薛宸不哭了就不怕了，爽快地答應。「成！只要讓我待在妳身邊，睡哪兒都成。」

「……」

薛宸不想理他，轉過身子，抽出帕子擦了臉上的淚痕。

婁慶雲從背後摟住她，在她耳邊輕聲說道：「我真是為他好，若是降不住他，他就不把我放在眼裡，更別說聽我的話了。若是兒子不聽我的話，不能練一身好功夫，將來可怎麼辦呀？對不對？」

薛宸掙扎幾下，沒掙開，便不打算浪費力氣了，帶著濃濃的鼻音道：「對什麼呀！不學功夫又怎麼樣呢？」

婁慶雲把下巴搭在薛宸的肩窩上，輕聲說：「遠的不說吧，說近的，他要是不會功夫，沒準連媳婦兒都騙不回來！」

薛宸一時沒想明白，傻傻地問了一句。「為什麼？」

婁慶雲沒回答她，薛宸轉過頭看了他一眼，發現婁慶雲眼中狡黠的光芒，頓時明白了——這位世子爺當初能三番五次出入她的閨房，可不就是因為會功夫嘛！

薛宸實在忍不住，回頭掐了婁慶雲一下，簡直想把他的腦袋剝開，看看裡面到底裝了什麼，怎麼什麼事都能扯過來說呢？真是服了他！

「……」

婁慶雲見她頓悟，這才笑了。「妳看，這麼一來，我現在做的事就重要多了吧。」

薛宸傻住，對這個厚臉皮的傢伙無話可說了。「你」「你」了半天，也沒你出個什麼子丑寅卯來。

一夜輾轉，薛宸沒睡著，腦子裡想著兒子有沒有睡好，又起來餵了兩回奶，恨不得跑出去看看，不過最後到底還是忍住了。

說到底，婁慶雲不是沒有分寸，他有自己一套教孩子的方法，她可以不贊同，但不能阻礙他嘗試。

之後，薛宸只好暗地派人盯著，每天向她稟報兒子的情況。

這些日子，每天一早荀哥兒就被婁慶雲從被窩裡挖出來，扛到軍營去，先打一個時辰的拳，再去騎馬。中午也不回來吃飯，就在軍營裡和婁慶雲一起吃。下午在婁慶雲的帳篷裡睡一會兒，起來再去騎馬，到傍晚時還得打兩套拳，要是做不完，晚上就去睡柴房。

就這樣，京城婁家的寶貝到了漠北簡直成了一個可憐的娃，沒有祖父、祖母、太祖母的寵愛，唯一疼他的親娘似乎也被親爹給說服了，不敢來救他。荀哥兒反抗了幾回卻被無情鎮壓，日子過得一天比一天辛苦。

要說婁慶雲教孩子，還確實有他的一套，大多採用因材施教的法子。荀哥兒氣性高，婁慶雲就跟他打賭，賭些他暫時做不到的事情，輸了就要睡柴房。雖說大多數時候都是荀哥兒輸，可婁慶雲也知道張弛有度，有時也會故意輸那麼一、兩回，讓荀哥兒得意得意，激起他的自信，讓他更有心學習。

荀哥兒的脾氣一天比一天收斂，學得也很快。不過短短半個月，就能穩穩地坐在他的小馬駒上走上一、兩個來回；一個月之後就能牽著馬韁跑起來。這個月裡，荀哥兒睡了二十五天的柴房，婁慶雲睡了五天，每回婁慶雲睡柴房時荀哥兒就會得意地跑來薛宸面前炫耀，母子倆湊在一起說說婁慶雲的壞話，小日子過得別提多帶勁了。

薛宸瞧著兒子的變化，心裡也覺得欣慰，又覺得有些神奇，才一個月，荀哥兒像是變了個人似的，原來的肥胖變成了壯實，吃得多、睡得香，曬成麥色的皮膚看起來健康多了，眉宇間似乎已經開始有了小小男子漢的堅定，說話聲音變得更加洪亮，行動更加敏捷，最重要的是，婁慶雲似乎挑起了這小子的求知慾，好學得不得了，看見什麼都想學一學；就算不學，也會主動去了解。

一個不到五歲的孩子有了這樣驚人的變化，薛宸的心情哪是一句佩服就能形容的呀。

婁慶雲真的是個好父親，撇開一開始荀哥兒對他的厭惡，如今荀哥兒無論走到哪兒嘴裡都放不下「我爹說、我爹他、我爹……」這些字眼，崇拜之情溢於言表。

薛宸懸著的一顆心總算放了下來，在讓婁慶雲睡了一個月的地鋪後，終於開恩讓他回床上睡覺。

在漠北的日子過得平靜又充實，這裡沒有京城的波詭雲譎、沒有勾心鬥角，薛宸只要帶好兩個孩子，其他時候就是看看書、寫寫字、養養花草什麼的，過得相當悠閒。

她跟婁慶雲和好後，兩人一同商量給雙生子取了名字。荀哥兒是衛國公府嫡長孫、小世子，所以他的名字薛宸和婁慶雲決定不了，不過如今這兩個，他們是有權決定的。

大閨女取名欣然，小兒子取名長寧，寓意他們一生欣然愉快，長順安寧。

婁慶雲一家五口在漠北過得相當滋潤，轉眼過了半年，京裡終於按捺不住，在一個暑氣橫生的日子裡，太子的車駕居然親自來了……

這回，太子帶來了一個消息——右相已經快要不行了。

婁慶雲和太子在書房裡談了兩個時辰，太子談完就要離開，連一頓飯都不留下吃，婁慶雲親自護送他出了關。

薛宸站在廊下等著婁慶雲。欣然和長寧都睡下了，荀哥兒在演武場，最近老愛纏著嚴洛東，讓他講那些江湖上的事情。

「唉。」薛宸忽然嘆了口氣。

在她身後的夏珠不禁問道：「少夫人怎麼了？」

「太子來了，咱們就該回京了。回去之後，就沒這麼太平了……」

夏珠聽後，想了想，回道：「少夫人這話對，也不對。日子在哪裡都是太平的，只不過回去之後，少夫人要多操心些就是了。」

薛宸勾唇笑了笑，指了指演武場的方向。「不說其他的，單是父親和母親瞧見荀哥兒變成一塊小黑炭，還瘦了那麼多，肯定得心疼死。」

說到這個，夏珠倒是能想像那場景，不由跟著薛宸笑了起來。「小世子哪裡是瘦了，是結實了。說句逾越的話，奴婢倒覺得小世子如今比從前更加康健，這是好事。以前在我們鄉下，孩子從小就得幹活兒，每個夏天全曬得跟什麼似的，但越是那樣的孩子，越不容易生病。村裡的老人說，太陽曬多了對身體好些。」

「行了。妳們今兒就開始整理吧。我瞧太子來得這樣急，想必京裡有很多事等著世子去做，咱們早些準備，別拖了他的後腿，別到時候世子把咱們丟在這裡，那就沒趣了。」說完，便轉身往屋子裡走。

夏珠扶著薛宸跨門檻，笑著回道：「哪兒能啊，世子就是把自己丟在這兒，也不能把少夫人丟著呀！您可是世子的命。」

薛宸橫了打趣她的夏珠一眼，往西次間去，打算在回京城前把做到一半的、要給荀哥兒的鞋做好。

夏珠給薛宸送了些茶點進去後，便喊蘇苑、衾鳳和枕鴛去收拾東西了。

第九十四章

婁慶雲送完太子回來，臉色有些凝重，放下馬鞭就去西次間找薛宸說話。

他開口第一句就說：「讓她們收拾行裝吧，這兩天咱們就啟程回京。」

薛宸正在繡鞋面，聽了這話，才扭頭看了主動坐到她對面、吃她茶點之人。

「不怕皇上打你板子了？」

婁慶雲伸手把點心屑屑抹在薛宸臉上，惹得妻子一陣嗔怒，欣賞完美人似嗔似怨的神情後，才回道：「皇上最近煩得很，我回去他高興還來不及呢，哪還顧得上打我呀！」

薛宸擦完鼻子，放下鞋面和帕子問道：「右相真的不行了？」

「嗯，看著像是不行了，但應該沒那麼快死。不過，他手底下的勢力開始失控，很多事情沒辦法掌握在柳煙手裡，是時候回去清理了。」

薛宸還是有些擔憂。「那右相的人繼續盯著你怎麼辦？到底是你把右相弄成這樣的。」

婁慶雲囫圇吞下了糕點。「怕他不成？他健康時我都不怕他，何況是現在苟延殘喘的時候？他的人如今要應付內戰，又要應付太子的人，自保都來不及了，怎麼還會費心刺殺我呢。」

「不管怎麼樣，絕不能掉以輕心。」薛宸可不會把情況看得太過樂觀。

婁慶雲瞧她這樣，勾唇道：「是啊，所以我打算今晚就出發。」

薛宸訝然地看著他。「今晚？會不會太倉促了？咱們還有三個孩子，一路上怕是要準備好些東西呢，這……」

婁慶雲笑了笑。「殺他們個措手不及，不好嗎？」

「可是……」

婁慶雲打斷了薛宸的話。「別可是了，你們只管收拾東西。今天晚上我就整裝待發，讓咱們『離開』漠北。」

薛宸瞧著婁慶雲的樣子，不知道他葫蘆裡賣的什麼藥。

到了子夜時分，婁慶雲的回京隊伍浩浩蕩蕩出了軍營，前後護衛近千人，把幾輛馬車前後左右全圍著，戒備異常。這樣的陣仗，沿路不管是誰都會被驚動，卻不敢衝撞了這樣一大隊人馬。

薛宸站在角樓上看著走在官道上的龐大車隊，上面好像寫著「我不好惹」四個字。婁慶雲來了一招偷梁換柱，有這樣的車隊走在官道上，就算有敵人也會追著他們去了。

五日後，婁慶雲輕車簡從，化裝成商隊，帶著妻兒從漠北往京城探親去，一路遊山玩水，好不自在。一段一個月的路程，他們生生走了兩、三個月才到。

他們自衛國公府的側門進去，沒驚動府裡長輩，先回了滄瀾苑換下用來裝成商人的衣裳。荀哥兒最是好動，換過衣裳，拿起心愛的木劍，就往擎蒼院跑去，都不等他爹娘一起。

妻慶雲換好衣裳後就從原路出去了，說先去宮裡一趟，晚上再回來。薛宸則帶著兩個小的跟著去了擎蒼院。

長公主正抱著荀哥兒親了又親，見了薛宸，趕緊招手。「你們真是的，回家也不知道先派人來傳個話，我成天叫人去城門口守著，卻還是錯開了。」

薛宸給她行了禮，起身才回道：「這不是要掩人耳目嘛。您也知道，咱們家的世子如今可是犯人，連皇上都要抓他呢。」

「哪兒能！最近皇上跟我說了好幾回，問你們什麼時候回來，他倒好，一回府也不先來我這兒，就馬不停蹄進宮去了。走吧，咱們帶著孩子們去給太夫人請安磕頭。你們去了漠北之後太夫人天天叨念著，尤其是三個小的。哎喲，兩個寶貝兒，來，祖母抱抱！」

欣然和長寧瞪著兩雙同樣的大眼睛，對長公主看了又看，如今正是挑人時，怎麼都不肯讓長公主抱。

荀哥兒在旁見了，拉拉長公主的衣襬。「祖母，他們不要您抱，我要。」

長公主被荀哥兒給逗笑了，抱起他掂了掂。「好好好，抱荀哥兒。你跟祖母說說，你怎麼就皮成這樣了？高是高了些，也黑了許多，但分量怎麼不見長啊。」

荀哥兒摟著長公主的脖子。「荀哥兒每天都曬太陽，自然要黑的。」

薛宸拍了拍他，道：「快下來，你都多大了，祖母哪裡還抱得動你。乖。」

荀哥兒卻始終摟著長公主，連連搖頭。「娘，我好久沒瞧見祖母了，您就讓我多抱一會兒嘛。」

這句話說得薛宸哭笑不得，合著累的不是他，還顛倒黑白，說成是自己在抱祖母，真是個小滑頭。

不過長公主可吃他這一套了，巴不得孩子和她親近，抱著荀哥兒就往外走去，對薛宸道：「哪裡就抱不動了，我孫子多大我都抱得動。走吧，別讓太夫人等急了。」

一行人去了松鶴院。剛才長公主已經派人給太夫人傳話，太夫人正在廳裡候著呢。

進了院子後，荀哥兒就從長公主手上跳下來，飛奔進廳撲到太夫人身上，甜甜地喊道：「太祖母，我回來了。您想我沒有啊？」

這個能說會道的小子可讓太夫人驚喜到了，摟著他不放開，笑得牙都露出來。「想！哪裡能不想呢！你這小沒良心的，一去就去那麼久，也不知道回來，可把太祖母想壞了。」

荀哥兒趴在太夫人的膝上，抬頭天真地說：「太祖母您冤枉我，哪裡是我不肯回來呀！還不是我爹拘著我，我說回來他就打我屁股，您可要替我作主。」

薛宸無言了，還以為這小子心胸寬大，和他爹冰釋前嫌，不計較他爹這段日子的調教了呢！剛才在長公主那裡他沒告狀，如今看來，這小子真是個人精，知道要跟誰告狀才能得到最大的效果。

果然，太夫人聽了這話當即把他抱了起來，承諾道：「是嗎？你爹太可惡了！你等著，他晚上回來我打他屁股，好不好？」

荀哥兒這才露出笑容，眼珠子轉了轉，瞥見薛宸警告的目光，見好就收道：「也不用打疼他，嚇嚇他就好了。打疼了，我娘得心疼了。」

薛宸的臉紅起來，瞪著荀哥兒佯作要抓他，這小子居然打趣到她身上了。薛宸畢竟沒妻慶雲有種，在太夫人和長公主面前哪敢真的動荀哥兒，只像他說的那樣，嚇嚇罷了。

太夫人又讓薛宸把兩個小的抱給她瞧瞧，薛宸抱過去後，兩個一模一樣的孩子又讓太夫人高興了一把，拿著旁邊特意準備的軟糯點心騙他們笑呢。兩個小的十分給面子，接過點心就衝著太夫人笑，咬一口、笑一下，把太夫人逗得可開心了。

「大的叫欣然、小的叫長寧，如今還不怎麼會說話。欣然會叫個爹娘，長寧就只會叫爹，還得多教著些才成。」

太夫人點點頭，欣慰地看著他們。「妳教著，我放心。」

又在太夫人這裡逗留了一會兒，薛宸才帶著孩子們回滄瀾苑。

荀哥兒野慣了，腿腳索利，薛宸根本管不住他，在家裡轉了兩圈後就吵著讓人帶他出去玩耍。還沒出門，就被聞訊趕回來的婁戰攔住，祖孫見面別提多熱鬧了。

對於婁慶雲一聲不響做出那驚天動地的事情，皇帝還是氣的，雖說太子後來私下向皇帝解釋過，但在皇帝眼中，婁慶雲還是犯了錯，居然不和他報備就把大理寺卿的職務給擱下了。他離開京城那段時日，大理寺雖不說翻天，但亂了一陣是真的。

婁慶雲眼觀鼻、鼻觀心地跪在元陽殿外的玉階上，背脊挺直，儘管皇上已經漠視他半個時辰了，依舊跪得像一株青松般。

太子出來看過好幾回，想帶他進去卻被皇上制止，後來實在看不過去，乾脆也跪到婁慶雲身邊，把一干宮人急壞了。

皇帝走出元陽殿，指著這兩個小輩道：「你們兄弟倒是齊心啊，怎麼就不把朕放在眼裡？」

婁慶雲剛要請罪，太子卻難得對皇帝強勢，拉住婁慶雲對皇帝說道：「父皇，兒臣們哪敢不把您放在眼中，只是既明剛從外頭回來，您不說賜座，連門都不讓他進去，兒臣替既明不服。您是君、我們是臣，不敢有違聖命，故兒臣便與既明一同受罰。」

皇帝被太子噎得好一會兒說不出話來，婁慶雲見太子這樣，不禁也抬頭看向皇帝，咧嘴一笑，道：「舅舅開恩，我知道錯了，您別讓太子和我一同跪著了。太子是儲君，要是跪出什麼好歹來，我可承擔不起。」

皇帝被婁慶雲這番話氣得笑了。「你倒是得了便宜還賣乖啊，太子是我讓他跪的嗎？再說了，他既要保你，那兩人就一起跪，全都翻了天不成？看誰心疼！」說完這句話，便拂袖走入元陽殿。

跪在玉階上的太子和婁慶雲互相看了一眼，十分有默契地笑了。

果然，沒過多久內侍大總管親自跑出殿外，過來扶著太子，對兩人道：「哎喲，快起來快起來，皇上召二位進去回話呢。」

太子和婁慶雲進了殿，只見皇帝站立在香爐前，用竹片挑著香灰。兩人又跪到了他身後，也不說話，就那麼眼巴巴地看著他。皇帝原本不想理會這兩個孩子的，讓內侍喊他們進來是怕他們跪在外頭丟人，可一回頭，卻看見兩人臉上如出一轍的表情，自他們成年之後，還沒有這樣一起跪在他面前過呢，讓皇帝想起了他們少年的時候。

太子自不必說，婁慶雲小時候算是在他身邊長大的，因為親姊姊的脾性，皇上不大放心把婁家唯一的兒子交給綏陽長公主管教，便讓他和太子一起。少年時，婁慶雲在東宮的時候比在家還多，要說他對這個外甥沒有感情，也是自欺欺人的。

這回的事，婁慶雲做的的確有不妥的地方，這是他從小到大做的最不妥的事了，但這分不妥卻是建立在替太子做事的基礎上，很顯然，婁慶雲對太子的忠誠是可以拋棄一切的。這份執著對皇帝來說，正是他一直以來希望婁慶雲能有的。

一朝天子一朝臣，他讓婁慶雲跟著太子長大，就是出於將來讓他輔佐太子的目的，希望兒子身邊有個這樣事事替他著想、忠心耿耿、不計較個人得失的臣子。婁慶雲很明顯是做到了，並且義無反顧。

但這對他這個天子來說，卻是有些不敬的地方，收拾右相這麼大的事情，他們居然不和他商量，就這麼魯莽地給辦了……連他要對付右相都左思右想了這麼多年，依然沒有勇氣行動，他們倒好，用粗暴的手段就把這一切給辦了。

可皇帝事後想了想，其實要對付右相，任何迂迴計策都是白費，唯有像婁慶雲這樣不計較自己得失和身家性命的人才能做到。右相身邊高手如雲，尋常人進不去，而有本事跟身分進去的人，又沒幾個敢像婁慶雲這樣不管不顧的。所以，那麼多刺客殺手做不到的事情，竟讓婁慶雲做到了。

他也聽說，雖說這段時日婁慶雲逃去漠北，可路上也不好過，三天兩頭遇見刺客，太子派了幾百龍廷尉護送他，最後居然折了大半，可見那一路的凶險。雖說婁慶雲老大不小了，在皇帝眼中終究還是孩子，這些凶險本不該讓這些孩子去承擔，不免自責，自責過後便生氣，對事、對人、對自己。

想通後，皇帝嘆了口氣，轉過身，對兩人揮手。「起來吧，這麼大個人了，說跪就跪，也不嫌丟人。」

婁慶雲鬆了口氣，知道皇帝這樣的表現就是氣消了，試探說道：「臣跪君，天經地義，哪裡會丟人啊。只要皇上讓臣跪著，臣就是跪到地老天荒，也絕無一句怨言。」

太子被他這句肉麻的話給弄得一身雞皮疙瘩，抖了抖，便拉著婁慶雲站起來。

皇帝伸手在婁慶雲額頭上戳了戳，沒好氣地說：「你呀，朕早晚把這張嘴縫起來，省得一天到晚亂說話。」

婁慶雲聽了，覥著臉對皇帝咧嘴笑了笑，便趕忙捣住嘴。皇帝瞪他一眼，對二人指了指旁邊的座位，讓他們坐下說話。

「這回的事情，於朕而言，未必是忠誠，但於太子而言，卻是難能可貴的。朕這麼說，不代表朕贊同你們的做法。右相日漸坐大，的確已經到了擾亂朝綱的地步，但他畢竟是三朝丞相，朕雖然最終會動他，但也會給他相應的體面。你們的舉動實在魯莽，下手又沒有輕重，這段日子右相一直稱病，並不像是假裝的。既明既然回來了，明兒親自登門負荊請罪吧，請右相原諒你的所作所為。」

婁慶雲站起來領命。「是，臣明日一早就去，不管右相見不見我，都會在門外站足一天，以示悔改和誠心。」

皇帝乜著眼睛看他，哼道：「還不算太笨。一會兒回去，先睡飽了，明兒一早吃飽飯就去。不妨多跪兩天，誠意越足，右相那兒越沒有再和你計較的理由。」

婁慶雲和太子對視一眼，太子上前問道：「父皇是想讓既明官復原職啊？」

對朝臣們顯示出最大的誠心，讓大家知道婁慶雲雖然失手打了右相，但回來後是有心悔改的。右相見不見他、原諒不原諒他，那是另說，只要婁慶雲有道歉的態度就成，這明顯是為婁慶雲接下來要做的事情打頭陣。

皇帝瞪了太子一眼。「官復原職？大理寺不是有范文超在做嘛，我看做得可以，就別動他了。至於這小子……我看還是進六部吧，就做刑部尚書，他不是管過大理寺嗎？幹得勉強還行，刑部尚書一職應該能勝任吧？」

太子驚喜地轉頭看婁慶雲，婁慶雲還在驚訝，太子就先替他跪下來謝恩了。過了一會兒，婁慶雲才反應過來，跟著跪下。

皇帝懶得理這兩個小子了，從椅子上站起來，走過兩人身邊，不急不緩地丟下一句。

「明兒吃飽了，別喝水，好好在右相府門前站個兩天，等你接了官印，朕就下令讓右相回鄉休養，頤養天年，算是成全了他三朝丞相的體面吧。」說完這話，便回到龍案後頭。

太子和婁慶雲起身，互相撞了撞肩膀，然後規規矩矩地跟去皇帝身邊伺候了。

第九十五章

薛宸回到滄瀾苑沒多久，就聽門房來報說是薛家太太來了。薛宸回來之後就派人送信給蕭氏，沒想到才兩刻鐘蕭氏就趕過來。

薛宸在花園裡見她，蕭氏把她左右看了幾遍，才道：「瘦了些，精神倒還好。」

「也不是瘦，是我離京時還沒恢復，如今不過是恢復了些罷了。這些日子母親可還好？府裡一切都好？」

蕭氏點頭。「都好。這段日子妳不在京裡妳爹可想妳了，前兒還跟我說，讓我寫信給妳，說妳沒良心，出去大半年居然只寫了兩封家書回來，抱怨了好幾次呢。」

聽到這裡，薛宸不禁笑了，又有些慚愧。「我們在漠北一切都好，住在軍營裡，每天也沒什麼事寫，就疏忽了。爹爹什麼時候休沐，我回去向他請罪，正好世子在漠北收集了很多嶙峋奇石，說是要敬獻給爹爹呢。」

「你們有心了。老爺兩日後休沐。剛才我接到妳的信就派人去衙所傳話，沒準今晚妳爹就會來看你們。還有靜姐兒，她要知道妳回來了定也坐不住的。妳離開得太倉促，月子才出就走了，我總擔心妳沒養好身子。怎麼樣，沒落下什麼病根吧？」

薛宸親自給蕭氏遞了杯茶，道：「這倒沒有，雖說走得急，但一路上沒趕，伺候的人也多，在馬車上也不累。再說，有索娜在我身邊調理，能落下什麼病呀！」

蕭氏聽說這些，才放下心，又問道：「對了，上回我在夫人們的花會中聽說婁家三姑娘是不是許了人家？有些傳聞傳得太過了些，說是許給一家庶房庶子。哪裡有這回事啊，定是那些夫人們瞎說的吧？」

薛宸訝然婁映柔和江之鳴的親事還是傳出了些風聲，聽說汝南那兒不太平，似乎有戰事起，江之鳴不知能不能立下戰功，相約的日子也到了呀。

不管最終結果如何，薛宸也明白婁映柔看中的是江之鳴這個人，和他最後能不能立下軍功並沒有多少關係，最多就是立不下軍功，入贅到婁家，並不是什麼值得隱瞞的事。

既然蕭氏都從外面聽說了，那薛宸也沒什麼好隱瞞的了，點頭回道：「不是瞎說，是真的。許的是汝南王府的庶子，人品樣貌相當出眾，建功立業不過早晚的事，父親和母親也滿意，這才先定下了。」

聽完薛宸的話，蕭氏了然地點點頭。「哦，原來是這樣。長公主和國公沒有門第之見，當真開明。」

薛宸笑著回答。「是，父親跟母親都只願孩子過得好，不在意門第，人品最重要。靜姐兒的夫君也是沒得說的，今年唐飛也該升百戶了吧？」

唐飛的成就依舊延續了上一世的發展，入了北鎮撫司，做了好些年，沒有動用家裡任何關係，今年也該升為百戶了。

蕭氏對這個女婿還算滿意。「是，已經定好了，只等年後頒旨了。這孩子也是苦，雖說出身世家，卻因不是長子，只能單打獨鬥，靜姐兒也幫不上他什麼，幸好他自己長進，我也算少了點心事。對了，世子離京後大理寺就換了主事，他這次回來不知會怎麼樣，要不要老爺去吏部打聽打聽？」

薛宸搖頭。「這就不必了，若世子領不了差事就在家歇著好了，橫豎也不缺吃喝。若是領了事，不用爹爹打聽，父親自然會回來說的，世子自己應該也有數，您就放心吧。」

薛宸與蕭氏話了小半天的家常，又留她在婁家用膳。蕭氏謝過，因不放心家裡還是回去了。

薛宸帶著孩子去房裡睡了一會兒，還沒起身婁慶雲就回來了。

薛宸問他有沒有吃飯，說在宮裡吃過了，然後就脫了鞋躺到床鋪上。

薛宸奇怪地看著他。「難得你清閒。陪我們娘兒幾個睡一會兒？」

婁慶雲側過身，看了看兩個睡得正香的寶貝，才摟著薛宸，道：「嗯，陪你們睡。」

薛宸從他的懷抱中掙脫出來，看著他的臉，想在他臉上找出一些蛛絲馬跡。

誰知道婁慶雲卻伸手彈了她的額頭一下。「看什麼呀？」

薛宸撫了撫不疼的額頭，伸手在婁慶雲手臂上掐了一下，算是報復，手卻被某人給抓住，動彈不得了。

婁慶雲把妻子的手放在唇邊親了親，才開口說道：「皇上想讓我領刑部尚書的職，大理寺是回不去了。唉，我還挺喜歡大理寺的。」

刑部是正經六部，沒有大理寺和錦衣衛那麼自由，雖說職權大了些，但天性愛自由的婁慶雲自然是更喜歡大理寺一些。

薛宸不意外婁慶雲會領刑部尚書的職務，這個位置皇上就是給婁家人留的。

只是，薛宸心中還有疑問。「那你打傷右相這件事，皇上就這麼算了嗎？」

婁慶雲嘆了口氣。「哪能啊。這回，雖說我是替太子做事，可畢竟沒有經過皇上同意，皇上是看在我對太子忠心的分上沒和我多計較。不過，卻也不能就這麼算了。」

薛宸急了，半撐起身子對婁慶雲道：「這哪裡是你願意的？你和太子謀劃那件事，要的就是出其不意，若提前去宮裡請示皇上，難保皇上身邊的內侍不會有所懷疑。右相經營多年，必然也在宮裡安排耳目，若提前商量定是辦不成的。皇上怎麼能將所有罪責怪在你身上呢！」

看著妻子焦急，婁慶雲拉著她躺下，連忙安撫道：「哪裡就全怪我呢？妳說得也太誇張了，皇上不過是命我明日去右相府請罪。其實，以右相如今這情況，皇上也知道他成不了什麼氣候了，但總要堵住天下的悠悠眾口，不能顯得咱們婁家沒有家教，不能讓其他人以為皇上對我百般縱容吧，是不是？」

這個結果讓薛宸驚訝了一會兒，然後才斂下心神，噗哧一聲笑了出來，捏起拳頭，在婁慶雲胸前敲了兩下。

「好啊，你敢消遣我，害我擔心，你可得意了。」

婁慶雲立刻大呼冤枉。「天地可鑑，我哪裡敢消遣夫人？借我十個膽子我也不敢啊！」

「貧嘴。」薛宸瞪了他一眼。「皇上這還不叫對你偏心、不叫百般縱容，那我倒要問問你這叫什麼呀？你打了三朝元老，還潛逃到漠北大半年，回來後不僅沒有治你削爵之罪，反而只是輕描淡寫地叫你去人家門前道個歉。偏袒哪個，誰還看不出來？」

更別說婁慶雲道歉之後，就算右相不原諒，可其他想要藉此彈劾他的官員也不能再說什麼了，因為皇上已經下旨讓婁慶雲登門道歉，這就是皇上的態度了。誰要不長眼，還敢以此參婁慶雲一本，到時必定會被扣上一頂小肚雞腸的帽子。

這就像家裡的孩子犯了錯，長輩帶著他上門道歉，然後再給苦主一些補償安慰，事情不就解決了？民間處理家事就是這樣的，皇上讓婁慶雲也這麼來，就說明他把婁慶雲當成是家裡的小輩，小輩做錯了事就去道個歉唄，坦坦蕩蕩地認下了這個錯。

右相怕手裡的權力分散，一直不敢對外宣稱自己病得如何，當然了，也有柳煙的故意隱瞞，所以外頭只是傳言，沒有誰真正知道右相的情況到底如何。只要婁慶雲道了歉，皇上再安排右相回鄉休養，這樣僵持的一件事就算和平解決了。而右相手底下的人也該能看清楚皇上的態度，終會知道跟著右相和二皇子絕不可能有前程，醒悟過來後便不會再為難婁慶雲。

畢竟，在真正的利益面前沒有永遠的敵人和朋友，向來都是誰主導誰就能領導。很顯然，今後主導形勢的世家，勢必要以婁家為中心了。

那些等著看婁家笑話的人，這回也該徹徹底底醒過來了。婁家之勢雖沒有刻意顯擺，但在皇上和太子的保護下，已經有了勢不可擋的雛形，誰還真的不長眼，上趕著和婁家對著幹呀，吃飽了撐的不是？

婁慶雲聽薛宸說完那些後就笑了，將妻子擁得更緊。「所以，我現在得睡會兒了，明兒早飯做些乾的，我吃飽睡足就得到右相府門前站著，該給皇上的面子還是要給的，站得越久越好。」

薛宸被他的話逗笑了，夫妻倆默契地交換個眼神，薛宸便道：「睡吧，待會兒孩子醒了，我把他們抱出去。」

婁慶雲卻不放手。「妳陪我睡會兒。」

「……」

這些日子，婁慶雲是真的累了，沒多久就睡著了。薛宸不想吵他，趁著兩個孩子沒醒之前抱進隔壁屋子去了。

這一覺，婁慶雲睡得十分滿足，起來後，薛宸已經替他準備好一桌十分頂飽的早飯。婁慶雲連吃了三個大肉包、一盤子炒飯，略微喝了些水，就換了一身素淨衣裳出府去了。

婁慶雲這一站，半天之內就傳遍了京城，誰都聽說婁家世子去給右相道歉，奈何右相府門扉始終緊閉，婁世子連進門的機會都沒有，只能在門外頂著日頭乾站著。

婁慶雲從白天站到黑夜，有些聞訊趕來的官員勸他回去，但婁慶雲說自己做錯了事，怎麼也不肯回去，不管站多久，定要取得右相的諒解才離開，誰來勸都沒用。

當然了，婁家人是不會來勸的，來的無非是些依附婁家，或今後想要依附婁家的人。婁慶雲聽不聽他們的是一回事，他們來不來又是另外一回事。一個來了，第二個就得來；第二個來了，大家就都來了，誰要是不來，也不合適啊！

所以，婁慶雲這一天站得飢腸轆轆、口乾舌燥，可氣氛卻一點都嚴肅不起來，送往迎來，簡直忙得不得了，讓門內的人著實又狠狠氣了一把。這個婁慶雲到底是來道歉的還是來顯擺的？不開門，堅決不開門！

雖說婁慶雲是軍營裡長大的，生活上也像衛國公那樣的軍旅作風，並不嬌慣，這一整天站下來，力氣倒是還夠，就是口渴。早上沒敢多喝水，幾個肉包子、一盤炒飯，肚子是不餓了，可嘴裡總燥得慌，心裡想著，若是能下雨該多好啊。

夜裡的右相府門前比白日裡冷清多了，除了幾個親兵護衛隱藏在黑暗處，門前只有婁慶雲一人。突然間，天空雷聲大作，婁慶雲驚喜萬分，仰頭看了看，從沒有一刻比現在更加期待老天下雨。

而老天爺很快實現了婁慶雲的願望，豆大的雨點就這麼傾灑下來。

薛宸在府中推開窗戶，看著院子裡的大雨，花朵樹葉全被風颳得飄零，有些擔心婁慶雲，回頭喊了夏珠，讓她喊人去準備車馬，說什麼也不能讓婁慶雲把身子給淋壞了。

衛國公府的馬車趕到右相門前時婁慶雲身邊的親衛從暗處出來，知道車裡是少夫人，在雨中行禮。薛宸在車上讓他們起身，問了婁慶雲的情況。

那親衛也急了，說道：「屬下們勸了好幾回，但世子就是不肯回去。少夫人來得正好，快去勸勸世子，再這麼淋下去非病了不可。」

薛宸掀開車簾，看看在雨中傲然挺立的婁慶雲，猶豫片刻，終於下了馬車。夏珠和嚴洛東跟在她身後，那親衛親自給薛宸打傘，把她送到婁慶雲身旁。

婁慶雲見薛宸來了，說道：「哎呀，大雨天的妳來幹什麼？快回去。」

薛宸接過親衛手裡的傘，讓他退下，自己撐著傘給婁慶雲打著，低聲在他身旁說：「你這苦肉計也太過火了，見好就收吧。」

婁慶雲舔了舔唇邊的雨滴，道：「這哪兒夠啊，我不站足三天三夜，如何能顯示出我的誠心？最好再病一場就完美了。」

「……」

薛宸忍著火，蹙眉道：「三天三夜？你瘋了不成？」感覺自己有些激動，趕緊看了看兩邊，確定沒人聽見後才又壓低了聲音道：「別鬧了，站一天意思意思就得了吧。皇上也就要個態度，又不是真的想整治你，回去吧。」

婁慶雲卻堅持。「既然做了，當然要做得讓別人沒話說。放心吧，我在大理寺時三天不吃不睡沒什麼的，更何況今晚是天賜良機，下雨讓我喝飽了水，還有什麼不能堅持的？妳才別鬧了，快回去吧，肩膀都濕了，別著涼了。」

薛宸就知道，婁慶雲決定的事情，根本是八匹馬都拉不回來的，多說無益。無奈之下，只好轉身離開，上了馬車。

夏珠問道：「夫人，咱們回府嗎？」

薛宸想了想，回答。「回去吧。」

「是。那世子……」

薛宸又掀開車簾看了外面一眼，嘆了口氣。「世子知道自己在做什麼，咱們回去吧。」

雖然心中擔心，但薛宸不能否認婁慶雲說的的確是對的，既然要演苦肉計，自然是越苦越好。她剛才那麼說不過是不想讓婁慶雲太受罪罷了，可如今他自己有主意，而且心意已決，她也不能多阻攔，相信婁慶雲有分寸就是了。

回到家裡，欣姐兒和寧哥兒果然已經開始找娘親了。

看見薛宸回來，兩人的小胳膊舞得歡快，直往薛宸懷裡奔。如今兩人已經不一定要吃薛宸的奶了，偶爾吃一回算是過過癮，小牙長了四顆，正是流涎最多的時候。兩個小傢伙都有了一定分量，薛宸沒辦法同時抱起來了。

和兩個孩子玩了一會兒，薛宸就歇下了，可怎麼也睡不著，推開西窗看雨。

婁慶雲學過內功，只要雨停了，身上的衣服自然有辦法乾，倒不會有什麼問題。

這次，婁慶雲的苦肉計實行得相當成功，兩天兩夜後，第三天上午，他便差點「暈倒」在右相府門前，還是被皇上派去勸諫的御史親自扶回衛國公府的。御史大人對婁慶雲此等有錯就改的行為十分佩服，回去後，寫了整整兩張紙的誇讚之言上書，而各種褒獎婁慶雲的摺子也跟著像雨後春筍似的出現在皇帝的龍案上。皇帝看著那些奏摺，終於露出了滿意的微笑。

而婁慶雲回來之後，自然也根據常理「病」了幾天。站了三天兩夜，又是淋雨、又是挨餓，這樣執著的、幾乎要把性命賠上去的道歉，實在太有誠意了，舉朝稱讚。

但他們不知道的是，婁世子在右相府門前「暈倒」，被御史「扶」回來後，就躲在房裡吃了滿滿一桌飯菜，舒服地打了個飽嗝，洗澡去了。

京城傑出青年衛國公世子一站驚天下，等他病好後，在群臣的「推舉」下，皇帝「勉為其難」地下了一道旨意——讓婁慶雲將功補過，出任刑部尚書。因為有好幾年大理寺的經驗，這個職務對於婁慶雲而言還算合適，朝中幾乎聽不到反對的聲音。

薛宸聽婁慶雲回來說起後也不禁笑了，站在他身前給他整理刑部尚書的官袍，攬過他的腰，替他束上玉石腰帶和麒麟珮，道：「誰不知道皇上偏心，哪裡還會有反對的聲音了。」

婁慶雲一把摟住了薛宸，與少女時候相比，薛宸此刻更顯豐腴了些，更添嫵媚。他緊摟著她的腰不讓她動彈，在旁邊伺候的丫鬟頓時紅了臉，低下頭，很識趣地退出去了。

婁慶雲這才偷了個香，道：「瞧妳這話說的，妳夫君能坐上這個位置，憑的是實力。妳見過這麼年輕的刑部尚書？妳見過長得這麼好看的刑部尚書？妳見過這麼能幹的刑部尚書？」

薛宸被他說得笑起來，打趣道：「你今兒才穿這身官服，怎麼就敢說自己能幹了？也不怕風大閃了舌頭。」

婁慶雲得意地將身子左擺右擺，樂得不得了，薛宸看不過眼，追過去和他打鬧一番。夫妻倆玩了好久，薛宸才紅著臉走出內間，喚夏珠和蘇苑進來，讓她們把官服疊好掛起來，等過兩日婁慶雲上朝時穿。

薛宸在院子裡扶著欣姐兒走路。

這些日子欣姐兒特別有走路的興致，而寧哥兒就沒有。現在兩個孩子被抱著時欣姐兒總把腳往下蹬，不讓下來，就直接把身子往後仰，逼得人不得不把她放下。下來後，也不管有沒有人扯著她，逕自往前走去，弄得帶她的人無一不被嚇得冷汗直流。

薛宸有些不放心，乾脆自己教她走路，走了兩圈後，這位大小姐終於有些累了，薛宸就看著被夏珠抱在手中的寧哥兒，對他張開兩隻手。「寧哥兒乖，也下來走兩圈？」

寧哥兒盯著薛宸看了一會兒，轉過頭趴在夏珠肩上耍賴，奶聲奶氣又十分清楚地說了個

「不」字，薛宸被他逗笑了。

蘇苑端著一些果子過來，對薛宸道：「少夫人也累了半天，來吃些果子吧。」

「好。寧哥兒，吃果果，要不要呀？」薛宸故意拿起一顆洗淨後晶瑩如黑珍珠般的葡萄，送到寧哥兒面前晃了晃。

寧哥兒的一雙大眼睛跟著薛宸手裡的葡萄轉起來，還沒說話，嘴裡的口水便流了下來，那小模樣把一亭子的人都逗樂了。

欣姐兒倒是大大咧咧的架勢，和當初的荀哥兒有點相像，寧哥兒反而像個女孩兒般文文靜靜，既不鬧騰也不耍賴，任何時候都能維持他貴公子的優雅。坐下後也不像欣姐兒直接抓了一串啃，而是指使抱他的夏珠，胖乎乎的小手指著葡萄，清楚地說了句。「吃。」

夏珠忍著笑給他剝葡萄，嘴裡還說道：「是，奴婢這就給小少爺剝。」

大家都以為寧哥兒沒反應了，可沒想到這小子居然像模像樣地又對著夏珠說了一個字。

「賞。」

這下，薛宸可不能不說話了，不管寧哥兒懂不懂，直接打趣道：「喲，你倒是大爺做派，就是荀哥兒也沒你這麼懂的。」

寧哥兒如願吃了一顆葡萄，幸福得兩隻大眼睛都瞇了起來，細細嚼了嚥下，這才對薛宸說：「懂。」

整個亭子的女人家都高興起來了，全圍著寧哥兒七嘴八舌說起話來。

欣姐兒才不管這些，抓著葡萄就直接啃，吃得滿身滿衣服全是葡萄汁。薛宸怕她噎著，皮和籽吐不乾淨，乾脆把她抱到身上坐下，幫她擦乾淨手和嘴後才親自動手剝給她吃。

而另一邊，寧哥兒嫌棄那麼多女人圍著他，又從小嘴裡蹦出了一個字。「吵。」

亭子裡的片刻沈默後，又是一陣掀翻了天的笑聲，無一不對薛宸誇讚，直誇寧哥兒早慧云云。薛宸也跟著笑了起來，荀哥兒和欣姐兒雖然也聰明，可是說話沒這麼厲害，如今欣姐兒和寧哥兒才要滿一歲，寧哥兒就能聽懂那麼多話，還能跟人對話，就是件特別叫人稀奇的事情。

薛宸決定，晚上要把這個發現告訴婁慶雲，想著他聽後一定是那副「那是——也不看看誰的兒子！」的得意表情，不禁暗自笑了起來。

年底各家繁忙，準備過年事宜。

近日，困擾汝南多時、橫行水面多年的崖灣水匪終於被剿滅，傳來了捷報，歷時八個多月，獲財帛無數，水匪八千盡數收服。汝南王江之道進京領封，帶上一應功臣，其中庶弟江之鳴厥功至偉，以一己之力深入敵營斬殺首領頭顱，使水匪群龍無首、潰不成軍，讓封國軍隊大獲全勝。

皇帝對汝南王讚譽有加，說其帶兵如神、御下有方，對有功將士皆有封賞。但問到功首江之鳴時，這個年紀不過二十的小子居然在大殿上說出不要封賞的話來，而是想用此功勛換一道賜婚聖旨——他要娶婁家三姑娘婁映柔。

皇帝聽了，飛快看了婁戰一眼，只見婁戰撚鬚一笑，默認的樣子，讓所有人都明白過來，這女婿可不是半路撞上門的，看來早在私下裡接觸過了，怪不得這一年去婁家提親的人全被拒絕了，原來是在這裡等著呢！

婁戰與皇帝交換了個眼神，微微點了點頭。

皇帝見他這樣，不禁好笑，這是早就相中人家了吧，還在這裡裝模作樣的……

一道賜婚聖旨下去，不過皇上也沒忘了封賞這位年輕的功臣，江之鳴厥功至偉，又與婁家聯姻，被封為將軍，賜三品將軍府邸，賜其夫人三品誥命、母親五品誥命。這分恩旨再次震驚朝野，也讓江之鳴又一次清清楚楚地見識到婁家在朝中的影響、在皇帝心中的地位。

江之道對這個庶弟向來關照，這回江之鳴勇闖敵營、斬殺匪首，確實功不可沒。當初婁家想招庶弟入門，江之道其實是贊成的，因為那樣對庶弟來說是最好的。可是婁家卻給了江之鳴一個證明自己的機會，對他來說極是難得，所以才會這般不顧艱險，掙出了自己的前程。

擎蒼院中，婁映柔含羞帶怯地站在長公主身後，唇瓣微微勾起，說不出的喜氣盈盈。

薛宸和李夢瑩正在挑選布料，李夢瑩拿起一疋花團錦簇的布料道：「我瞧著這疋好，顏色喜慶，可以給柔姐兒做晚宴上的喜服。」

韓氏附和。「嗯，我瞧著也是不錯。還有那疋海色天絲，可以做睡袍，做兩件一色一樣的那才好呢。」

婁映柔羞得說不出話來，滿面緋紅的樣子看著更叫人忍不住要笑。

薛宸也跟著打趣道：「不錯不錯，二嬸說得對極了。」

婁映柔終於忍不住了，跺著腳對薛宸說：「大嫂，怎麼連妳也笑話我呀……」

隨著婁映柔這一聲，廳裡的氣氛更熱絡了，連長公主都忍不住開口。「傻孩子，哪裡就是笑話了。」

「娘！怎麼您也……哎呀，妳們都笑話我，我不跟妳們說了。」婁映柔是真不好意思了，咬著唇瓣轉到一邊去。

自從江之鳴立功回京後，婁映柔的一顆心就七上八下，既興奮又期待，卻又不禁對即將成為某人的新媳婦有些不安。

包氏也跟著掩唇說道：「就是，三姑娘嫁了個如意郎君呢。江將軍為了妳，立下這樣的功業來，如今滿京城的小姐哪個不羨慕咱們三姑娘？」

「可不是嘛。江將軍果真是個有骨氣又孝順的男子，現在外面對他的評價可是很高的呢，都說咱們婁家慧眼識英雄。」李夢瑩如今已打入了貴圈中，不時有聚會，因此她這番話也不完全是調戲婁映柔。

在外人看來，婁家走的這步棋實在叫人費解，婁映柔是婁家嫡女，而當時江之鳴卻只是汝南王府的庶子，身分差距實在顯著。但在江之鳴未顯達時，婁家居然就敢下這麼大的賭注，實在令人想不到。

長公主看了但笑不語的薛宸一眼，可不會忘了當初是這個兒媳力薦江之鳴，斷言他非池中物，才讓兒子和夫君點頭，要不然僅憑女兒對江之鳴稍稍萌發的念想，還不足以讓他們同意這樁婚事。

婁映柔和江之鳴的婚期定於明年六月。日子定下來後，兩家算是放下心了。

因為皇上賜官賜宅，江之鳴在京城有了自己的一席之地，雖說三品官的府邸不大，但容納一家子人還是不成問題的。

江之道有心相助庶弟，便主動提出給他五成江家的產業，讓江之鳴有本錢在京城立足。畢竟江之鳴如今已經入了朝廷，是皇上眼前的人，又和婁家聯姻，和他不僅是兄弟還是連襟，幫襯他等於是扶持江家，這筆帳不管怎麼算江之道都該這麼做。

這些日子薛宸一直在替婁映柔張羅婚事，從選嫁妝、做嫁衣，到請賓客、發請柬，方方面面都要顧及，委實忙活了一陣子。

而婁慶雲最近更是繁忙，從大理寺轉到刑部後，他要做的事更多更雜了些。從前大理寺不過是抓人辦案，很多事情不用親自面對，可刑部卻不一樣，所有大案小案全得經由他之手才能辦。

晚上婁慶雲回來後，難得沒有先回滄瀾苑，而是隨便吃了兩口點心就拉著婁戰去了書房，想來又遇到難以解決的人情事務了。若只是論案情，婁慶雲倒是不會有不懂的地方，可一旦論到人情，他就有點不明白分寸了。但他也是個聰明的，這段日子在薛宸的「指導」下學會了一個方法——遇到問題找爹去！

婁戰在朝多年，威望和人脈自然比婁慶雲要高很多，有些解決不了的事，乾脆就遞到婁戰手上去了。

看來今晚父子倆又是不到半夜不出書房的樣子啊。薛宸命人去廚房準備了消夜，等那對父子商量結束出來吃。

薛宸陪著三個孩子和長公主一起吃了晚飯，然後帶著兩個小的回滄瀾苑，和他們玩了一個多時辰，孩子就睡下了。正要回房，婁慶雲就出現了。

見婁慶雲俊逸的臉上滿是笑容，薛宸便知道事成了，迎上前說道：「我讓廚房準備了消夜，不去和父親喝一杯嗎？」

婁慶雲摟著她進屋。「娘另外準備了酒菜，他們吃他們的、我們吃我們的。」

丫鬟們開始布菜，薛宸就去內間伺候婁慶雲換衣裳，問道：「事情解決了？」她不需要說是什麼事，直接這麼問婁慶雲就能知道了。

婁慶雲嘿嘿一笑。「妳那法子果然好用，現在就讓我爹去頭疼吧。那些人一天到晚給我出難題，真以為婁家沒人了嗎？」

薛宸聽他這樣說，笑著橫了他一眼。

兩人出了內間坐下，薛宸吃過了，只在一旁陪著，幫婁慶雲倒倒酒、挾挾菜。吃了兩口，婁慶雲才對她說：「對了，這些日子妳別去白馬寺附近，上香也等過段時日再去。」

薛宸給他挾了塊肉，問道：「嗯？為什麼呀？馬上就要辦柔姐兒的喜事了，怎麼著也得去上香才行啊。」

婁慶雲放下筷子，正色道：「她成親是明年六月的事，還早呢。最近白馬寺不太平，前段日子有好些人去京兆尹報案，說是家中女兒丟了，京兆府和錦衣衛都出動了，雖說還沒有找到那些失蹤的姑娘們，卻發現一個共同點，她們失蹤前全去過白馬寺。所以，妳們最近別去了。」

薛宸被這件事驚著了，腦海中忽然想起上一世的確發生過這樣大的案子，不過最後查出來的地方並不是白馬寺，而是千葉庵，距離白馬寺只有一刻鐘的路程。千葉庵表面上看起來是個尼姑庵，實際上卻是座很大的青樓，類似民間的暗場。

「除了白馬寺，那附近一共有十六座寺廟、庵堂，須逐一盤查。這段日子妳們千萬別去那裡了，知道嗎？」

原本薛宸還不知該怎麼提醒婁慶雲，現在見他已經注意到了，不用她多說應該也能查到千葉庵頭上，遂點點頭。「好，我明兒和府裡眾人說一聲，咱們就先不去燒香了。」

上一世關於千葉庵的案子朝廷根本沒有說出幕後主使是誰，只說封了千葉庵，想必幕後主使定有些來頭，才無法清楚地向百姓交代。當時據說好些失蹤姑娘的屍體是從千葉庵裡抬出來的，她們的父母哭斷了肝腸，最後京兆府出面發了撫恤的錢，這件事才慢慢平復下去。不過，這案子在當時算是第一大案了，人們茶餘飯後就沒有不談論的。

這一世因為婁慶雲在，這些事被提早發現了，相信他定可以將事情查個水落石出。薛宸衷心希望可以少犧牲幾條人命。

兩人睡下後，還沒睡沈，房門外居然傳來一陣敲門聲。

薛宸睜開眼睛，推了推婁慶雲，他才起身掀開帳子。見外頭傳來火光，是夏珠舉著燭火說話。「世子，您的長隨在院外求見，說有急事。」

「知道了，讓他等著。」婁慶雲這般回答後就下了床，一邊穿鞋一邊對薛宸說：「想必是查到賊窩了，我去看看。妳安心睡吧，這幾天忙完了，我帶妳和孩子去承德玩。」

薛宸要起來替他穿衣服，卻見婁慶雲擺擺手。「我自己來，妳別下來了。」

薛宸也不和他客氣，坐在床上道：「你別管我們了，把事情處理好，那些失蹤的姑娘全要找出來，都是人生父母養的，可別落了誰。」

婁慶雲穿好衣裳，回過頭瞧見薛宸認真的臉色，不禁勾唇笑道：「是，夫人。我一定好好地查、好好地找，一定不落下一個！」

薛宸被他逗笑，婁慶雲彎下腰在她唇瓣上淺啄一口，然後才拍拍她的頭。「在家乖乖的，等我回來，帶你們娘兒四個去玩。」
這騙小孩的語氣讓薛宸覺得有些無語，想伸手去捏婁慶雲的臉頰，卻被他快一步躲了過去。夫妻倆目光纏綿片刻後，婁慶雲才轉身出去。薛宸隔著屏風，看見他開門接過夏珠手裡的燭火，走入了漫漫黑夜中。
夏珠披著衣裳進來，將薛宸安頓好後想去拿鋪蓋來，道：「外頭起風了，還不小呢。今晚我陪著夫人睡吧。」
關上房門後，一陣靜謐，窗外的風聲果真大了起來。薛宸聽了一會兒，和衣下了床，夏珠趕忙拿起她的外衫給她披在肩上。
薛宸走到西窗前打開一條縫隙，看著外面枝頭的樹葉被風吹得不住亂顫，看樣子應該會有一場雷雨，不知道婁慶雲有沒有穿蓑衣……
千葉庵一案告破，不出薛宸所料，果真震驚了朝野。這兩日，街頭巷尾都在討論這件事，連長公主都聽說了。
長公主對一旁給她脫下蠶絲披風的薛宸說道：「不知是哪個喪心病狂的，居然做出這種事來，還偏偏挑佛門淨地，真是可惡！」
薛宸和韓氏對視一眼，韓氏道：「的確可惡，但那些人也許就是想藉佛門來掩藏行徑，誰也不會想到他們劫了姑娘後會把人藏在姑子庵吧。」

長公主還是覺得氣憤不已。「真是喪盡天良，幸好破案了，不然還不知道要有多少姑娘遭殃呢。」

「可不是。要不是世子料事如神，這種背地裡借佛祖之名行的勾當不知要鬧得多大呢。如今被發現，真是阿彌陀佛了。」

薛宸把長公主的披風交給蟬瑩，扶著長公主坐下，一邊奉茶一邊道：「也不知幕後是何人主使，此等惡事，必要嚴懲。」

長公主連聲贊同。「不錯，必須嚴懲！這種事情不僅是天理難容，法理也難容，若不嚴懲，如何平復民怨？」

三人正說著，婁戰從外面回來了，似乎一夜沒睡，臉上滿是怒火。

韓氏見狀，趕緊行禮告退。

等韓氏離開後，婁戰即砸了一只奉茶的杯子，嚇了薛宸和長公主一跳。

薛宸忙招呼丫鬟來清掃，長公主上前問道：「你這是怎麼了？家裡誰惹你了？」

婁戰在氣頭上，知道自己沒控制住，深吸一口氣後，回道：「家裡沒人惹我！我是氣急了。真是逆子、逆子啊！」

一句逆子讓長公主緊張起來。「慶哥兒怎麼了？」

婁戰看了長公主一眼，無奈地嘆了口氣。「誰說他了？我說的是玉哥兒。」

這下薛宸也覺得奇怪了，怎麼說到婁玉蘇身上了？重新遞了杯茶放到婁戰跟前，問道：

「他怎麼了？您為何這般生氣？」

婁戰端起茶想喝，卻又沒有心情，把茶杯重重放在桌子上，這才對她們說道：「千葉庵一事妳們都曉得了吧？可妳們還不知道主謀是誰吧？」

薛宸和長公主對視一眼，驚訝道：「難不成……千葉庵主謀竟是他嗎？」

婁戰沒說話，閉起眼睛靠到椅背上。

長公主過去替他按了按頭。「這……怎麼會是他呢？會不會有什麼誤會？他是三駙馬，就算真的想女人也犯不著做這些呀。」

「哼，他是三駙馬那又怎麼樣？這麼幾年都沒得到皇上的重用，他急了，就想用這樣的方法來籠絡朝臣。既明帶人闖入時，他正和那些狐朋狗友吞雲吐霧，那畫面簡直不堪入目！冤孽啊冤孽，我婁家怎麼就出了這麼個不知長進、不知廉恥的子孫呢！真是毀了婁家的百年名聲。他……唉！」

長公主見婁戰這樣，趕緊安慰。「你別氣了，誰也不會怪在你身上。雖說都姓婁，可他們早就分出去了，玉哥兒行為偏頗，也不全是咱們的責任。」

婁戰扶著頭。「我知道。但……他總歸姓婁不是？這麼多年的書全讀到狗肚子裡去了。而且，三房這回真的完了。玉哥兒不僅做了這些喪盡天良的事，還讓三公主染上毒癮，就算知道他的所作所為也無可奈何，只能言聽計從。羅昭儀得知此事，立刻就跪到元陽殿外請罪了。這下三房只怕是一個都保不住了。這個逆子！逆子啊！」

「……」

雖說三房已經分出去，和婁家本家毫無關係，可畢竟是婁家出去的。大案審判在即，薛宸約束了府中眾人，這些天絕不可在外有任何不妥行為，言行舉止要比平日加倍小心。

十天後，刑部和大理寺等三司會審後，主犯婁玉蘇被判午門斬首，所有從犯、涉案官員和婁家三房盡數流放關外苦寒之地，永不回朝錄用。三公主行為不端，終身禁足。

即便是這樣的嚴厲處置，但所有人都知道，這已是皇上最大的恩赦了。

忙了一個多月後，婁慶雲終於回家了。

因為千葉庵的事情，眾所周知，婁家被分出去的三房算是徹底毀了。在被捕之前，婁海正成天跪在婁家門前求婁戰相救，可是婁玉蘇所犯罪行實在太過重大，別說婁戰管不了，就是管得了也沒法幫他說話。

皇上下旨將婁家三房盡數流放出京，卻未牽連其餘婁家之人。但家裡出了這麼大的事情，婁戰身為婁家家主，也上書請罪，不過被皇上壓下，不予追究。

至此，婁家的聲勢照舊鼎盛。

尾聲

兩年後。

婁慶雲已然可以獨當一面，婁戰也不戀棧權位，急流勇退，卸下衛國公的身分由長子襲爵，把家裡所有事情全交給了兒子和媳婦，實現年輕時對長公主的承諾，帶著她出門遊歷去了。

同年中秋，薛宸準備好祭禮，在婁慶雲的帶領下祭祖祭月。

今年沒有在屋裡準備筵席，而是在院中安排了三桌家宴。年前婁戰和長公主出發後，到今天都沒有回來，不過每十天倒是會寄一封家書。

「唉，不知道長公主他們如今在什麼地方，是否也看著明月想咱們呢？」

韓氏的話讓正在給婁慶雲添酒的薛宸笑了起來。「上回他們來信，說父親帶著母親去了浙江，那裡有山有水，母親有些樂不思蜀呢。」

「真是沒想到，他們居然就把擔子徹底扔下來了，苦了你們這兩個孩子。」太夫人頭上多了些華髮，不過精神依然還是很好，吃著重孫女遞來的月餅，與家人說著話，覺得日子越來越有滋味了。

婁慶雲靠在椅子上，看罷明月，舉杯向太夫人敬酒。「可不是嘛，等他們回來，祖母可得好好說說他們。這叫什麼事啊，說出去就出去，我還想撂挑子帶辰光出去玩呢，倒給搶先了。等他們回來，我把國公的位置還給他去。」

薛宸被他說得笑起來，在背後掐了他一下。「胡說八道什麼呀！也不怕太夫人笑話。」

婁慶雲回頭看薛宸，撚了撚小鬍子，樣子看起來倒是穩重許多，可性子卻絲毫未變，拉過薛宸，在她耳邊問了一句。「妳就不想出去？」

薛宸推了推他，臉上泛紅，橫了他一眼，埋怨他不莊重。

「咦，娘今天怎麼臉紅了？」一道稚嫩的聲音在薛宸身後響起。

薛宸回頭一看，寧哥兒正歪著腦袋看她，白白淨淨、斯斯文文裝老成的樣子，別提多可愛了。

她還沒回話，就聽見旁邊又加入一道聲音。

「小弟，你說什麼呢？娘怎麼是今天臉紅，明明就是天天臉紅的。昨兒我還跟哥哥偷看過，爹娘昨天在房間……」

不等欣姐兒把話說完，薛宸便衝過去摀住這語不驚人死不休的嘴，見眾人全都一副「我們懂了」的表情看著自己，臉更加紅了，調轉目光瞧到婁慶雲身上，用眼神埋怨他。

婁慶雲放下杯子對欣姐兒招招手，欣姐兒掙脫了母親的懷抱，往婁慶雲跑過去，一下就讓婁慶雲抱了個滿懷，把她放在腿上，拿了塊月餅給她，竟絲毫不數落她先前說的話。

薛宸領著寧哥兒過去，抽帕子幫寧哥兒擦擦臉上的豆沙，橫了那小禍頭一眼，對婁慶雲說道：「你就寵吧。遲早讓你寵壞了。」

婁慶雲對兒子十分嚴格，對閨女卻是相當寵愛的，要風得風、要雨得雨，簡直要把這閨女給捧上天了。

婁慶雲笑起來，道：「我閨女，我當然得寵。」拍了拍欣姐兒的後腦，道：「丫頭，妳娘生氣了，妳該怎麼著啊？」

欣姐兒人小鬼大地說：「我知道。得罪誰也不能得罪娘，不然爹也不寵我了。娘，您別生氣了，給您吃月餅，好不好？」

薛宸瞧著送到面前的月餅，哭笑不得地搖搖頭，接過月餅，伸手在欣姐兒的頭上戳了戳。「妳呀！再這麼下去，我看妳怎麼嫁得出去。」

寧哥兒原本在旁邊吃東西的，聽見薛宸這句話就停下了動作，眼神似乎很受傷般，蹙眉道：「姊姊不要嫁出去！姊姊要嫁給我！」

女兒是語不驚人死不休，兒子也不遑多讓，薛宸要摀他嘴也來不及了。婁慶雲聽了大笑起來，然後是太夫人，這兩人笑了，其他人自然就敢笑出聲了。

寧哥兒見大家都笑了，癟了癟嘴，嚎啕大哭起來。「我不要姊姊嫁人！姊姊要嫁給我！哇……」

這個小祖宗一哭，院子裡就亂了起來，正在大家亂作一團時，一個霸王似的聲音插了進來——

「我妹妹要嫁誰啊？站出來，看我不打死他！」

荀哥兒從宮裡回來，還沒進院子就聽見裡頭的鬧騰，聽了一句便斷章取義地衝進來。要說這家裡除了婁慶雲之外還有誰最疼欣姐兒，就數荀哥兒這個兄長了。荀哥兒如今快十歲了，該懂的差不多都懂了，卻還不那麼懂，懵懵懂懂的，反正誰要娶他妹子，他就不答應！

荀哥兒衝到寧哥兒面前，瞧著這個愛哭包，嫌棄地撇撇嘴。「就你還想娶我妹妹？洗洗睡吧。」

這下，寧哥兒哭得更厲害了，哇一聲撲入薛宸的懷抱，一副不哭得昏天黑地絕不停的架勢。

薛宸哭笑不得，越過人群給婁慶雲遞去一抹求助的眼神。婁慶雲卻是毫不擔心，竟然還端起酒喝了一口，然後仰天望月，呼出一口氣來。家人的喧鬧，即便是吵嚷都讓人覺得安心。

回頭見妻子還盯著自己，婁慶雲勾唇一笑，似乎想起什麼，無聲對薛宸說了句話，薛宸就再也瞪不了他了。

這傢伙還真是不怕添亂。不過，從第一天認識時開始，婁慶雲似乎就是這個性格。想起過去種種，薛宸也不禁平靜下來，周遭的喧鬧似乎也漸漸平息了。

想看星星嗎？

這個無賴，這麼多年了居然還記著這個。當年要不是他那晚闖入她的廂房，強行帶她上屋頂看星星，只怕兩人也不會開始了。

這一世有太多的美好，她從一開始的不主動到如今的傾心相付，終其一生，亦不後悔。這樣不離不棄的感情，是多少人希望得到的啊！

不是每個人都有重來一回的機會，而他們能做的，正是努力過好眼前的每一天，珍惜身邊的人、珍惜幸福的生活。

——全書完

旺宅好媳婦 5 完

國家圖書館出版品預行編目資料

旺宅好媳婦 / 花月薰著. --
初版. -- 臺北市 : 狗屋, 2016.04-
冊 ; 公分. --（文創風）
ISBN 978-986-328-586-1（第5冊：平裝）. --

857.7　　105002297

著作者　花月薰
編輯　安愉
校對　黃亭蓁　許雯婷
發行所　狗屋出版社有限公司
地址　台北市104中山區龍江路71巷15號1樓
電話　02-2776-5889～0
發行字號　局版台業字845號
法律顧問　蕭雄淋律師
總經銷　知遠文化事業有限公司
電話　02-2664-8800
初版　2016年5月
國際書碼　ISBN-13　978-986-328-586-1
原著書名　《韶华为君嫁》，由北京晉江原創網絡科技有限公司授權出版

定價250元
狗屋劃撥帳號：19001626
網址：love.doghouse.com.tw　E-mail：love@doghouse.com.tw